白鯨　MOBY-DICK　下

夢枕 獏

角川文庫
24078

目次

主要人物紹介

土佐の人々

中浜万次郎　漁師の家に生まれ、鯨に魅せられた少年。後のジョン万次郎。

悦助　万次郎の父。鰹の一本釣り漁師。万次郎が九歳のときに死す。

志を　万次郎の母。亡くなった悦助の代わりに一家を支える。

時蔵　万次郎の兄。身体が弱いため、外で働かずに母を手伝う。

セキ　万次郎の姉。長女。父亡き後は、万次郎と共に外で働く。

シン　万次郎の姉。次女。

ウメ　万次郎の妹。三女。

半九郎　〝化け鯨の半九郎〟と言われた伝説の銛打ち。万次郎に銛打ちを教える。

筆之丞　万次郎が乗る鰹船の船頭。万次郎らと漁に出た際、足摺岬沖で遭難する。

重助　筆之丞の弟。宇佐浦の漁師。万次郎らと共に足摺岬沖で遭難する。

五右衛門　筆之丞の弟。宇佐浦の漁師。万次郎らと共に足摺岬沖で遭難する。

寅右衛門　宇佐浦の漁師。万次郎らと共に足摺岬沖で遭難する。

捕鯨船ピークオッド号の乗り組員

エイハブ　ピークオッド号船長。片足を奪ったモービィ・ディックに復讐を誓う。
クイークェグ　一番ボートのボート長。マルケサス出身で、全身に刺青を入れている。
イシュメール　一番ボートの銛打ち。万次郎の教育係を務める。
スタッブ　二等航海士。二番ボートのボート長。コッド岬出身の楽天家。
タシュテーゴ　二番ボートの銛打ち。ゲイ・ヘッド岬出身のアメリカ先住民。
フラスク　三等航海士。三番ボートのボート長。小柄だが強靱で恐れ知らず。
ダグー　三番ボートの銛打ち。ピークオッド号一の巨漢。アフリカ人。
フェダラー　銛打ち。拝火教徒の老人。頭にターバンを巻いた東洋人。
ピップ　ピークオッド号の雑用係を務める黒人の少年。
ガブリエル　ジェロボーム号とギャムした際に、ピークオッド号に乗り込む。
スターバック　一等航海士。ナンタケット島出身のクエイカー教徒。

捕鯨船

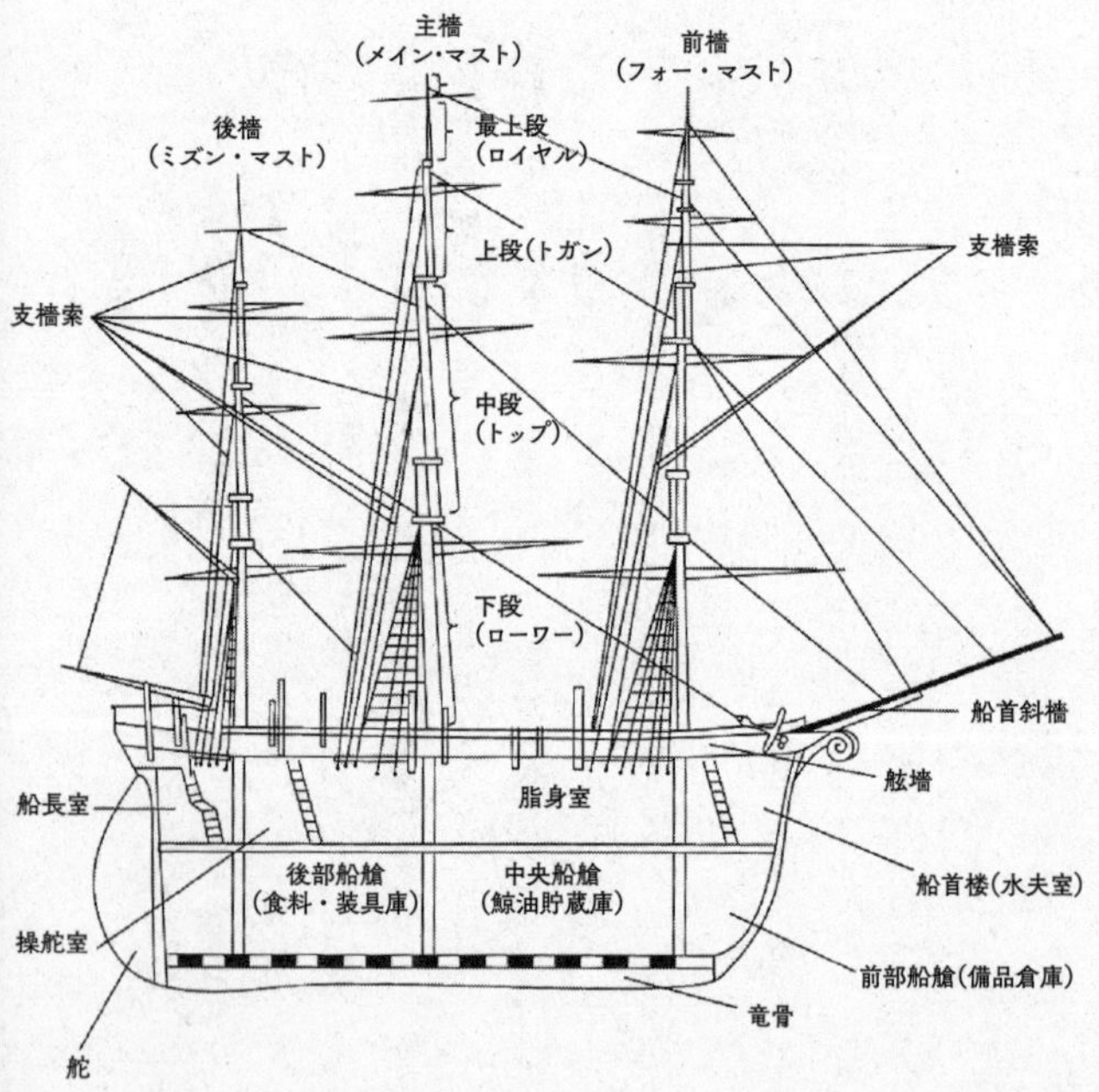
主檣
（メイン・マスト）
前檣
（フォー・マスト）
後檣
（ミズン・マスト）
最上段
（ロイヤル）
上段（トガン）
支檣索
支檣索
中段
（トップ）
下段
（ローワー）
船首斜檣
舷墻
脂身室
船長室
後部船艙
（食料・装具庫）
中央船艙
（鯨油貯蔵庫）
船首楼（水夫室）
操舵室
前部船艙（備品倉庫）
竜骨
舵

捕鯨ボート

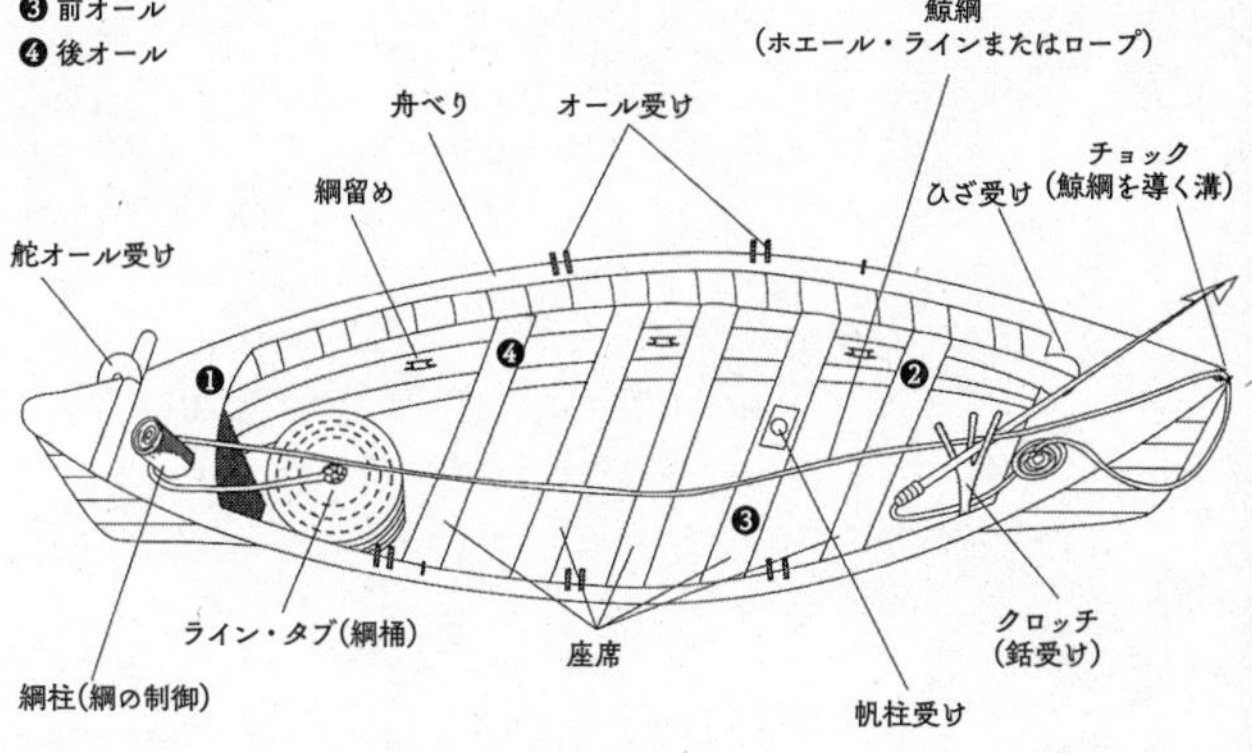

図版＝岩波文庫『白鯨』より

九章

クイークェグの神ヨージョ運命を予言すること

おお、ティモール・ジャックよ！　高名なるレヴィヤタンよ！　おぬしは氷山のように傷だらけの巨体をその名にちなむ東洋の海峡にひそませ、その吹きあげる潮はオムベイのヤシの浜辺からしばしば見られるというではないか？　おお、ニュージーランド・トムよ！　おぬしがそうではなかったのか——入れ墨島(タトゥー・ランド)と呼ばれるその島の近海をゆくあらゆる船乗りを震撼(しんかん)させたのは？　おお、モーカンよ！　日本近海の王者よ！　その高く吹きあげる潮の柱は、ときおり紺碧(こんぺき)の空にそびえる雪白(ゆきじろ)の十字架とも見えたというが——それこそおぬしのしわざではなかったか？　おお、ドン・ミゲールよ！　背中に神秘的な象形文字をきざんだカメにも似た容姿のチリの鯨——それこそおぬしではなかったか？

——ハーマン・メルヴィル『白鯨』
岩波文庫　八木敏雄・訳

一

捕鯨船に助けられた漂流者が、そのままその船の銛(もり)打ちになるということは、よくあることではない。それは、たとえピークォッド号であれ、例外ではない。

船には、純然たる序列が存在する。

上から、船長、一等航海士、二等航海士、三等航海士という順位があって、その後に、一等航海士のボートの銛打ち、二等航海士のボートの銛打ち、三等航海士のボートの銛打ちと続く。

この六名は、いわゆる船首楼の大部屋ではなく、船長に次ぐ部屋が、船尾に与えられているのである。もちろん、この六名は相部屋ではあるけれども、平水夫たち二十数名が共に起居する大部屋よりは、ずっと住み心地がいい。

その序列によって、一航海あたりの給料も違うし、食事の順番も違う。船長を別にすれば、一等航海士は誰よりも先に食卓についていいし、その食卓から誰よりも後に立ちあがっていいのである。

万次郎が銛打ちになるということは、その序列の中に割って入ることであった。

しかし、エイハブもただ感情のみで、ものごとを決定する人間ではない。

エイハブにとって、ただひとつ例外的であったのがモービィ・ディックのことであり、この白い鯨のこととなると、時にエイハブは感情と激情の怪物と化したりする。

しかし、通常の判断に関する限り、エイハブは常に鋭利であり、その判断の裏には、それがどんなに直情的に見えようとも、確とした信念と、この男なりの論理、理屈が存在するのである。

そして、船における序列について、誰よりもよく理解しているのが、他ならぬエイハブであった。

なぜならば、ピークオッド号においてエイハブが駆使する権力そのものが、この序列によって保たれているのだということを、エイハブ自身がよくわかっていたからである。もっとも、ピークオッド号におけるエイハブ船長の影響力は、単に序列のみによるのではなく、その類い希なる個性、その人格にもよるところが甚だしく大きい。そして、そのことも、エイハブはよく理解していたのである。

エイハブが、万次郎に乗れと口にしたクイークェグのボートは、一番ボートであり、そのボート頭は、一等航海士のスターバックが務めていた。

今は、そのスターバックのやっていた仕事をクイークェグがこなし、クイークェグがやっていた、先頭でボートを漕ぎ、鯨にボートで一番初めに銛を打ち込む仕事を、イシュメールがやっている。

万次郎は、そのイシュメールの仕事をやれと、エイハブに命じられたことになる。

ただ、すでに記したように、エイハブも、その感情だけで、船内のあれこれを決めてゆくわけではない。

エイハブは、その決定を下したあと、次のようにつけ加えた。

「おまえたちの中には、この決定に異を唱えたり、不審を抱く者もいることであろう。この日本人は、漂流者ではないかと――」

エイハブは、乗り組員たちを、見下ろすように眺めた。

「しかし、よく聞くがよい。このピークオッド号は、その人間が漂流者であれ、何であれ、ただ飯を食わせるわけにはいかないということだ。誰であれ、働いてもらわねばならん。その仕事が、甲板掃除であれ、脂身を煮ることであれ、パンを切る仕事であれな。このことに異論はあるまい」

エイハブの言葉に皆がうなずく。

「その漂流者が、甲板掃除が得意であればその仕事を、その漂流者が、脂身を切るのが得意であればその仕事を、その漂流者が、銛を打つのが得意であれば、その仕事を！」

エイハブの言葉に、異論を唱える者はいなかった。

少なくとも表面上は――

「おまえたちは、ピークオッド号に乗る前に、契約をした。株主であるピーレグと、ビルダッドと会い、サインをして、この船に乗り込んだのだ。それと同じように、今、ピーレグとビルダッドに代わり、このエイハブが、この小僧を雇うのだ。そのふたりが、この場にいない以上これは、法によって許された、このエイハブの権限である」

エイハブの言うことは、理に適っている。

「着いた港で、あらたに人を雇い入れるということは、二年、三年と海を旅する捕鯨船にはよくあることだ。今回は、それが、たまたま海の上であり、それが漂流者であったということだ。今回のこの契約が、すでにかわされている諸君たちの契約の内容を少しでも損なうことがあるであろうか。否!」

エイハブは、声を大きくした。

「断じて、否!」

エイハブの言葉に、数名の船員がうなずく。

「このことによって、諸君らの約束された給料が減るということはない。むしろ、諸君らの給料は増えるかもしれないのだ。このマンジローの銛の腕は、おまえたちも見たはずだ。マンジローが、銛打ちになることによって、あと十頭捕れる鯨が、十三頭になるかもしれない。あと、二十頭捕れる鯨が、二十六頭になるかもしれない。それは、おまえたちにもわかるであろう」

さっきよりも、多い数の船員がうなずいた。

船長にしろ、一等航海士にしろ、あるいはコック、雑用係に至るまで、捕鯨船の乗組員は、全て、船に乗る前に、捕鯨船の持ち主——つまり、株主と会って契約をする。給料として、あがりの何パーセントをもらえるのか、話しあってその数字を決めるのである。

その契約の多くは、出来高払いである。

鯨油が多く採れれば、その分給料はあがる。

その時その時の鯨油の相場で、給料が多くなったり少なくなったりする。いずれにしろ、鯨が多く捕れれば、給料があがるのは間違いないのだ。

「このマンジローが、すでにピークオッド号の仕事の多くを、うまくこなしているのは、諸君もわかっているであろう。その仕事に、まだいたらぬところが、多少あるのは仕方がない。しかし、はじめは我らの言葉を話すこともできなかったマンジローが、ピークオッド号に乗って、まだ三ヶ月も過ぎていないのに、今は皆の知る通り、我らと不自由なく会話をしている。しかも、銛の腕は、このピークオッド号の銛打ちの誰と比べても遜色がないというのは、誰もが認めるところであろう」

うなずく者の数が増えている。

「言うておく。たとえ銛打ちになっても、マンジローの寝るところは、今と同じ、船首楼の大部屋だ。そして、給料は、鯨一頭分あたり、スターバックの十分の一だ。どうだ。この決定に異存がある者は、今、この場でこのエイハブに向かって言え。もしも今、それを口にしないのなら、心に何を思っていても、それはこのピークオッド号を降りてから口にせよ。よいな」

皆の視線が、ひとりの男の上に注がれた。

その男は、イシュメールであった。

何故なら、イシュメールは、クイークェグがボート頭を務める一番ボートの銛打ちだったからである。

そもそも、一番ボートのボート頭はスターバックであった。そのスターバックがボート頭をやることができなくなって、そのボートの銛打ちだったクイークェグがボート頭になり、漕ぎ手だったイシュメールが、銛打ちとなったのである。

つまり、銛打ちとしてイシュメールは、まだ新参者であり、万次郎と交代するとしたら、イシュメールしかいなかったのである。

二番ボートのスタッブとタシュテーゴ、三番ボートのフラスクとダグーは、それぞれ固い絆(きずな)で結ばれており、ボート頭に対する銛打ちの敬愛と忠誠は、騎士に対してその従者が抱くものと近い。クイークェグとイシュメールは、ふたりでピークォッド号に乗り込んでおり、仲はよいのだが、その関係は対等な友人であり、騎士と従者というのとは違うものであった。

従って、万次郎と代わる銛打ちは、エイハブが提案したように、イシュメールしかいなかったのである。

乗り組員たちも、その事情はよくわかっていた。

だから、エイハブの言葉にどのような反応を示すのか、皆が興味を抱いて、イシュメールを見たのである。

そこへ——

「ちょっと待って下さい」

口を挟んだ者がいた。

全員が、その声の主(ぬし)の方へ視線を向けた。

万次郎だった。

「ぼくにも言わせて下さい」

皆の視線を受けながら、万次郎は言った。

「何だ、小僧よ。まさか、もっと給料が欲しいと言うつもりなのではあるまいな」

エイハブが言った。

「そうではありません」

「ではなんだ」

「ぼくには、自信がありません」

「なに⁉」

「鯨を仕とめるのに、どれだけ正確に銛を飛ばせるのか、どれだけ強く銛を打ち込めるかも大事ですが、それよりもっと大事なことがあるのを、ぼくは知っています」

「ほう……では、訊こう。それは何だね」

「信頼です」

「信頼？」

「ボート頭――つまり銛頭と、銛打ちとの信頼です。そして、ボートの漕ぎ手たちとの信頼関係がなければ、どれだけ上手に銛を投げることができても、失敗するということです」

万次郎は言った。

「小僧よ、おまえの言う通りだ」

エイハブはうなずく。

「一番ボートの銛頭であるクイークェグさんと、銛打ちのイシュメールさんとの間にはゆるぎない信頼関係があります。イシュメールさんは、頭にリンゴを載せて、クイークェグさんの銛を受けました。これは、クイークェグさんのことをよほど信頼していなければできないことです」

「しかし、小僧よ、信頼関係については言うまでもないが、それだけでは鯨を仕留められぬぞ」

ここは、すぐに〝はい〟とうなずくわけにはいかない。微妙な問題があったからだ。エイハブが口にした言葉の裏には、いくら信頼関係があっても、銛打ちの技術が優れていなくては、やはり鯨を仕留めることはできないという意味が含まれていたからだ。ここでうなずけば、イシュメールにその技術がないと口にするのと同じことになってしまう。

「小僧、おまえの気持ちはどうなのだ」

エイハブが問うてきた。

「おまえは、このピークオッド号の銛打ちになりたいのか、なりたくないのか――」

もちろん、万次郎はそう思っている。なりたい。

もう何年も前から、羽刺(はざし)になりたいと、ずっと思ってきたのだ。そのために、ずっと、銛を投げて稽古をしてきたのだ。毎日毎日、ほとんど休むことなく、銛を投げ続けてきたのだ。

半九郎から譲り受けたあの銛を。

エイハブに銛打ちになれと言われて、天にも昇る心地がした。

――本当に⁉

――本当にえいがか⁉

どうなのか。

銛打ちになりたいのか。

――なりたい。

わしゃあ、羽刺になりたいがじゃ！

大きな声で叫びたいほどだ。

しかし――

それを、今、ここで口にしてよいのか。

イシュメールを見る。

イシュメールも、万次郎を見ていた。

「ぼくに恥をかかせないでくれ、マンジロー」

イシュメールは言った。

「ぼくは、きみに同情されたくない」

イシュメールの眼が、怖い。

その眼が、万次郎を睨んでいる。

「捕鯨船に乗って、銛打ちになりたくない人間なんて、どこにもいないことを、ぼくはよく知っている。それが、アメリカ人であれイギリス人であれ、支那人であれだ。日本人だってそうだろう。たしかに、きみは偶然このピークオッド号に乗り込んだ人間には違いないが、きみは、自分の銛を、この海をたった独りで漂流している時でさえ、手放さなかったじゃないか――」

「――――」

「きみがもし、ぼくに同情をして、船長の申し出を拒むんなら、それは、ぼくという人間を馬鹿にすることに他ならない。ぼくは、きみが、ぼくよりずっと優れた銛打ちであることは、よくわかっているつもりだ。きみが持っている技術を、ぼくは持ち合わせていない。しかし、自分の運命を受け入れる勇気、そういうものの持ち合わせまでない人間だと思われることは、銛打ちの職を解かれることより、さらに不名誉なことだと思っている。きみに足りぬのは、このピークオッド号での経験知だけだ。ぼくは、一ヶ月で慣れた。きみならば、もっと早く慣れるだろう」

イシュメールは、よどむことなく、胸を張って、そう言った。

そこへ、船員たちの間から、ゆっくりと前に歩み出てきた者がいた。クイークェグだった。クイークェグは揺れる甲板を、押さえ込むように左右の素足で踏みしめながら歩いてくると、立ち止まった。

「ピップ！」

クイークェグが言った。

「おれの銛と、リンゴだ」

「ウヒャッ」

と、黒人の少年はそこで跳びあがると、船倉に向かって走っていった。

すぐに、銛とリンゴを持ってもどってきた。

銛とリンゴをクイークェグは受け取り、リンゴを万次郎に向かって差し出した。

「このリンゴを頭の上に載せて、檣（マスト）の前に立つんだ」

船員たちが、どよめいた。

クイークェグが何をしようとしているのか、万次郎はすぐに理解できた。

この顔中奇怪な刺青（いれずみ）だらけの男は、万次郎がピークオッド号に助けられたおりにやってみせた、あの、人の頭の上に載せたリンゴを、投げた銛で貫くというゲームをここでまたやろうとしているのである。

あの時、頭の上にリンゴを載せたのは、イシュメールであった。今、その時のイシュメールの役を、万次郎にやらせようとしているのである。

刺青の中にあるクイークェグの眼からは、どのような表情も読みとることはできなかった。

いったい、どういうつもりなのか。

と、万次郎は考える。

自分のボートの銛打ちとして、イシュメールを残したいために、脅して万次郎を引きさがらせようとしているのか。

もしも、これを恐れて逃げ出したら、当然、自分は銛打ちにはなれぬであろう。

しかし、受けたら——

わざと、自分の頭をねらって投げてくるかもしれない。クイークェグの腕なら、殺さずに、頭に浅い傷をつけるだけで、すますこともできるであろう。額を貫いて、殺すことだってできるだろう。そうなったとしても、いつもより海が荒れているので、しくじったと言い逃れることもできる。

強制はしていないのだ。

やる、やらぬは、万次郎の意思にゆだねられている。

失敗して万次郎が死んだら、海へ屍体を捨てればいいだけのことだ。

「おい……」

と、イシュメールが後ろからクイークェグの肩に手を乗せた時——

「やります」

万次郎は、右手を伸ばして、クイークェグから、リンゴを受け取っていた。

船の中に、どよめきがあがった。

「おい、マンジロー」

イシュメールの声は、主檣(メイン・マスト)に向かって歩き出した万次郎の背中にぶつかった。

万次郎は、主檣(メイン・マスト)の前に、背中をつけて立ち、頭の上にリンゴを載せた。

万次郎の前に、クイークェグが立っている。

右手に銛を握り、踏んばった両足で、甲板を押さえ込んでいる。

乗り組員は、左右に割れて、ふたりを見守っている。

エイハブは、イシュメールが口を開いた時から、まだ、ひと言も発してはいない。ただ、口を固く結んで成りゆきを見守っているだけである。

せわしく、万次郎とクイークェグとの間に視線を行き来させているのは、イシュメールだ。

明らかに、この前の時より船が揺れている。

頭の上に載せたリンゴも、檣(マスト)に背をあてていなければ、すぐに転げ落ちてしまうであろう。

クイークェグが、悠々と銛を構えるのを、万次郎は、眼を見開いて睨んでいる。

絶対に、眼を閉じない。

心の中で、万次郎は誓っている。

それでも、腹の底から不安がこみあげてくる。

確かに、自分は、嵐のさなかに、揺れる船の上で、波にさらわれそうになったエイハブのコートを銛で貫いて、海に落ちるのを防いでいる。あの時は夢中だった。

今、波は、昨晩よりは明らかに小さいものの、常の海に比べれば、波の高さは倍以上もある。こんなに揺れる船の中で、頭の上のリンゴに銛を当てることができるのか。

足が震える。

逃げ出したくなる。

何故、クイークェグは銛を投げないのか。

自分が逃げ出すのを待っているのか。

逃げるもんか。

クイークェグを睨む。

「しゃあああああっ!」

万次郎は叫んだ。

身体の中に満ちてくる不安を、振りはらうためだった。

「眼を閉じるなよ」

クイークェグは言った。

と——

銛を構えていたクイークェグの身体が、ふいに動いた。

銛が飛んだ。

サクッ、

という音が、万次郎の頭の上でした。

ゴッ、

という音がして、銛の切先（きっさき）が、万次郎の頭の上の檣（マスト）に突き立っていた。

リンゴが、ふたつに割れて、万次郎の足元に落ちてきた。

クイークェグが、ゆっくりと歩いてきて、万次郎の頭の上の銛を引き抜いた。

万次郎を見る。

奇怪な刺青の中の眼が、微（かす）かに笑っているように見えた。

銛を左手に持ち、

「おれのボートの銛打ちになってくれ」

右手を差し出してきた。

その右手を、万次郎が握った。

「お願いします」

万次郎が言った時、ピークオッド号の上に、歓声があがった。

歓声が静まったところへ、エイハブが歩み出てきた。

帆綱の一本を右手で摑（つか）み、身体を安定させると、

「決まったな」

エイハブがつぶやいた。

「小僧よ、今日からおまえは、一番ボートの銛打ちだ」

エイハブは、歯の間から鉄錆がこぼれてくるような声で、そう言った。

イシュメールが出てきて、万次郎の肩を叩いた。

「よろしく頼む」

差し出されたイシュメールの手を、万次郎は握った。

二

イシュメールの説明は、こまやかだった。

万次郎も、この二ヶ月余りの間で、ピークォッド号が鯨を捕るところを何度も見ているので、だいたいのところは理解していたが、実際にやるとなると眼で見た知識だけではどうしようもない。

それで、ボートを下ろして、何度か、実際の鯨捕りさながらの訓練をした。そういう時にも、イシュメールは、万次郎にあれこれと貴重なアドバイスをしてくれたのである。

「イシュメールさんは、どうして、わたしにこんなによくしてくれるのですか」

万次郎は、そう訊ねたことがある。

昼に、ボートからの銛打ちの訓練をした日の夜のことであった。

場所は、右舷の甲板で、ふたり並んで舷墻に肘をのせ、話をしている時であった。

「外へ出ようか――」

イシュメールに誘われて、ふたりで夜の甲板に出た時のことだ。問われたイシュメールは、万次郎の問いに、しばらくの間、言葉を発しなかった。何をどう答えたらいいのか、考えているようであった。

すぐに答えを出さないというのは、イシュメールの誠実さと言っていい。不用意に答えたら、自身の思いが、間違って万次郎に伝わるかもしれないと考えたのであろう。

「きみに対する好奇心かな――」

ややあって、イシュメールは言った。

「好奇心？」

「興味だよ。きみが、鯨に銛を打ち込む姿を見てみたくなったんだ」

「でも――」

「もちろん、ぼくは、ぼく自身にも興味を持っていたよ。自分が、銛打ちになったら、どうなってしまうんだろう、ってね。どれだけ興奮するんだろう。鯨に銛を打ち込んだ時の手応えはどうだろう……。実際、それは、素晴らしい体験だった――」

イシュメールは、波の上できらきら輝く月光を見つめながらしゃべっている。

万次郎も、同じ月光を見つめている。

「ぼくは、ピークォッド号には、ボートの漕ぎ手として乗り込んだんだ。それが、銛打ちをさせてもらえるなんてね。これはとてつもなく貴重な、ありがたい体験だったよ――」

「でも、その折角の機会を、ぼくが……」

「気にしなくていい。銛打ちにはなってみたかったが、自分には、その技術も力もない。それは、やってみてよくわかったことだ。しかし、きみには才能がある——」

「——」

「もうひとつ言っておくとね、実は、ぼくは作家になりたいと、以前からずっと思っていたのさ」

「作家?」

万次郎は訊ねた。

「文筆業と言えばいいのかな。きみの国では何と呼ばれているのかわからないのだけれどね」

イシュメールは、海に向かってそうつぶやく。

「文学だよ。文学と言っても、色々あるけどね。詩もそうだし、戯曲もまた文学として語られることもある。紀行文やエッセイもそう。だけど、ぼくが書きたいのは、物語だよ。大きな、壮大なる物語。どのような民族も、神話という物語を持っている。イギリス人も、ギリシャ人も、そして、たぶん、きみたち日本人もね。でも、残念ながら、我々アメリカ人には、その神話がないんだ。それは、アメリカが、まだできたばかりの国だからだよ。アメリカは、色々な民族が集まってできた国なんだ。だから、誰もが、その出身地である国や民族の神話は持っているんだけれど、アメリカには、そういうものがないんだ。だから、ぼくは、アメリカという国が持つべき神話たりうる、壮大な物語をこの手で作りあげてみたいんだ」

いつになく、イシュメールは饒舌だった。

「普通はね、神話や物語があって、それが国家を作ってゆくんだ。けれど、アメリカは逆なんだよ。まず、神話より先に、国家ができてしまったんだ。神話を持たない国、物語を持たない国、そういう歪な国は、いずれ滅びてゆくような気がするんだ。だから、ぼくは、そういう物語を書きたいんだよ。混沌そのもののような、時に破壊的で、暴力的で、名づけられないもの。世界中の神話的物語の多くがそうであるように、その意味を示し難いもの。だから、その物語は、完璧であってはならないんだ。名づけられない混沌をそのまま内包した不完全なる物語こそが、完全な物語なのではないかと思うんだ。それが、どういう物語かはわからないのだけれど、ぼくは今、自分のことを、それを捜すための旅の途上にある旅人だと思ってるんだ。ぼくは旅するオデュッセウスだよ。いや、もしかしたらぼくがホメロスで、エイハブがオデュッセウスなのか。いずれにしても、アメリカは、あらたな『オデュッセイア』を必要としているんだ」

イシュメールが語っていることの半分も万次郎は理解できなかったが、この七歳歳上の青年が、心の裡に熱い温度を持ったものを秘めているのだということは、よくわかった。

「おかしいかな？」

イシュメールの声が、大きくなった。

万次郎の方へ顔を向け、その言葉を発したからだとわかる。

万次郎が、イシュメールの方を向くと、イシュメールが、真剣な顔でこちらを見つめていた。

万次郎は、ふいに胸が熱くなって、

「そんなことありません」

語調を強めてそう言った。

「ありがとう……」

イシュメールは言った。

「こんなことは、これまで誰にも言ったことはないんだ。クイークェグにもね。きみだからしゃべってしまったんだろうな――」

イシュメールが、また、視線を海の波にもどした。

海面で、黒ぐろと波がうねっている。

月の光が、波の先端から、きらきらとこぼれる。

「船に乗る前にね、エドガーに会ったんだ。詩人にして、作家、そして優秀な評論家だよ。加えて、どこか精神を病んでいる。これは作家としては、必要な要素だよ。エドガー・アラン・ポー……」

もちろん、万次郎の知らない名前だ。

「ピークオッド号に乗船する一ヶ月前だよ。フィラデルフィアの、彼の自宅を訪ねたんだ。ぼくは、彼の書いた詩や物語が好きでね。特に、『アッシャー家の崩壊』は凄いよ。きみは読んだことがあるかい——いや、ないよね。あれこそが、ぼくが目指すのとはまた違う形のアメリカの新しい神話たる文学だと思う。この航海に出る決心をした時に、なんとしても会いたくて手紙を書いたんだよ。そうしたら、会ってくれるという返事をもらってね。喜んで出かけていったんだ……」

イシュメールは、また、海に向かってつぶやきはじめた。

波が、イシュメールの語る物語を、次々と海に呑み込んでゆく。

「その時、彼の次の作品の草稿を読ませてもらったんだけど、これが、びっくりするような話でね。『メエルシュトレエムに呑まれて』と『モルグ街の殺人』というタイトルの物語さ。これまでこの世になかった、まったく新しいスタイルの物語。あらたなアメリカの神話として、機能し得る作品だよ。しかし、こういう物語を、アメリカはどう受け止めるのだろうか。むしろ、最初は、まったく、受け入れられぬことこそが、新国家の神話たるべき物語の条件であるような気もするのだけれどね……」

万次郎は、これは、イシュメールが、自分自身に向かって言っている言葉ではないかと思った。

この歳上の若者も、今、その胸の裡にこみあげてくる大きな何かに押し潰されそうになっているのだろう。それに負けまいとして、今、万次郎に心の内を語っているのだろう。

　イシュメールは、その神話を探す旅――自らの神話を生きるための旅の途上にあるのだ。

「ぼくは、この旅で色々な体験をしたいんだ。一時(いっとき)だったけれど、銛打ちになれたことも貴重な体験だったし、その銛打ちにもっとふさわしい人間がいて、自分がまたボート漕ぎにもどるというのも――つまり、挫折(ざせつ)というのも、また、それ以上に貴重な体験なのさ。幸も不幸も、栄光も挫折も、作家にとっては、体験として等分に貴重なのだ。むしろ、挫折という体験こそが、作家にとっては必要なものなんじゃないかと思う。だから……」

　その後の言葉を、イシュメールは言わなかった。

　しかし、万次郎は、イシュメールがどういう言葉を呑み込んだのか、よくわかった。

〝だから、きみは、ぼくのことを少しも心配する必要はないのだ〟

　たぶん、そう言いたかったに違いない。

　おそらくは、くやしかったことであろう。悲しかったことであろう。

　そういうことを、みんな呑み込んで、だからこそ、イシュメールは、あれこれとボート上で銛打ちの役割について、教えてくれるのであろう。まるで、兄弟のように。

　兄時蔵(ときぞう)のことを、万次郎は思い出していた。

　万次郎は、異国船の上で、土佐中浜(とさなかのはま)のことを考えていた。

三

「ここにいたのか」

そういう声がしたので、万次郎とイシュメールは、同時に振り返った。

声のした方——後甲板の方から、ひとつの人影が近づいてきた。

その声からも、歩き方からも、誰であるかはすぐにわかった。

クイークェグだ。

「これから、船首楼へ行くつもりだったんだが、ここで会えてよかった」

ふたりの前まで歩いてくると、クイークェグはそう言った。

「何かあったのかい」

イシュメールが訊ねると、

「あった」

クイークェグがうなずく。

「何があったんだ」

「ヨージョが予言をした」

クイークェグが、右手に握ったものを、月明かりの中に差し出した。

それは、黒い、木彫りの人形であった。黒檀(こくたん)を彫ったのかと思えるほど黒い人形だ。

高さは、十五センチほどで、膝を前に曲げて腰を落とし、両手を、大きく丸い腹の上に、左右から載せている。胸が大きく、女の人形であるとわかる。腹が出ているのは、妊娠しているからなのであろうか。

眼が、顔の半分以上を占めるほど大きい。

クイークェグが、ヨージョと呼んでいる神像であることは、すでに万次郎もわかっている。

クイークェグは、毎晩、眠る前に、このヨージョを床に置いて祈る。祈る前に、木屑か紙をヨージョの前に置いて、それに火を点ける。その時に、食べものを焼いて、それをヨージョへの捧げものにするのである。

食べものは、特に何とは決まっていない。

晩飯に出た野菜の一部、ビスケットの欠片、魚の骨――そういうものを焼く。

この儀式の後に、ヨージョから託宣を聞くのである。多くの場合、ヨージョは語らないが、必要な時には必要なことを、必要な言葉で予言するのである。

ヨージョから託宣を受ける――これが、毎夜の、クイークェグの儀式だった。

しかし、ヨージョの予言する声は、クイークェグの耳にしか聴こえない。

「どんな予言なんだ」

イシュメールが問う。

「おれは死ぬ」

あまりにもあっさりとした、まるで明朝の食事を何にするか決めたことを告げるような言い方であったので、イシュメールは、もう一度問うことになった。

「なんだって？」

「おれは死ぬ、そう言ったんだ」

「どういうことだ」

人は死ぬ。

誰であれ、間違いなく、いつか人は死ぬのである。そういう意味でなら、イシュメールであれ、クイークェグであれ、皆同じだ。別に間違ったことを口にしたわけではない。ただ、いつ、誰がどのように死ぬか、それがわかっていないだけだ。

「言った通りだ」

クイークェグは、右手に左手をそえて、黒い人形を両手で包んだ。

「このヨージョがそう言ったのだ」

「何と言ったんだ」

「風は、運命に向かって船を運んでいると。船に乗る者は、皆その運命と出合い、試されるであろうと――」

「そんなのは、何も予言していないのと同じだ。何故、それでおまえが死ななくちゃいけないのだ」

「ヨージョは言った。おまえは、その試みによって、おまえの故郷、すなわちわたしのもとに還ってくるであろうと——」

「わたしというのは？」

「ヨージョのことだ。ヨージョのもとへ還るというのは、つまり、死ぬということだ。それが、いつかわからない。一週間後か、一ヶ月後か、三ヶ月後か——それとも明日か。だから、今日のうちに、おまえに礼を言っておかねばならないと思ったのだ。それで、おまえを捜していたのだ。ありがとう、イシュメールよ。おまえと出会えて、おれは幸せだった。それを言っておきたかった」

刺青の男、クイークェグは、淡々としてそう言った。

冗談でも、ふざけているのでもない。

あたりまえの事実を、あたりまえに告げた——そんな顔をしている。自分の死を告げながら、その表情には、恐怖も何もない。むしろ、どちらかというのなら、その声には、わずかながら悦びの響きすらあった。

「安心しろ、イシュメールよ」

クイークェグは、ここでようやく微笑した。

「おれは、正直に生きた。卑怯な真似は、一度もしたことがない。弱い者を打ち据えたことも一度だってない。おれが立ち向かったのは、いついかなる時でも、強い者であった。おれは、それを誇りに思っている。安心せよ、イシュメールよ、おれは、間違いなく、ヨージョのもとへ行けるだろう」

クイークェグは、真っ直にイシュメールを見ている。

「おれは、愚かではあったかもしれないが、弱い者をあざけったことは一度もない。おれが闘ったのは、常に強い相手だった。それを生きている間に言っておきたかった。信じて欲しい、友よ……」

クイークェグと向き合っていたイシュメールの眼から、ふいに涙が溢れ出た。

「信じてるさ、クイークェグ……」

イシュメールは言った。

「あたりまえじゃないか」

イシュメールは、両腕を広げ、クイークェグの身体を抱擁した。

「泣くことはない、友よ……」

クイークェグもまた、両腕を優しくイシュメールの背に回した。

抱擁が解かれ、再びクイークェグと向きあって、イシュメールは言った。

「ヨージョは、他にも予言を？」

「した」

「それは、どういう予言なんだい？」

「言う必要はない。ただ……」

と、クイークェグは、万次郎を見た。

「今、この場にいるおまえには、言っておいてもいいだろう。これは、たぶん、おまえのことだろうからな」

「ぼくの？」

万次郎が問う。

「ヨージョは言った。海で拾われし者よ、汝(なんじ)は試みの時、過去に出合い、運命をその手に握るであろう、と……」

クイークェグが、おごそかな声で告げた。

「どういう意味ですか」

「わからん。自分で考えろ。予言とは、常にそういうものだ」

クイークェグは、きっぱりとそう言った。

四

ギ……

ギ……

と、ピークオッド号が、静かに軋(きし)んでいる。

波は穏やかだ。

万次郎は、寝台の上で、仰向(あおむ)けになって、その音を聴いている。

天井から吊(つる)されたランプのうち、ふたつに灯(あか)りが点(とも)っている。

船内――船首楼の大部屋が、ぼんやりと見えているが、万次郎が見つめているのは、ほの暗い、寝台の上の天井だ。

仲間たちの寝息や鼾が聴こえているが、万次郎は寝つけなかった。

さっき耳にした、ヨージョの予言が、まだ頭の中に残っている。

いったい、どういう意味なのか。

考えても仕方のないことだとはわかっている。

そして、本当に、ヨージョの予言は当たるのだろうか。

予言が当たるかどうかはともかく、クイークェグが、自分の試みによる死を信じているというのは、間違いがない。それで、どうして、あそこまでクイークェグは平然としていられるのか。

下の寝台で横になっているイシュメールは、もう眠ってしまったのだろうか。

そういう思いが、頭の中を巡っているのである。

両手を組んで、頭をその上にのせている。

ヨージョのことや、イシュメールとクイークェグが仲よくなったいきさつは、ふたりから聴かされている。クイークェグのボートに銛打ちとして乗り込むことになってから、ふたりと話す機会が増えたのだ。

イシュメールとクイークェグが出会ったのは、ニューベッドフォードの潮吹き亭という安宿であった。

捕鯨船で働くつもりだったイシュメールが、ナンタケットに渡る船の出港待ちをするために選んだ宿が、潮吹き亭だったのである。

そこで、偶然相部屋になったのが、同様に、捕鯨船に乗ろうとしていたクイークェグであった。

クイークェグは、マルケサス諸島のある島の出身で、彼は、その村の長の息子だった。

「クイークェグの村は、人喰いをするんだよ――」

これは、イシュメールが、ある時万次郎に言った言葉である。

「それで、クイークェグさんは、その、人を食べたことがあるんですか？」

万次郎が訊ねると、

「自分で訊いてごらん」

これが、イシュメールの答えだった。

「あなたは、人を食べたことがあるんですか？」

その場にいたクイークェグに、万次郎は訊ねている。

「ある」

それがクイークェグの答えだった。

「腹が減ったから喰うのではない。戦をして、殺した相手の肉を食べるのだ。敬意と、尊敬の心を込めて食う。相手の戦士の魂が、この身体に宿るようにな――」

首も狩るらしい。

しかし、世界史的に見て、この世で一番、同一民族の人の首を狩った民族は、おそらく日本人であろう。平安から戦国時代にかけて、これほど相手の首をとることに執着した民族は、他に類を見ない。

しかし、もちろん万次郎は、まだそこまでの思考を持つには至っていない。

通常の声で、表情を変えることなく、そう言ってのけたクイークェグに、万次郎は驚いただけである。

ともあれ、潮吹き亭で、イシュメールとクイークェグは、深い友情を結ぶに至ったのである。

結局——

ピークオッド号を選んだのは、イシュメールだった。イシュメールが、自身とクイークェグの全権大使として、ピークオッド号の持ち主——株主であるピーレグとビルダッドと交渉して、仕事から給料までを決めたのである。

というのは、ヨージョの予言があったからであった。ヨージョが、どの船にするかは、全てイシュメールにまかせるようにと、クイークェグに託宣を下したのだ。

それで、ふたりは、ピークオッド号に乗り込むことになったのだが、ふたりの友情は、寝る場所が、それぞれ船首楼の大部屋と、船尾の銛打ち部屋とに分かれた後も、変わらず続いているのである。

万次郎は万次郎で、自分の生い立ちや、日本のことを、これまで何度となくイシュメールに語ってきたのだが、イシュメールたちの話で興味深かったのは、ふたりが、ピークオッド号に乗り込むのより前に出会ったエライジャという男のことであった。

出会った場所は、ナンタケット——ピークオッド号で、契約書に署名して、宿に帰る時であったという。

港を後にして、街の通りに入ったところで、後ろから声をかけられたのだ。

「おまえらは、あの船に乗る気か⁉」

ふたりが足を止めて振り返ると、そこに立っていたのが、エライジャだった。

色褪せたジャケットに、つぎはぎだらけのズボン、首にはぼろきれのようなハンカチを巻きつけていた。

見るからに見すぼらしい風体で、歳の頃なら五十前後と思えた。

イシュメールが、その時頭にまず浮かべたのは、

〝もの乞いか？〟

という言葉であった。

その顔は、万次郎に語ったイシュメールの言葉を借りれば、

「天然痘の融合性瘢痕が顔一面のあらゆる方向に溝をほり、干上がった奔流の川床のように複雑なうねを形成していた」

という。

「どうだね、おまえたちは、まさか、あの悪魔の船、ピークオッド号に乗るつもりなの

ではあるまいな」

その言葉から判断するに、この男は、イシュメールたちが、ピークオッド号を出た時から、後を尾行けてきたらしい。

「やめておけ、あの船には乗るんじゃない」

男は言った。

「どうして、そんなことを言うのですか。我々は今、納得する条件でサインを済ませてきたばかりだというのに――」

イシュメールが言うと、

「あの船の船長が、エイハブだからだ」

男が近寄ってきた。

その息から、酒の匂いが漂ってくる。

だいぶ酒が入っているらしい。

「何故、エイハブ船長の船に乗らない方がいいんですか。それよりも、あなたはどなたです？　いったいどのような権利があって、そのようなことを言うのですか」

「わしは、エライジャさ。権利は、この左腕だ」

そう言って、その男――エライジャは肩を揺すって左袖を振ってみせた。

そこではじめて、イシュメールは、その左袖の中に、中身――つまり左腕がないことに気がついた。

「わかったかね、あの船に乗るということは、いや、エイハブの船に乗るということは、こうなるということなのだよ、おまえさんがた。その覚悟はあるのかね」

「捕鯨船に乗るというのは、常にそういう危険と隣り合わせになるということです。エイハブ船長の船だけが、例外ではありませんよ」

「言うたな、小僧。このわしの生きた年月の半分も生きとらんのに、このエライジャに捕鯨船のなんたるかを教えてくれようってのか、おまえさんは——」

「あなたは、捕鯨船に乗ったことが——」

「あるとも。ナンタケットの、誰よりも重い銛を打つ、左利きのエライジャと言えば知らぬ者はない。この左袖の中に、腕が一本あった頃はな」

エライジャは、さっきから押し黙っているクイークェグへ視線を向けると、一歩、歩み寄って、

「その腕……」

「おまえさんは、銛打ちかね」

右手で、クイークェグの肩をぽんぽんと叩いた。

「そうだ」

クイークェグがうなずく。

「いい面構えだ。なかなか使いそうだが、あんたも、その顔つきだと、ピークオッド号に乗るのをやめるつもりはなさそうだな」

「ヨージョが、許した」

「ヨージョ？」

「おれの神だ」

「昔から、信心深い男は、優秀な銛打ちにはなれぬよ。ナット・スウェインを知っておるか。昔、この界隈じゃ知られた銛打ちだったが、教会にゆくようになって駄目になった。鮫のように凶暴な心がなくなったら、銛打ちはやってゆかれぬぞ」

　クイークェグは、無言で、エライジャの言うことを聞いている。

「よく聞くがいい。おまえさんがた。わしの名前、エライジャは、『聖書』の最大の預言者だということを。アハブの没落を預言したのは、このエライジャであるということをな」

「知っていますよ、エライジャさん」

　イシュメールは言った。

「ほう、えらそうに言うが、いったいおまえさん、エイハブの何を知っていると言うのかね。その昔、あやつが、ホーン岬沖で、死んだように三日三晩、甲板の上に転がっていたことは知らんだろう。ペルーの港のサンタの祭壇の前でスペイン人と殺し合ったことはどうだ。銀の聖餐式用の器につばを吐いたのを知っているか。前の航海で、白いでかい鯨に左脚を食われたことはどうだ」

　エライジャの声が、だんだん大きくなってきて、

「どうだ、知っているか⁉」

最後は叫び声のようになった。

「エライジャさん、さっきも言いましたが、我々はもう、サインを済ませたのですよ——」

イシュメールは落ちついた声で言った。

「ふん。それが何だというのだ。サインひとつで、おまえたちは、地獄への道案内を、悪魔に頼んでしまったのだぞ」

ここで、ぬうっと前に出てきたのが、これまで黙ってエライジャの言うことを聞いていたクイークェグだった。

「われらの島では、人は予言をしない。予言をするのはヨージョだけだ。あんたは人の身で、我らの運命について口を挟もうというのか——」

「予言ではない。これは、決まってしまった未来に対しての忠告だ。おまえたちは、エイハブがどうして、左脚を失ったか、知っているのか。あれは、でっかいマッコウクジラに喰いちぎられたからなのだ。太平洋の日本沖でな——」

「それは、白い鯨で、モービィ・ディックというんでしょう」

「知っとるのか」

「ビルダッドとピーレグから聞きましたよ。彼らは、何か隠しごとをして、我々を無理やりピークオッド号に乗せたわけではないのです——」

イシュメールは言った。

エライジャは唇を嚙み、

「おまえたちに何がわかる。あのふたりは金の亡者だ。船が、鯨油を満杯にしてもどってくるのなら、乗り組員が鯨に喰われ、人数が半分になっていたとしたって、心の中では嗤っていられる連中だぞ」

そう言った。

「エライジャさん。あなたは過去のできごとという大きな石で、未来へゆく道を塞いでしまっている。わたしの母だって、わたしが船乗りになると告げた時は、今あなたが口にしたことの、百倍もの理屈で、ゆくなと言ってきましたよ。わたしは十代で船乗りになって、四度航海をしました。しかし、恐れるようなことは何もありませんでしたよ。どれも輝かしい体験で、良い友人が何人もできました。今度は捕鯨船ですが、この旅は、過去の旅以上に、わたしに新しい知見をもたらしてくれるものと信じています……」

イシュメールの言葉に、エライジャは鼻白んだような表情になって、小さく舌打ちした。

「わしは、忠告した。よいか、それをよく覚えておけ。おまえたちが海の藻屑となる時は、祈りの言葉を唱える前に、まず、このわしの忠告を思い出すのだな。そして、もうひとつは、フェダラーだ」

「フェダラー?」

「支那人にして、拝火教徒——ゾロアスターの僕だ。もしも、この男とガブリエルという男が、ピークオッド号に乗り込むようなことがあったら、どちらかを船から突き落とすか自らが海に飛び込むしかないとしれ。海に飛び込んだ方が、まだ命が助かる可能性が高い。わしがもし、漂流者で、海で溺れかけていたとしても、手を差しのべてくれた船の船長がエイハブで、その船にフェダラーとガブリエルが乗っていたら、わしはその手を振り払うだろうよ。まあ、幸いにもガブリエルは、ジェロボーム号に乗って、ピークオッド号よりも先にナンタケットを出て行っちまったがな……」

言うだけ言って、エライジャは、そこでふたりに、ぷい、と背を向けていた。

そうして、エライジャはその場から去っていったというのである。

その話を、寝台で仰向けになっている万次郎は思い出していた。

エライジャについてはその時が初耳だったが、フェダラーはこの船に乗っている。

このフェダラーについては、最初、乗り組員の誰もが、船にいることすら知らなかったという。

フェダラーだけではない。

イシュメールの話では、フェダラーを含めた五人の支那人は、ずっと船倉に隠れていたのだという。

おそらく、この五人が秘密裏にピークオッド号に乗り込んでいたのを知っていたのは、エイハブ船長と、料理人のジョン・フリース、食事を船倉まで運んでいた団子小僧の三人だけだったのではないか——イシュメールはそう言った。

イシュメールの話では、五人が姿を現したのは、船がナンタケットを出てから、二十日ほど過ぎた頃であったという。

この航海において、最初の捕鯨があった日だ。

その日——

鯨を発見したのは、主檣(メイン・マスト)の上にあがっていた、インディアンのタシュテーゴであった。

「タウン・ホー!」

その声が、上から降ってきた。

この〝タウン・ホー〟は、「鯨だ!」を意味するインディアンの言葉だ。

鯨を発見した時のタシュテーゴの第一声は、いつもこの〝タウン・ホー!〟である。

ちなみに、ピークオッド号の名前は、同じくインディアンの言葉に由来する。その語源であるピーコットは、白人によって滅ぼされたインディアンのある部族の名称であった。

このことも、万次郎は、イシュメールとの対話の中で知らされたのであった。

「鯨発見!」

この瞬間に、ピークオッド号の甲板の風景が一変した。

乗り組員のほぼ全員が、せわしく動きはじめたのである。その時、思いがけなく船倉から出てきた五人の東洋人がいた。

それを率いていたのが、フェダラーであったのである。

その五人について、

「まるで、黒い幽鬼(ゆうき)の群(むれ)のようだったよ」

と、イシュメールは、万次郎に対して回想している。

いずれも、黒木綿の支那服を着て、同じく黒いだぶだぶのズボンを穿(は)いていた。

フェダラーは、肌の色が黄褐色で、白い髭(ひげ)をはやしていた。

その頭にのっているのは、白いターバンと見えたのだが、これが、実は自らの長い白髪と布を編み込んで、頭に巻きつけたものだったのである。

この五人の周囲だけ、大気の温度が下がっているのではないかと思えた。

甲板にいた者たち全員が驚いて、やりかけていた作業の手を止めていた。

そして——

幽鬼の如くに出てきた五人が、足を止めたのは、なんと、舵輪(だりん)の傍(そば)に立っていたエイハブ船長の前であった。

イシュメールたちが見守る前で、五人は、東洋人がよくやるように、エイハブに対して頭をゆるやかに下げ、再び持ちあげて、

「出てきた……」

フェダラーが言った。

「約束通りだ。よく出てきた」

エイハブは、胸を反らすようにしてそう言った。

「初陣の血は、まず、そなたらの神に捧げよう。それが、アフラ・マズダであれ、アンラ・マンユであれ、な――」

エイハブは、拝火教徒の神の名を口にした。

アフラ・マズダは、古代ペルシアで信仰された拝火教――すなわちゾロアスター教における最高神である。

光の神だ。

それ故、拝火教徒にとって、火は神そのものでもある。

逆に、アンラ・マンユは、悪神であり、闇そのものだ。

このアフラ・マズダとアンラ・マンユ――光と闇は、遥か過去から現在まで、この宇宙を舞台として、常に戦い続けているのだという。

その闘いの表出が、現世において我々人が見聞するあらゆる現象なのである。

そして、いつか、未来において善なる光の神であるアフラ・マズダが、悪なる闇の神であるアンラ・マンユに勝って、平和で安息に満ちた時代になる――

これが、ゾロアスター教徒が描く神と悪魔との闘いのシナリオであった。

ここまではキリスト教の宇宙観と似た部分もあるのだが、ゾロアスター教から発展的に生まれたマニ教においては、この善神と悪神の闘いは、勝ったり負けたりしながら未来永劫続いてゆくものであると考えられているのである。

しかし、それは、ここでは別の話だ。

「驚くでない、皆の者よ」

エイハブは、乗り組員たちに向かって言った。

「わしが、この者たちの存在をこれまで皆に隠していたのは、この者たちがこのピークオッド号に乗っているのを知ったら、降ろせと言う者が現れるに違いないと思ったからだ」

エイハブが言った時、

「それは、わたしのことですか」

そう声をかけて歩み出てきたのは、一等航海士のスターバックであった。

「おお、わが古き友、スターバックよ。やはり最初に声をかけてきたのはおまえか」

「船長、このフェダラーは、まさにあの時もこのピークオッド号にいた男ではありませんか――」

スターバックは、怒りを押し殺したような声で言い、エイハブの前に立った。

背が高く、その身体は一見痩せているが、イシュメールの言葉を借りれば〝二度焼きしたビスケット〟のように引きしまった筋肉に包まれている。

ナンタケットの、クエイカー教徒の家に生まれ、見た眼で言えば高校の教師をしているのが似合いそうな風貌をしていた。実際、古代のギリシャに生まれたら、ソクラテスと哲学的問答を、半日、オリーブの木陰でしてもおかしくないような雰囲気があった。

怒ったような声、顔をしていても、どこか落ちついている。

普通の人間とはちがい、スターバックにとっては、勇気や、怒り、そういった感情すらも、その場その場において、

「自分の意思を発露するための道具にすぎなかったのではないか」

と、イシュメールは、後に、万次郎に語っている。

「おお、スターバックよ。このエイハブの内なる良識よ。おまえの言うことは、全てこのエイハブが承知していることだ。しかし、他の者たちには、わからぬこともあろう。それは、説明をしておく必要がある。だが、それは後だ。何故なら、今、すぐそこの海で、鯨が我らを待っているからだ」

ここで、エイハブは、その視線をスターバックからはずし、

「皆のもの、鯨だ。務めよ！」

大きな声で叫んだ。

「エホバでも、アフラ・マズダでもよい。最初の鯨の血を、おぬしら自身の信じる神のために捧げよ!!」

一番先に、海に浮かんだのは、四番ボートであった。

フェダラーを中心にした漕ぎ手たちがオールを握り、なんと、エイハブ船長自らが、ボート頭として最後尾に乗り込んだ。

フェダラーたちの動きには、わずかの乱れもなかった。全員が、手際よく綱を解き、船を下ろし、それに乗り込んだ。

この間、支那人たちは、必要なこと以外は、口にしなかった。ほぼ無言であったと言っていい。

海の男たちが、特に捕鯨船の乗り組員が、こういう時に半分じゃれあって口にする、

「くたばれ！」

「おまえのおふくろの墓に糞をぶっかけてやるぞ！」

「家に帰って、カミさんのケツでも舐めてろ！」

などのような、作業ののろい仲間に対する挨拶のような声など、ひとつもあがらなかった。

そして、スターバックの一番ボート、スタッブの二番ボート、フラスクの三番ボートが海に浮いて、鯨を追ったのである。

最初に、件の鯨に銛を打ち込んだのは、エイハブ船長が乗り込んだ四番ボートであった。これは、つまり、フェダラーという、妖しい支那人の銛が、最初に鯨に突き立ったということだ。

これは、他のボートが、エイハブ船長のボートに敬意を払って遠慮した結果ではない。

そして、鯨にとどめを刺したのは、もちろんエイハブ船長であった。エイハブ船長の乗り込んだ四番ボートの、並外れた統率力のなせる業であった。

長い槍を使い、ひと突きで、鯨の心臓の動きを止めてしまったのだ。

ピークオッド号で、フェダラーたちの話が再開したのは、鯨の死体が引きあげられ、細かく切られた脂身が、大釜で煮られている時であった。

場所は、その大釜の横であり、そのきっかけを作ったのは、話が中断された時に、まさに発言しようとしていたスターバックであった。

「エイハブ船長」

スターバックが、大釜の横に立っていたエイハブに声をかけてきたのである。

通常のことで言えば、鯨を処理するこの頃には、もう、捕鯨船の船長は、自室にひっ込んでしまっているということが少なくないのだが、さすがに、航海最初の一頭目の鯨であったので、作業の最後まで、手ぬかりはないかとエイハブは眼を光らせるため、そこに残っていたのである。

つけ加えておけば、エイハブは、スターバックが声をかけてくるのを、その場で待っていた節もあった。フェダラーという怪人を頭とした、五人の支那人を、何故、ここまで匿っていたか、その説明を今しておくことが、ピークオッド号にとって良いと考えていたのであろう。

「先ほどの話の続きをしたいんですが、お時間はありますかね」

「もちろん。次の鯨が発見されるまではな」

この会話が始まった時、甲板の上に、乗り組員のほとんどが集まっていたというのも、多くの者が、さっきの話の続きを聞きたいと考えていたからであろう。

自然に、スターバックが、乗り組員を代表してエイハブに質問するかたちになった。それは、乗り組員ほぼ全員が疑問に思っていることを訊ねるのは、一等航海士たる自分の役目であるとスターバックが考えていたからであろう。

そして、その場には、もちろん、件の五人の支那人たちもいたのである。

「エイハブ船長、だいたい、このピークォッド号くらいの船になると、乗り組員は、三十三人から、三十六人です。数えてみたら、それが少ない。どういうことかとこれまで考えていたのですが、五人の人間を、二十日近くも船倉に隠しておいたというのは、いったいどういうことですかね。彼らは、何者で何のためにこのピークォッド号に乗ったのです？」

スターバックは、ほぼひと息にそう質問した。

「おお、わが古き友スターバックよ。おまえとは、これまで十一度の嵐と一緒に闘い、水を求めて上陸したフィジーのある島では、共にナイフと銃を手にして、人喰い族と闘ったこともある」

エイハブの言葉に、スターバックはうなずいた。

「日本沖で、そこの檣（マスト）が嵐で折れた時も、共にひそかに日本国に上陸して、首尾よく代わりの木材を手に入れてきた。命がけの冒険を共にしてきた」

「どれも覚えてますよ」

スターバックがうなずく。

「おまえとおれは、いつも行動を共にしてきた」

「あの、白い鯨と出合った時もね」

「そうだ。その通りだ」

エイハブは、うなずき、

「ひとつずつ答えよう。この五人が何者かと、おまえは問うたな。訊ねるまでもなく、おまえは知っているはずだ。このフェダラーのことをな。さっきおまえが口にした、あの化け物のような白い鯨、モービィ・ディックと遭遇した航海で、フェダラーは我らと共に船上にいた。わかっている。スターバックよ。おまえは、自分のためにではなく、皆のために訊ねたのだ。この五人が何者で、このエイハブが、何のためにこの船に乗り込ませたのか、それをどうしてこれまで黙っていたか、おまえはすべて承知している。承知していて訊ねたのだ。皆のためにな──」

そう言って、エイハブは乗り組員たちに視線を向けた。

「諸君」

エイハブは、右手を持ちあげて、声を大きくした。

「この五人は、このエイハブのためのボートの漕ぎ手であり、このフェダラーは、このエイハブのための銛打ちだ。では、どうして、この五人をピークオッド号に乗せたのか。それは──」

「あの白い鯨のためでしょう！」

スターバックが言う。

「その通りだ」

エイハブはうなずく。

「しかし、スターバックよ。おれはおまえもこの船に乗せた。国家には、王に仕える賢者が必要なように、このピークオッド号には、おまえという存在が必要だからだ。このエイハブが、道をあやまたぬように、正確な羅針儀のように、行先を示してくれる者が必要なのだ」

エイハブは、しゃべりながら、体内を何ものかに内側から喰われているように、苦しそうに身をよじりはじめた。

「しかし、王に限らず、人というものは、常に正しい方向へと歩を進めるわけではない。その道が、奈落へと続く通路であるとわかっていても、そちらへ向かってしまうものなのだ。神に背くことができるのも、悪魔に魂を売ることができるのも、人間なればこそなのだ。人は、神に顔を向けたまま、後ずさりしながら神から遠ざかることもできるのだ。その矛盾を抱えているからこその人なのだ」

「ああ、エイハブよ。わたしが代わりに言いましょう。あなたは、あの、あなたの左脚を奪っていった、モービィ・ディックに復讐をしたいのです。そのために、あの五人を、ピークオッド号に乗せたのです。何故なら、その五人の中に、フェダラーがいるからです。あのフェダラーこそが、あなたをモービィ・ディックへと導く羅針儀だからです。そして、わたしは、このスターバックは、あなたをモービィ・ディックから遠ざけるための羅針儀なのです。そうでしょう」

「おお、そうだ。その通りだ。スターバックよ」

「彼ら五人が、このピークオッド号に乗っていることをこれまであなたが隠していたのは、わたしが知ったら、ピークオッド号を引き返させるとわかっていたからです。それで、もう、後もどりができなくなるほど、ナンタケットから遠ざかったところで、鯨発見を理由にして、彼らを出てこさせたのです。違いますか――」

「おう、スターバックよ、その通りだ。おまえには、このエイハブの心の裡が見えているのだな」

「もちろんですとも。わたしは、あの白い悪魔に、あなたが身も心も憑かれているのが心配なのです」

スターバックは、エイハブに詰めよった。

エイハブは、スターバックから顔を背けた。

顔を背けているエイハブの視線の先へ、スターバックは自分の身を移した。

「あの白い鯨は、人智の及ぶ生き物ではありません。時の流れてゆくのを、神ならぬ人の身が止められましょうか。この大海の上を吹く風を、人が止められましょうか。あれは、モービィ・ディックはそういうものです。人が手を触れてよいものではありません。

愚かなことはおやめなさい」

「なんだと!?」

エイハブが顔をあげた。

「なんだと、スターバック。なんだと、スターバック……」

地の底から、溶けた岩が溢れ出てくるような声だった。

エイハブの腹の中で、何かがごりごりと音をたてて煮えているようであった。

「人にはな、最後の最後の、どんづまりのところで、たったひとつだけ権利があるのだ。それはな、愚かな道を選んで、自らを滅ぼす権利だ。神に唾する権利だ。アダムを見よ、イヴを見よ。人には、禁断の実に歯をあてる権利があるのだ。自ら、業火の中に身を投ずる権利だ」

「それは、わたしも認めます。しかし――」

「しかし!?」

「業火に身を投ずるのは、あなたが独りですべきことです。ピークオッド号の他の乗組員を道連れにしてよい話ではありません」

「スターバックよ。おれは、あの鯨の王と呼ばれたモーカンを前にした時、おまえがいかに勇敢であったかを知っている。おまえが臆病風に吹かれてそんなことを口にしているのではないことを知っている。しかし、あのモービィ・ディックが、神の造られた最高の作品であるにしろ、他の何であるにしろ、大きかろうが色が白かろうが、鯨は鯨ではないか。おれの銛は、間違いなく、あやつの背に突き立ったのだ。おれは、あやつの背で、あやつがもがくのを間違いなく感じていたのだ」

エイハブは、自分に言い聞かせるように、そう言った。

「確かに、あれは神秘だ。しかし、それを言うなら、全ての生命が、神秘なのではないか。スターバックよ。おれも、おまえも――」

エイハブは、両手を広げて、皮膚の下を流れる血を睨むように、それに眼を落とした。

「船長、そのくらいで……」

そこで、声をかけてきたのが、この騒ぎのもととなった人物、フェダラーであった。

フェダラーは、声に出さずに、笑うように喉をひくつかせた後、

「我々は、今、このピークオッド号に乗っている――これが現実じゃ」

エイハブとスターバックの顔を舐めまわすように見、嗄れた声で言った。

「もうひとつの現実は、このピークオッド号は、鯨を捕る船であるということだな。今日、我々がやったことを、明日も、明日以降も、やってゆかねばならぬ。我々の、今日の仕事ぶりは、見ていただけましたかな、スターバック先生……」

「見た……」

フェダラーが問う。

「鯨を見つけたら、今日と同じことを我々はやらねばならぬのじゃ。それが、青い鯨であれ、白い大きな鯨――たとえばモービィ・ディックであれ……」

「――――」

スターバックは、フェダラーに対して何かを言いかけたのだが、その言葉は喉の奥に詰まって、外には出てこなかった。

「今日のところは、それでよいのではないかな……」

フェダラーのその言葉は、スターバックに次の言葉を言わせなかった。

それで、その場は、なんとなくそれでおさまったようになってしまったのである。

万次郎は、闇の中に仰向けになって、この話をしてくれた時の、イシュメールの口調、眼の光を思い出している。

イシュメールは、スターバックのことは口にするなと言っておきながら、その時は、自らスターバックの名を口にしたのである。

この時には、もう、万次郎は、この船にスターバックという人物がいないことを、ほぼ確信していた。

最初の鯨が捕れた時にはこの船にいて、エイハブとも話をしていたスターバックが、どうしていなくなってしまったのか。

万次郎には、わからなかった。

わからないまま、万次郎は、まだ見たことのない白い鯨――モービィ・ディックのことを考えていた。

十章

万次郎生まれて初めて鯨に銛を打つこと

もしあの二重にかんぬきをかけた国、日本が外国に門戸を開くことがあるとすれば、その功績は捕鯨船にのみ帰せられるべきだろう。事実、日本の開国は目前にせまっている。

——ハーマン・メルヴィル『白鯨』
岩波文庫　八木敏雄・訳

一

万次郎が、鯨に銛を打つ機会は、ほどなくやってきた。

それは、よく晴れた日の午後であった。

南中していた太陽が、少しばかり西へ傾いた頃——

万次郎は、甲板に立ち、左舷の舷墻に両肘をついて、海を眺めていた。

風は、わずかに吹いていた。

ほどよい風によって船が運ばれている時は、船上にいる者が体感する風の強さは、実際のものよりはやや弱くなる。

それは、船が風によって風の吹く方向へ動いているからであり、仮に後ろから帆が風を受けている場合、船の進む速度の分だけ、風が弱まっているのである。

その風の中に、万次郎は、臭いを嗅いでいた。

ほんの、わずかな、あるかなしかの微かな臭いだ。

気がつかなければ、そのままになってしまいそうな臭い――

ほのかな、しかし、生臭いにおい。

これは――

鯨だ!?

鯨の潮吹きの臭気には、独特の生臭さがある。

遠くから嗅げば、生乾きで腐りかけた、鰺の臭いに似ていなくもない。似ていると言われれば、そうかとうなずくこともできるし、違うと言われても同様にうなずくことができる。

しかし、この風の中に混ざっているのは――

鯨!?

風上へ眼を向ける。

もしも、この臭いのもとが鯨なら、風上の離れた場所の海面で、鯨が潮を吹いていることになる。

「鯨ァ!!」

檣の上から声が降ってきた。

「潮吹き発見、左舷前方！」

檣頭に立ったスペイン人の水夫が、左手を鯨のいる方角に向けて、真っ直に伸ばしている。

巣穴から出てくる蟻の群のように、船員たちが次々に甲板に飛び出てくる。

「マッコウクジラだ！」

スペイン人水夫は、叫び続けている。

「色は!?」

部屋から出てきたエイハブが、檣頭に向かって、吠える。

「黒!!」

「かかれっ、かかれ!!　これはおまえたちの仕事だぞ」

エイハブが、左舷の舷墻を両手で摑み、獅子のように、喚いている。

「小僧、初陣だ。死んでこい!!」

万次郎は、エイハブの声を、走りながら背中で受けた。

船中が、一気に巨大な心臓になったようだ。

万次郎は、銛を右手に摑み、下ろされてきたボートに飛び乗った。

血管が、破裂しそうになっている。

窪津で見た、あの光景と同じだ。

村中が、沸き立つ釜のようになって、鯨組の連中が、褌姿で浜を走ってゆく。鳴らされる法螺貝。雄叫び。

自分は今、あの中にいるのだ。

身体がぶるぶると震えている。

もちろん、武者震いだ。

よかった。

いきなり煮えた釜の中に投げ込まれたようだ。それがよかった。ゆっくりと釜の中に自分で足先から入ってゆくのでは、ためらいや、恐れや、いろいろなものが心の中に生じてしまう。

しかし、これはいきなりだ。

いきなり、もう、現場の真っただ中に放り込まれたのだ。

遅れた者が、舷墻を越えて、ボートに跳び下りてくる。

青い海面が近づいてくる。

ボートが波の上に浮いた時には、全員がそろっていた。

銛受けに銛を置いた。

半九郎から譲られた、あの銛だ。

「いくぞ!」

横から声がかかった。

イシュメールだ。

ひとつ後ろの座席、ボートの右舷にイシュメールがいて、もう、オールを握っている。

万次郎は、銛打ちなので、左舷の一番前に座り、受けが右舷にある一番オールを漕ぐのが役目だ。イシュメールは右舷の一番前、二番オールを漕ぐのが役目である。

「背骨が折れても、漕げ！」

激しい声だ。あの温厚なイシュメールはもうどこにもいない。

万次郎は、オールを握った。

ぞくりと、背中の体毛が逆立った。

何人いたかはわからないが、これまでの漕ぎ手の手脂で、握りのところが黒光りしている。そこを握った途端、そこから、びりびりと伝わってくるものがあった。

これまでこのオールを握ってきた者たちの怨念の声のようなものだ。

自分の前にはイシュメールが、その前にはクイークェグが握ったオールだ。さらにその前も、さらにさらにその前も……

自分の肉の内部から、激しく噴きあげてくるものがあった。

死んだ父の悦助の顔、母志をの顔、兄時蔵、セキ、シン、ウメ……

そして、半九郎。

〝おまんは幾つじゃ〟

〝八つじゃ〟

〝小僧、酒はねや、うまい、まずいで飲むもんやないがぜ〟

〝爺っちゃん、おれも、羽刺になれようか？〟

〝最後には、狂うけん〟

〝小僧、急げ……〟

それらの記憶がひとつになって、こみあげて、迸った。

「しゃあああああっ!!」

万次郎は吼えた。

激しいもの、凶暴なもの、豊かなもの、優しいもの、哀しみ、怒り、あらゆるものが、その声と共に自分の身体と天地を貫いた。

ほんの一瞬だ。

それで、何もかもが消し飛んだ。

万次郎は、真っ白になった。

「漕ぐがじゃ!!」

万次郎は叫んでいる。

英語ではない。

幡多弁だ。

銛打ち、一番オールを漕ぐ者は、常に声をあげて、他の漕ぎ手を鼓舞し続けねばならない。

それが、土佐の言葉になって出る。

それで、通じているのかどうかは、もう万次郎の頭の中にはない。

知るか。

どっちだってえい。

「ありったけじゃ！」

「ありったけのもんを出すがよっ!!」

そうだ。

これまでの生涯で出合ったこと全て、父の悦助が死んだこと、半九郎が亡くなったこと、半九郎が馬鹿にされて泣いたこと、グレが釣れたこと、これまでのみんなありったけをかきあつめて、オールを漕ぐ。そのどれかの思いが、あと一回オールを漕ぐ力になるのなら、その思いは無駄じゃなかったってことだ。

もう、鯨は見えていない。

見えているのは、オールを握っている仲間の背と、こっちを向いて船尾で舵を握っているクイークェグの顔だけだ。

あとは、そのクイークェグの指示通りに、ひたすら漕ぐだけだ。

「右！」

「左！」

クイークェグが、手を上げて、方向を示し、吼える。

それに合わせてオールを漕ぐだけだ。
あの、いつもむっつりとした、無表情に近いクイークェグの顔が、笑っている。
白い歯が見えている。
練習の時には見せなかった表情だ。
こんな表情もするんだな、クイークェグ。
クイークェグは、自分が笑っていることに気づいているんだろうか。
そんな思考が、一瞬浮かんで、すぐ消える。
思おうとして思えるものではない。
考えようとして、考えるのでもない。
勝手に脳が思い、勝手に脳が考えることを一瞬思い、一瞬考えるだけだ。
漕ぐ。
漕ぐ。
「潜るぞ！」
クイークェグが叫ぶ。
「尾が立ちあがった。でかい!!」
飛沫の音が、万次郎にも聞こえた。
背がぞくぞくする。
大きな岩で、背をこすられているようだ。

進行方向には背を向けてオールを漕いでいるので見えないが、クイークェグが口にする言葉で、万次郎の脳裏に映像が浮かぶ。

巨大な尾が、天に向かって高く持ちあがり、くるりと翻って、潜ってゆく。

その後から、尾が跳ね飛ばした飛沫が海面に落ちる驟雨のような音が響いてくる。

「止まれ！」

クイークェグの声で、皆が、漕ぐ手を止める。

小さな泡が、青い海面に、ふつふつと浮きあがってくる。

鯨の尾とその身体が巻き込んだ空気が、無数の泡となって海中から浮きあがってきているのである。

その幾つもの泡の上に、ボートは浮かんでいる。

他の二艘のボート——スタッブとフラスクのボートも追いついてきた。

「どっちだ⁉」

フラスクが怒鳴る。

スタッブが叫ぶ。

「どのくらいまで泳ぐ⁉」

こういう時、鯨の何割かは、潜る前に進んでいたのと同じ方向に泳いでゆく。

しかし、時に、逆方向へも泳ぐことがある。

右へ行ったり、左へ行ったり、その時の風向きや、潮の流れ、ボートが鯨に対してどのような角度で追ってきたか、そういうことで泳ぐ距離や方向、潜っている時間が変化する。

それを、経験知と勘で、判断するのがボート頭だ。

「こっちだ」

クイークェグが、左手を持ちあげて、左斜め前方を指差した。

三艘のボートの漕ぎ手たちが、オールを動かしはじめた。

万次郎は、漕いだ。

全員が、背骨をいたわりもせず、ひたすら漕ぐ。

と——

「ここでいい」

クイークェグが言う。

ボートの上の動きが止まる。

それまで進んできた惰性によって、ボートは前へ動いているが、もう、オールは動いていない。

「待て——」

クイークェグが言う。

「もう少しだ……」

と——

万次郎の、左手側——ボートの右舷の海に、海中からふつふつと白い泡が浮かんできた。

綺麗(きれい)な天然の青に泡の白が混ざって、美しい色になる。

「この真下だ」

クイークェグが言う。

鯨はこのボートの真下にいる。

いつ、あの巨大な身体が海面に姿を現すのか。

それが、もし、この海面の真下から鯨が浮上してきたら、このボートなどひとたまりもない。

ひっくり返され、乗っていた者たちは、皆海へ投げ出され、船は破損して、大惨事になる。

海から浮いてくる泡の粒が、少しずつ前方へ移動してゆく。

鯨が海中をまだ先へ進んでいるのである。

「追うぞ！」

クイークェグが言うと、漕ぎ手の腕が動き出す。

キイッ、
ギシッ、
キイッ、

ギシッ、
ボートが、泡を追って動き出した。

しばらく漕ぐと、

「止まれ！」

クイークェグが言った。

漕ぎ手が、漕ぐのをやめる。

ボートが、惰性だけで前へ動いてゆく。

「浮くぞ、この先だ」

クイークェグが叫ぶ。

「立て、マンジローっ!!」

その声で、万次郎はオールから手を放し、船首近くに立ち、銛受け（クロッチ）に立てかけておいた自分の銛に手を伸ばした。

銛を握って、船首に立つ。

むりむりと、全身に力が湧きあがってくる。

通常は、何度も鯨を追いかけて、漕ぎ手が疲労困憊（こんぱい）したところで、ボート頭から「立て」の合図が下る。

しかし、まだ、そこまでの疲労は、肉体に蓄積されていない。

クイークェグの指示が適切だったからである。

「浮いてくるぞ！」

クイークェグが、怒鳴る。

「三十三フィート向こうだ!!」

万次郎にも、それはわかっている。

ちょうど、それくらいむこうの海面に、泡が浮いてきている。

三十三フィート――約十メートル。

銛を投げねばならない距離としては、かなりの数字だ。

通常は、遠くても二十数フィートだ。

しかし、近すぎると、鯨がボートを見てまた潜る可能性がある。

近ければ、銛が当たって鯨が暴れ出したら、ボートをひっくり返されることもある。

鯨に銛を打ち込めるのであれば、できるだけ離れていた方がいいのだ。

鯨を追いかけまわした挙げ句、疲労困憊した状態で投げれば、ねらいをはずしたり、銛の当たりが浅かったりする。

五十回銛を打つ機会があって、それが成功するのは、五回くらいだ。

十回に一回――

その機会が、いきなりやってきたことになる。

万次郎の筋肉は、煮えている。

まだ、銛を打つ余力は、十二分にある。

万次郎の能力を考えに入れて、クイークェグは、この距離を選んだのであろう。

鯨が、浮いてきた。

海面がどんどん白くなって、その泡の中から、黒い小山が浮上してきた。

巨大な水飛沫をあげて、その山が姿を現した。

二

「ヒョオオッ!」

「来たぞ!」

「鯨だ!!」

三艘のボートから、歓声があがる。

ボート三艘は、ほぼ、鯨から等距離にいたが、準備ができていたのは、一番ボート——すなわち、万次郎のボートであった。

二番ボート、三番ボートは、なおも横から鯨に近づいてゆく。

海面に背を出し、鯨が悠々と泳ぎ出した。

ここだ!

万次郎は、逆らわなかった。

自然に身体が動いていた。

投げた。

おもいきり。

銛が、天の雲に向かって飛んだ。

それが、美しい、山なりの放物線を描いて落下してゆく。

万次郎の想いそのもののように——

夢のような光景だ。

するすると、銛に括りつけられた縄が伸びてゆく。ただでさえ重い銛に、縄の重さが加わっている。

それを、三十三フィート飛ばす。

誰にでもできることではない。

当たった。

万次郎の投げた銛が、鯨の背に突き立ったのだ。

一番銛だ。

この時、ようやく、他のボートからも銛が飛んだところであった。

二番銛、三番銛が、鯨の背に突き立つ。

この時、万次郎の耳は、鯨の雄叫びを聞いたような気がした。

何をするか⁉

何をするか、人間ども‼

そして――

鯨は、おそろしい勢いで泳ぎはじめたのであった。

鯨は、進行方向に対して、頭を持ちあげている。

鯨――特にマッコウクジラは、その全身の重さに比べて、頭部が非常に軽い。そのため、大きくて水の抵抗の強い頭を、泳ぐ時に、半分まで海面より上に出すことができるのだ。頭をあげた分、それだけ水の抵抗が減って、泳ぐ速度があがるのである。

まだ、ボートは動き出していない。

舳先（へさき）の、縄を受ける構（チヨック）の手前に、三角台と呼ばれるものがある。左舷と右舷の舷墻に板を渡して、舳先部分の三角形の空間に蓋（ふた）をするかたちにしたものだ。その上に、銛へと繋（つな）がる縄が、蛇のとぐろのように巻いて置かれている。

鯨が泳ぎ出したため、その縄が凄（すご）い勢いで解け、構（チヨック）を通って海へ出てゆく。その縄は、ボートの後方へと、伸びている。ボートの艫（とも）近くに、桶（おけ）が置かれていて、その桶にとぐろを巻いた縄が入っていて、舳先の縄――つまり、銛と結びつけられている縄と繋がっているのである。

ただ、この縄は、桶からいったん艫へ伸び、艫にもある三角台の上に立つ綱柱を半回転して、ボートの中央を、舳先に向かって伸びている。

この綱柱は、実に丈夫にできていて、本来は木偶の坊（ロガーヘッド）と呼ばれ、竜骨まで届いており、艫の三角台からは、二フィートほど上に突き出ている。その太さは、人の掌（たなごころ）と拳（こぶし）の中間くらいである。

　クイークェグは、縄が出てゆく速度をひと呼吸ほど睨んでから、綱桶からひと尋ほど縄をたぐり出して、綱柱に二度、巻きつけた。

「くるぞ！」

　クイークェグが叫ぶ。

　がくん、

　と、衝撃があって、ボートはそのまま鯨と同じ速度で波を切って進みはじめた。

　凄い力だ。

　綱柱に巻きつけられた縄が、柱の木をこすりながら前方へ出てゆく。縄と柱の接する部分から、青い煙があがりはじめた。

　鯨の力が思っていたよりもずっと強い。

　速度も考えていた以上だ。

　クイークェグは、出てゆく綱にシャツの裾を被せ、その上から両手で縄を握った。両手で握ることによって、摩擦力を増やし、縄の出てゆく速度を緩めようとしたのだ。たちまち、両手が熱くなり、握っていられなくなる。

「水だ。綱桶に水をかけろ!!」

　クイークェグが叫ぶ。

「は、はいっ」

いちばん後ろの漕ぎ手がオールから手を離し、帽子を脱ぎ、それで海水を掬って、ざぶりとクイークェグの両手に掛けた。

次が綱柱。

そこでさらに水を汲んで、ざぶり、ざぶりと、綱桶の中の縄に水を掛ける。

これで煙は止まった。

しかし、まだ、縄は出てゆく。

凄まじい力だ。

舳先の構からの艫の綱柱まで、ボートの中央を一直線に縄が伸びている。縄は、石のように硬い。ボートが楽器なら、その縄は、切れるぎりぎりまで張った弦のようなものであった。

縄は、縒糸を五十一本束ねて編んだものだ。縒糸一本で百十二ポンドの重さに耐えることができるので、五十一本だと約二・六トンの重さに耐えられるようにできている。長さは千二百フィート——つまり三百六十五メートルに余る長さがあることになる。

めったにはないことだが、場合によってはそれが伸びきってしまうことがある。その時は、縄の尻はボートのどこにも結ばれていないので、縄はそのまま鯨に持っていかれてしまうことになる。危険なのは、縄の途中に瘤ができていたり、縄がボートのどこかに引っかかってしまうことだ。その状態で鯨が潜ったら、縄の瘤が構に引っかかり、一気にボートもろとも、乗り組員は海中に引きずり込まれてしまう。

その時は、そうなる寸前に、斧(おの)で縄を切らねばならなくなる。

ボートが海中に引きずり込まれるのを回避するもうひとつの方法は、縄が出きる前に、他のボートと合流して、こちらのボートの縄の最後のところに、合流したボートの縄を繋いでしまうことであった。

二艘のボートの縄を繋ぐといっても、たやすいことではない。

何しろ一艘のボートの縄の先には海の王であるマッコウクジラがいて、そのボートを勢いよく引いている最中だからである。もう一艘のボートが並走しようとしても、なかなか追いつけるものではない。

この場合、一番一般的な方法は、まず鯨に引かれていない方のボートの縄の先端を、鯨に引かれているボートに投げ入れ、その縄に十分なゆとりをもたせた状態で、その途中部分を鯨に引かれているボートの綱柱に何周か巻きつけて固定する——つまり、鯨は一艘目のボートを引き、一艘目のボートが二艘目を引くことになるのである。つまるところ、鯨にはボート二艘分の負荷がかかることになるのだが、肝心なのは、この二艘のボートを、横に並べて鯨に引かせるわけにはいかないということだ。

たとえば、二艘のボートの銛一本ずつ——つまり一本の縄のついた銛が同時に鯨に突き刺さったとすると、たいへんなことになる。そうなると、二艘のボートが接触して転覆したり、縄の長さに差があっても一方のボートの縄がもう一方のボートをからめとったりして、たちまち大きな事故になるからである。

だから、一艘目のボートが二艘目のボートを引き、縦列で鯨と繋がる必要があるのである。

その上で、二艘目のボートから投げ入れられた縄の先端を、一艘目のボートの縄と結ぶのである。

これには、互いのボートの舳先には構（チョック）があり、結んだ目はその構（チョック）をとおらなかったりするので、それを避けるためのややこしい方法があるのだが、ボートのオールを握る人間は、たいてい誰でもこの役割を荷（にな）うことができるのである。

時には、まさに鯨が引いている縄を、涙を呑んで、ボートに用意されている斧で切らねばならない場合もある。

しかし、この時、鯨は潜らなかった。

ただひたすら、前に向かって泳ぎ続けたのである。

それでも、安心はできない。縄が出きった状態で引かれている最中に、いきなり鯨が潜り出すこともあるからだ。

「代わるぞ！」

クイークェグが、叫ぶ。

「ヤー!!」

舳先の万次郎が、立ちあがる。

艫のクイークェグが立ちあがる。

万次郎は後ろへ。

クイークェグは前へ。

ふたりが、前と後ろを入れかわるのだ。

他の四人のボートの漕ぎ手は、オールを海面と水平にする。

こうすると、オールをまたぎ易くすることになり、移動が早いのだ。

石のように硬くなった縄が、ボートの中央に前後に張られている。その縄を時に掴みながら移動し、万次郎とクイークェグは、ボートの真ん中ですれちがった。

すでに、縄は三分の二ほどが引き出されていたが、そこで止まっていた。

万次郎が艫に、クイークェグが舳先に移動し終えた。

「たぐれ、たぐれ!」

クイークェグが、大声で命じた。

オールを持っていた男たちのうちの三人が、オールから手を離し、縄を握ってそれを引きはじめた。

鯨をボートに引き寄せようとしているのではない。ボートの方を、鯨に引き寄せようとしているのである。

ボートが、だんだん鯨に近づいてゆく。

ボートと鯨が近づいた分、縄にたるみができる。

万次郎は、たるんだ縄を手元に引いて、その緩んだ分を綱柱にいったん回してから、綱桶がかりの男に、その緩んだ分の縄を送ってゆく。綱桶がかりの男が、縄の緩みを巻き取りながら、桶の中にもどしてゆく。

綱桶がかりは、ボートの漕ぎ手で、一番艫に近いオールを握っている男の担当だ。

「たぐれ、たぐれえっ！」

もう、鯨は、頭を持ちあげて泳いではいない。

背を水上に出したり、水面下に潜らせたりしながら泳いでいる。

苦しい息つぎをするように、何度も潮を噴く。

すでに、クイークェグは、舳先の三角台の上に立って、その手に槍を構えて仁王立ちになっている。

鯨との距離が、三十五フィートほどになった時、

「ホウッ」

クイークェグの手から槍が飛んだ。

槍の方が銛より軽く、縄が繋げられていない分、さらに槍の方が軽い。

それだけ、槍の方が銛よりも遠くへ届くのである。

美しい、山なりの放物線が、青い空に描かれた。

槍先が、鯨の背に吸い込まれた。

鯨が、潜る。

「緩めろ!!」

クイークェグが怒鳴る。

万次郎は、綱桶から縄をたぐり寄せ、五フィート分くらいをたるませた。

きしきしきしっ、

と、縄が悲鳴をあげ、たるみがほぼひと息に消えて、がくん、とボートがつんのめるように前に出た。

めきっ、

と、縄に締めあげられて、綱柱が悲鳴をあげた。

舳先の構(チョック)から、さっきまで前に伸びていた縄が、今は斜めに海中に潜っている。

ボートの舳先が、海面に対して、その鼻先を斜めに突っ込もうとしている。まるで、ボートが、海の香りをより近くで嗅ごうとしているかのようであった。縄が、海に潜る縄の角度が、どんどん急になってゆく。

どうする!?

万次郎は、クイークェグを睨むように見ている。

いつ、縄を緩めろという指示が出てもいいようにだ。

すでに、綱柱に一回転巻きつけてある縄であったが、指示が出たら、それをただちに半回転分にしなければならなかったからだ。

しかし、クイークェグは、その指示を出さなかった。その鯨が、すでに、ボートを海に引きずり込むだけの力を持っていないと判断したからであろう。

急になってゆく縄の角度が、途中で安定した。

斜めに潜ってゆこうとする鯨の力と、船の持つ浮く力が、拮抗したらしい。

「オール！」

クイークェグが叫ぶ。

漕ぎ手が、オールを海中に入れて、止める。

漕がなかった。

オールに当たる海水の抵抗で、鯨にさらに負荷をかけるためだ。

ボートを漕ぐには、手を手前に引く力が必要なのだが、このやり方だと、逆に前へ押す力が必要になる。

「踏んばれ！」

声をあげたのは、イシュメールだった。

「こらえろっ！」

ボートの漕ぎ手たちも、すでにかなりの体力を消耗しているはずであった。

疲労しているのは、鯨ばかりではないのだ。

「地獄の底を覗きにゆくぞっ!!」

イシュメールの言葉に、

「おうっ」

という男たちの雄叫びがあがる。

ボートの後方から、歓声が届いてきた。

万次郎が後ろを向くと、二十メートルほど後方の海上に、鯨の大きな尾が天に向かって翻るのが見えた。

一番ボートを追ってきた二艘のボートが、途中でもう一頭の鯨と遭遇して、今、慌てて銛を投げたらそれがみごとに当たった――そういう状況らしい。

一番ボートを追っていた二艘のボートは、二頭目の鯨にこれからかかりっきりになるのだろう。二艘のボートの動きで、それがわかる。

自分たちは、これから、この一番ボートのみで、巨大な海の獣と対決せねばならないのだ。

「なんともないがや！」

万次郎の口から、土佐弁が迸り出る。

「これで対等じゃ!!」

万次郎が、故郷の言葉で叫ぶと、

「おおう」

オールを握る者たちの声が、きれいに重なって、大気を裂いた。

その時、
ふっ、
と、縄に加わっていた力が消失した。

舳先を前に傾けていた船が、くわっともとにもどる。

それが何であるか、万次郎にはわかった。

釣りをしている時、これまでにも、何度となく体験してきたことだ。

磯で釣りをしていると、大きなグレが掛かる。竿と糸を通じて、グレとやり取りをする。その時、急に糸が緩むことがある。

大きく曲がっていた竿がもとにもどり、竿に伝わってきていた生き物の気配が、嘘のように消失する。

何が起こったのか。

魚が、逃げる途中で、反転し、海面に向かって泳ぎ出したのだ。

それと同じことが起こったのである。

〝浮いてくるがよ！〟

万次郎がその言葉を発しようとした時、

「浮くぞ！」

クイークェグが、声をはりあげた。

鯨が、ぐんぐん浮いてくるのがわかる。

「たぐれ、たぐれ、たぐれ！」

クイークェグが、叫んでいる。

しかし、いくらたぐっても、縄は緩んだままだ。

クイークェグの言葉の通りに、鯨が海面から小山のような頭を出した。左舷前方だ。

そして鯨は、さらにさらに高い天に向かって登ってゆこうとする。

「浮くぞ!!」

鯨が、宙を泳ぐ。

鯨の身体が、ほぼ垂直に、海面に立ちあがった。

海に潜っているのは、尾の先だけだ。

この世のものでない光景。

見たか。

人間ども。

見たか。

これがおれの姿だ。

見て、そして、ひれ伏せ。

鯨は、そう言っているようであった。

激しく、飛沫が降り注いだ。

鯨は巨大な山が倒れ込むようにして頭から海に潜った。

驟雨のように、上から海水が注いでくる。

再び鯨の姿は見えなくなった。

ごん、

と、溝を通っていた縄が張って、舳先が一瞬、海に潜りそうになった。しかし、舳先は鼻面を波の中に一瞬突っ込みはしたものの、ボートそのものが海に引き込まれるということはなかった。

鯨自体が、すでにそこまでの力を残していなかったのだ。

銛を打ち込まれ、出血しながら長時間ボートを引いて泳ぎ、ついちょっと前には、長い槍を打ち込まれたのだ。

ボートを海中に引きずり込もうとしたのだが、それができず、鯨はまた泳ぎ出した。人で言えば、ずっと潜って泳いだあと、海面に出て充分息を吸わないうちに、再び水中に潜ってしまったようなものだ。

人なら、苦しくなって、すぐに顔をあげることになる。

この鯨もそうだった。

そこまで、先ほどの半分の時間もかからなかった。

縄も伸びていなかったので、浮上した時、たて続けに、二本の槍を背に受けていた。

万次郎とクィークェグが投げた槍であった。

鯨は、銛と槍を背に生やしたまま、悠々と泳ぎ出した。

その背へ、さらに槍が突き立つ。

「マンジロー、行けっ！」

「休むな！」

「槍だ!!」

万次郎は、槍を手に持って、投げる。

二本――

一本も外すことなく、槍が鯨の背に突き立ってゆく。

鯨の泳ぐ速度が、だんだんと遅くなってゆく。

そして――

ついに、鯨が泳ぐのをやめた。

海面に背を出して、人が喘（あえ）ぐが如（ごと）くに、ふしゅー、ふしゅーっと、潮を噴いている。

しかし、ここで槍を投げるのをためらっていたら、永久に鯨を捕ることはできない。

ボートが近づいてゆく。

鯨は動かない。

「こういう時こそ、気をつけるんだ。おとなしくなった女と鯨には、心を許すんじゃないぞ」

クイークェグが言う。

わかっている。

鯨の潮噴きは、死にゆく人が、最後の呼吸を繰り返しているようにも思えた。

「シャア!」

万次郎の手から、また槍が放たれた。

槍が、鯨の背に突き立った。

その瞬間——

狂乱したように、鯨が暴れ出したのである。

槍が突き立った場所が悪く、鯨にあらたな刺激を与えてしまったのか。

それとも、弱ったふりをしてこちらを油断させ、ボートが近づくのを待って暴れ出したのか。

おそらくは、後者だ。

鯨は待っていたのだ。

自分の尾の一撃が届く場所まで、ボートが近づいてくるのを。

鯨は、暴れ、そして狂った。

尾を立て、落とし、海面を叩き、身をくねらせてもがいた。

いきなり嵐がそこに出現したようになった。

激しく、海水が、上から横から叩きつけてくる。

尾が潜った。

「来るぞ！」

クイークェグが叫んだその時、火山の噴火のような勢いで、舟底を海中から鯨の尾が跳ねあげてきた。

ボートが、完全に宙に浮いていた。

何人かが、海に投げ出された。

万次郎もそのひとりだった。

万次郎の身体は、宙で一回転し、海に頭から落ちていた。

水を掻いて、浮きあがる。

浮きあがると、そこにあったのは、銛と槍を生やした鯨の背であった。

「くそっ」

万次郎は、その鯨の背に向かって泳ぎ、這いあがった。

鯨が暴れているため、すぐに落ちそうになる。

「くわっ」

鯨の背に、両手両足で這い上がり、背から生えていた銛を右手で掴んだ。

最初に自分が投げた銛であった。

その銛に左足をからめ、落ちるのを防ぎながら、近くに突き立っている槍を掴んだ。

それを、両手で引き抜く。

銛には、強力な、ごつい返しがついているため、ちょっと引いただけでは抜けそうにないが、槍には返しがついていないため、なんとか引き抜くことができるのだ。

「やれっ、マンジロー。立てろ、立てろ！」

クイークェグが、ボートの上から叫んでいる。

「心臓だ。心臓をねらうんだっ！」

もうひとり、そう叫んでいるのはイシュメールだった。

ボートの上にいるのはこのふたりだけだった。

他の三人は、万次郎と一緒に海に投げ出されたのだ。

ボート近くの海面に、三人の頭が、浮いたり沈んだりしているのが見える。

クイークェグも、イシュメールも、から身だった。手に、槍もオールも握ってはいない。ボートが、鯨の尾の一撃で跳ねあげられた時、いずれも海に落ちたのだ。

海に落ちた三人が、周囲に浮いているオールや槍を、泳ぎながら回収しようとしているのが見てとれる。

「おまえの右足の少し先、二フィート向こうだ。そこへ、やつの中心目がけて槍を突き立てろ。心臓はそこだ。教えたろう！」

クイークェグが叫んでいる。

万次郎は槍を右手で持ち、ねらいを定めようとする。

ここか。

ここか。

ここでいいのか。

これまでの訓練で頭の中に入れたことが、きれいにみんな飛んでしまっている。

空っぽだ。

左手は、銛を握ってバランスをとっている。

ふんばっている両足の裏に、どくん、どくんと脈打つ、鯨の心臓の鼓動が伝わってくる。

ここだ。

間違いない。

左手を銛から離す。

両手で槍を握る。

眼が、槍のように尖(とが)って、もう、その場所を捉(とら)えている。

そこへ向かって——

「かああああっ!!」

突いた。

全部の体重を乗せた。

全部の想いを乗せた。

志をのことも。

悦助のことも。

時蔵のことも。

セキのことも。

シンのことも。

ウメのことも。

そして、半九郎のことも。

何もかも、全部だ。

自分のありったけを込めなければ鯨に槍が届かない。

こんなに巨大で、こんなに神々しいものに対して、ちっぽけな自分の重さだけではどうにもなるものではない。

だから、これまで、自分が出会ってきた人の思いや哀しみや、様々なものを、自分の重さに乗せるのだ。そうでなければ届かない。偉大なものの生命を奪うというのは、そういうことなのだ。

半九郎の爺っちゃん。

どんなにか、もう一度、鯨と対決したかったことだろう。

〝小僧、鯨が好きか〟

半九郎の声が響く。

鯨よ。

なんで、おまえを殺さねばならないのか。

おれは、こんなにおまえのことが好きで、こんなに心を震わせているのに、どうして。

すまない。

すまない。

様々な想いが、からまり合い、こんがらがってこんがらがって、でかいぐしゃぐしゃの結び目のようになっている。それがおれだ。それが、中浜の万次郎じゃ。それをまるごと届けるしかない。

「かああああっ!!」

「かあああああっ!!」

潜ってゆく。

槍が潜ってゆく。

鯨がのたうつ。

万次郎のすぐ横の穴から、

ぶしゅうううう、

ぶしゅうううう、

潮が噴き出されてくる。

血の混ざった赤い潮だ。

それで、万次郎は、ずぶ濡れになっている。

髪の先から、鼻の先から、顎の先から、赤い色をした潮が、したたり落ちる。

「こなくそ!」

突き立てる。

潜った。

鯨がである。
背に乗って、ふんばって槍を握っている万次郎ごと、鯨が潜った。
万次郎も、海中に引き込まれた。
いきなり、音が消えた。
青い沈黙の中に、万次郎はつつまれていた。
響いているのは、足の裏から届いてくる、鯨の心臓の鼓動だけだ。
海の中で、回っている。
鯨が潜る。
放すもんか。
あんまり深く海に沈むと、耳の膜がやぶれゆうがよ——
それを教えてくれたのは誰だったか。
父の悦助だったか。
呼吸ができない。
息を止め続ける。
頭が、がんがんしてくる。
どっちが上で、どっちが下かもわからない。
放すもんか。
この鯨と心中じゃ。

暗い。
あたりは暗い。
意識を失いかけているのか、それとも本当に暗いのか。
どうなっているのか。
もう、だめだ。
死ぬのか、おれは……
そう思った時、変化があった。
暗かった周囲が、ゆっくりと明るくなってくるようだった。
少しずつ、少しずつ。
鯨が浮きあがろうとしているらしい。
だんだんと明るくなり、さらに明るくなって——
ざあっ、
と、万次郎の周囲から水がこぼれ落ちて、万次郎は陽光の中にいた。
青い空。
青い海。
白い雲。
「がはっ」
万次郎は、大きく口を開けて、息を吸い込んだ。

「がひゅう」

「がひゅううう」

いくら息を吸い込んでも吸い込んでも、まだ足りなかった。

万次郎は、まだ、槍を両手に握っていた。

鯨の背だった。

「マンジロー、やったぞ」

「凄いぞ、マンジロー」

向こうのボートの上で、クイークェグとイシュメールが叫んでいる。

鯨は、死んでいた。

鯨の周囲の海が、その血で赤く染まっている。

ボートの上に、浮いていたオールや、槍がもどされている。

やがて、泳いでいた三人がボートにもどり、彼らの手にオールが握られた。

オールが動き出した。

ボートが、鯨に近づいてくる。

万次郎は、喘ぎながら、それを見つめている。

万次郎は、まだ、槍を両手で握っている。

鯨の隣に、ボートが横づけされた。

「手を放せ、マンジロー。槍を放していったんボートに戻るんだ」

イシュメールが言う。

しかし、万次郎は、動けなかった。

「どうした?」

「手が、槍から離れんがじゃ」

万次郎は、土佐の言葉で言った。

いくら手を放そうとしても、槍の柄から手が離れないのである。

「待ってろ」

イシュメールが立ちあがって、鯨の上に跳び乗ってきた。

「よくやったな」

イシュメールが、万次郎の指を、一本ずつ槍の柄からひきはがしはじめた。

ようやく槍から指が離れた時、万次郎はそこにへたり込んでいた。

「立てるか」

イシュメールが、万次郎の手を取って、立たせようとする。

「だいじょうぶじゃ」

万次郎は、膝を持ちあげながら土佐弁で答えた。

「ひとりで立てる」

ふらつきながらも、万次郎は、鯨の背の上に立った。

「おおおっ!」

ボートから、歓声があがる。

這いずるようにして、万次郎は、ボートにもどった。

「大きな鯨だ。よくやった、マンジロー」

クイークェグが、握手を求めてきた。

その手を万次郎は握り、

「ありがとう、クイークェグ、イシュメール、それから、みんなのおかげだ」

そう言ってから、万次郎は、ボートの上にへたり込んだ。

ボートの漕ぎ手たちが、次々に万次郎に握手を求めてきた。

「よし、これから鯨を引くぞ」

イシュメールが言った。

この時には、他の二艘のボートが近くにやってきていた。

どうやら、向こうで見つけたもう一頭の鯨は、捕ることができなかったらしい。

三艘のボートで、鯨を引いた。

巨大な鯨は、哀しいくらいゆっくりと、海面を引かれてゆく。

向こうに、ピークオッド号が見えている。

ピークオッド号もまた、こちらに向かって進んできているのである。

ピークオッド号の上で、歓声があがった。

その声が、風に乗って万次郎まで届いてきた。

十一章　ジェロボーム号から来た男のこと

フラスクの監督下に当直をつとめていた者たちは――まるでヘロデ王に殺された無辜のおさなごたちの亡霊がなかば言葉にならぬ言葉で訴えかけているような――実に哀しげで物狂おしく、とてもこの世のものとは思われぬ叫喚に度肝をぬかれ、すっかり夢をさまされ、その絶叫が聞こえているあいだ、あのローマの奴隷の彫像さながらに、ある者はすわり、ある者は何かによりかかったまま、身動きもせず、それに耳をかたむけた。乗組みのうち、キリスト教徒や文明化された者たちはそれを人魚の誘惑と見なしておびえたが、異教徒の銛打ちたちは平然としていた。しかし、最年長の水夫であるマン島の男は、身の毛もよだつあの声はさきごろ海で溺れた者たちの声だといいはった。

――ハーマン・メルヴィル『白鯨』
岩波文庫　八木敏雄・訳

一

万次郎が最初の捕鯨に出た時、実はふたつの事件が起こっていたのである。
その事件のうちのひとつは、まさに万次郎が鯨と格闘している最中に、別のボートで起こった。

そして、もうひとつの事件については、捕った鯨の脂(あぶら)とりをやっている最中に生じたのである。

最初の事件——万次郎のボートではない別のボートで起こった事件については、ピップが関わっていた。

この時、一番初めに海に浮かんだのは、万次郎の乗ったボートであった。次が、スタッブとタシュテーゴのボートで、三番目がフラスクとダグーのボートであった。

何故、フラスクのボートが一番遅れてしまったのか。それは、フラスクのボートの漕(こ)ぎ手が、怪我をしてしまったからである。

その漕ぎ手はボートに乗ろうと走っている時に転び、その身をかばうために出した右腕を甲板についた時、その腕を折ってしまったのだ。

その男は、左手で右腕を押さえ、

「やっちまった」

と叫んだ。

その右腕が、いやな角度に曲がっていたのである。

そして、その時、一番近くにいたのがピップだったのである。

一瞬ためらった後、

「おまえが乗れ、ピップ」

そう言ったのは、その時まさにボートに乗り込もうとしていたフラスクであった。

身長だけのことで言えば、フラスクは、この黒人の少年よりも低い。しかし、フラスクはピークオッド号の三等航海士であり、自分のボートの漕ぎ手を誰にするかは、彼自身が決めることができる。小柄で金髪。その碧い眸に込められた意志の強さは、場合によってはエイハブすらも視線をそらすことがある。

「いつぞやの失敗を、取り返すチャンスだぞ、ピップ——」

その眸に射すくめられては、ピップもさからうことはできない。

「ウヒャイ」

ピップは跳びあがり、そのままボートに転げ落ちるようにして乗り込み、オールを握ることになったのである。

場所は、ボートの漕ぎ手としては一番後ろ——つまり、フラスクのすぐ前であった。

何故、ピップがそこに座ることになったのかというと、腕を折った水夫の座る場所がそこだったからだ。

つまり、ピップは、自然に綱桶がかりもやることになってしまったのである。

病気になったり、怪我をしたり、その他様々な原因でボートの漕ぎ手が代わることは、珍しいことではない。

かくして、哀れなピップは、フラスクのボートに乗り込むことになってしまったのである。

フラスクのボートは、万次郎に銛を打ち込まれて走り出した鯨に引きずられてゆく一番ボートを、遅れながらも後ろから追っていた。しかも、慣れないオールを握るピップがいるにもかかわらず、スタッブのボートよりもわずかに先行していた。

その時に、フラスクが叫んだのである。

「待て――」

全員が、オールを漕ぐ手を止めていた。

「もう一頭、鯨がいる」

惰性で前へ進んでゆくボートの上にフラスクが立ちあがった。

「どこだ」

次にフラスクがやったのは、綱柱の上に立つことであった。

高さ六十センチほど――言うなれば直径がさほどない丸太の切り株の上に立つのと同じで、しかも波で揺れるボート上でのことであり、誰にでもできる芸当ではない。

逆に言えば、小柄なフラスクなればこその技で、これ以外に、ボートの上から高い視界を得る方法はない。

「このフラスクさまの鼻は、船の誰よりも利くのだ。どんな遠くで噴く鯨の潮の臭いだって、おれは嗅ぎつけるのだからな――」

どうやらフラスクは、あらたな鯨の臭いを嗅いだらしい。

揺れる綱柱の上に立って、フラスクは、あたりを、特に風上を眺めている。

「ううむ、臭うぞ、臭うぞ。しかし、これでは三つ先の波でさえ見えぬ。誰か、檣(マスト)のかわりにオールを立てよ。そのてっぺんへ、おれを乗せてくれぬか、どうだ、ダグー」

フラスクが言うと、

「承知しましたぜ」

ボートの一番前でダグーが腰を持ちあげた。

左右の船縁(ふなべり)を掴(つか)みながら、ピークオッド号一番の巨漢であるダグーが、ボートの最後尾までやってくると、三角台の上に両足を踏ん張って立った。

「来ましたぜ、檣(マスト)が」

ダグーは、上に向けた両手を腹の前で重ねて、フラスクに言った。

「ならば、その檣頭(マスト・ヘッド)に登らせてもらおうか」

フラスクは、ダグーの重ねた両手の上に右足を乗せ、ダグーの両肩に左右の手をかけると、左足で三角台を蹴(け)った。

ダグーが、それに合わせて両手を持ちあげる。

この時には、もう、フラスクはダグーの頭に右手をかけ、分厚い胸を駆け登って、なんとダグーの両肩の上に、両足で立っていたのである。

「おう」

という声が、漕ぎ手たちからあがった。

「よく見えるぞ、ダグー。できればもう四十フィートほどは欲しいところだが、贅沢(ぜいたく)は言うまいよ」

そう言って、フラスクは、悠々と視線を波の彼方に向けた。

すぐ後ろからやってきたスタッブのボートの水夫たちもオールを漕ぐ手を止めて、その光景を眺めている。

ダグーの巨体と、小柄なフラスクの身体があったればこそできることであった。

ピークオッド号の奇観である。

賛嘆しつつも、皆がさほど驚いていないのは、この光景は、このふたりが時おり見せる姿だからであろう。

「見つけたぞ、見つけたぞ、あそこで哀れな鯨が潮を噴いているぞ」

フラスクが、ダグーの肩から飛び降りる。

ダグーが当初の持ち場にもどってオールを握る。

「漕げ、漕げ、今日という日がハルマゲドンの日であっても漕げ！」

フラスクが叫ぶ。

「よいか、諸君たちの子が、今、カミさんのあそこから出かかっていたって、その手を止めるでないぞ」

ボートが、フラスクの示す方向に向かって動き出す。

「続け！」

スタッブも叫ぶ。

そうして、二艘(そう)のボートは、もう一頭の鯨を追って、動き出したのである。

ほどなく二艘のボートは、鯨が視認できるところまで迫っていた。

「よいか、今日は鯨が二頭だ。ひと晩中脂とりだ。明日の昼まで寝られると思うなよ」

フラスクが叫ぶ。

「ダグーよ、立て。銛を握れ。あの鯨が男でも女でもいい。おまえのでかい銛を、おもいきり突き立ててやるのだ」

ダグーが、銛を握って立ちあがる。

「おおあっ！」

銛が飛んだ。

それが、鯨の背に突き立った。

鯨が走りはじめた。

舳先(へさき)の三角台に巻いた縄が、するすると出てゆく。

「ピップ！」

フラスクが叫んだ。

ピップの役目は、やがて縄が張って鯨にボートが引かれるようになる前に、ほどよく綱桶の縄を出しておくことであった。

しかし、ピップは、いきなりのことで狼狽(ろうばい)し、綱桶からではなく、舳先に巻いてある縄を引き寄せることで、縄にゆとりを作ってしまったのである。

「違うぞ！」

それを、フラスクがとがめて叫んだのである。

それで、ピップはさらに逆上した。

綱桶に手を伸ばそうとしてそこに転び、手元に緩めて引きよせた縄が、身体に巻きついてしまったのである。

「馬鹿、ほどけ、ピップ!!」

フラスクが怒鳴る。

もしも、その縄がほどけぬ場合、考えられることは幾つかある。

まず、鯨に引かれる縄が張った時、いっきにピップは舳先まで引き摺られ、途中にいる漕ぎ手たちを薙ぎ倒し、舳先の構にピップ自身が引っかかって縄が止まることだ。その場合、ひと息に縄に締めあげられ、いっきにあばら骨が折れ、内臓を口と尻からひり出して絶命する。

運よく、構から縄がはずれても、ピップはそのまま海に引き摺り込まれて、運がよければ溺れ死ぬ。運が悪ければ、綱柱で縄の伸びてゆくのをフラスクが止めた瞬間に、最初のケースと同様に、縄に締めあげられ、死ぬ。違うのは、それが空気中か海中かということだけだ。

すでに、縄を解いている時間はない。

ことを見てとったダグーは、斧を手に取って、それを、構から出てゆく縄の上にかざ

し、

「どうします、フラスクの旦那(だんな)」

冷静にそう言った。

「ううぬ⁉」

フラスクは、ピップと縄を睨(にら)んで唸(うな)った。

もう、わずかの時間もない。

瞬間の判断が必要な時であった。

もしも、ここで縄を切れば、ピップの命は助かるが、鯨を逃がすことになる。

ボート頭がフラスクである以上、ダグーが勝手に縄を切るわけにはいかないのだ。

このまま捕鯨を続ければ、ピップは死ぬかもしれないが、鯨を二頭手に入れることができる。

ピップは、ことがあまりに突然に起こったため、泣き叫んだりする余裕もなかった。

ただ、泣きそうな眼で、フラスクを見ている。

眼に涙を浮かべる間さえない。

ただ、どういう状況にあるかは、ピップもわかっている。

がくがくとその両膝(りょうひざ)が震えているからだ。

「お願い……」

ピップは言った。

縄が出てゆく。

「切れっ！」

フラスクが叫んだ瞬間、斧が打ち下ろされた。

パアン、

と、縄が切れたのは、まさに、ピップの腕と胸の筋肉を、縄が半分ほど締めあげた時だった。

ピップは、ボートの艫の方へ、転げるように倒れ、綱柱で額を打っていた。

そのまま、ピップは、声をあげて泣き出した。

「ううぬ、ううぬ……」

フラスクは、己れの内部から溢れてくる感情を押し殺そうとするように唸っている。

いつも冷静なこの男にしては珍しいことであった。

「鯨、行っちまいましたぜ……」

ダグーがつぶやく。

「小僧、これで二度目だ。二度目だぞ、小僧。前の失敗があるから、二度目はなかろうと考えたおれが間違いだった。いいか、ピップよ、三度目はないぞ——」

フラスクは、唸りながらそう言った。

「ひっ」

「ひっ」

ボートの中に、ピップの泣き声だけが響いていた。

そのような事件があったということを、万次郎は、ピークオッド号にもどってから耳にしたのである。

二

もうひとつの事件については、鯨の脂身から脂をとるため、脂身を切り分けている最中に起こった。

「なんでえ、こりゃあ」

その作業をやっていた男が、声をあげたのである。

近くにいた者たちが、その声につられて寄ってゆくと、件の男が、右手に庖丁を、左手に何かを持って、その何かを上に持ちあげているところだった。

万次郎も、それを見た。

それは、灰色の、石のようなものであった。しかし、ただの石でないことは、すぐにわかった。明らかに人の手で加工されたものであり、その形状はピークオッド号の乗り組員なら誰でも知っている銛先のかたちをしていたのである。

「いってえ、誰がこんなもので鯨を捕ろうとしやがったんでえ」

男は言った。

鯨という生命体は、人類の歴史の中で、かなり古い時代から人に食されてきた生き物である。

日本で言えば、縄文時代――つまり世界的には新石器時代の貝塚から、食用にされたと思われる鯨の骨が発見されており、捕鯨の図が描かれた土器までが出土しているのである。

古代から、人類が石器――石の銛によって鯨を捕ってきたというのは、当時の捕鯨船に乗る者たちの多くにとっては、知識のうちであった。

万次郎も、鯨を捕るということが、昔から行われてきたということは知っていたが、それが石器を使うような頃からであるというところまでは知らなかった。そういった知識について知ったのは、ピークオッド号に乗って、イシュメールたちからそういう話を聞かされてからである。

しかし、その鯨を捕るための石の銛が、鯨の体内から出てきたというのは、驚きであった。

鯨が長寿であるというのは、この時、すでに一般的に知られていることであった。種類によって違うのだが、たとえばマッコウクジラは、長命の個体で七十五年くらいは生きる。

当時、実際にはどれくらいという記録こそなかったものの、人の寿命くらいは生きる、いや、人の寿命よりも長く生きるのではないか――とは、普通に考えられていた。

しかし、それにしても、その体内から新石器時代の銛先が出てきたというのは、誰にとっても驚きのことであった。

仕留めた鯨の体内から、銛が出てくるということは、ないことではない。ただ、それが石の銛であったということが、ピークオッド号の乗り組員たちを、その場に集めてしまったのである。

「小僧よ、こいつは、おまえさんの仕留めた鯨だぜ」

スタッブが、万次郎に声をかけてきた。

「最初に仕留めた鯨がこれだ。もしかしたらおまえは、他人(ひと)にはない何かを持ってるのかもしれねえな」

〝魚(イオ)を持っちょう〟

万次郎は、中浜でそう言われていたことを思い出していた。

そう言われるのは嬉(うれ)しかったが、そのことについて、これまで深く考えたことはなかったし、自分が特別な人間だと思ったこともなかった。ただ、他人より釣りが好きで、色々工夫をする。それが良い釣果を生んで〝魚(イオ)を持っちょう〟という話になっているのだろう。

しかし、自分には、もしかすると、そういう才能というか、運のようなものがあるのかもしれない。

この世界には、人の考えでは計りしれない何かの力が働いていて、時々、人は、そのような力の作用の中にその身をからめとられることがあるのかもしれない。日本人的な思考で言うなら、運命とでもいうべき何かの力に、自分は、この身体を摑みとられているのかもしれないと万次郎は思った。

鯨の体内から出てきた石器。

千年、二千年——いや、四千年、五千年も昔に、誰かがこの鯨を捕ろうとしたことがあったのであろうか。

あるいは、一万年も前か。

その頃から、人は鯨を捕ってきたのか。

その頃に、もう、半九郎のような人間がいたというのであろうか。エイハブの如き人物がいたのであろうか。

そして、自分のような人間も——

この石の銛先のことについては、その次の日に、博学なイシュメールが、万次郎に語ってくれた。

「鯨が長命の生物だというのは、ぼくも知っているが、まさか、一万年、千年生きるものはいないだろうと思うよ。しかし、そのくらい太古から生き続けているのではないかと思わせてしまうくらい、鯨が偉大な生命体であるというのは間違いない。エイハブ船長の追っているモービィ・ディックが、もしかしたら千年生きる奇跡の鯨であるのかもしれないけどね——」

鯨の神格化は、海の他の生き物、他の魚に比べて顕著であった。

マッコウクジラが、深海まで潜ることのできる生き物であることは知られているが、その深海では、大西洋と太平洋が、実は繋がっていて、その通路を鯨は自由に行き来しているのではないかと、大まじめに考える鯨捕りは、実際にいたのである。たとえば、太平洋で背に銛を受けた鯨が、ひと月もしないうちに、大西洋に現れて捕獲されたという噂が、時おり、捕鯨船の水夫たちの間で、まことしやかに囁かれていたりするのである。

何故、そういうことが言われるようになったのかというと、国や土地、船、人によってそれぞれ銛の形状が異なるからである。それ故、太平洋のある地域でしか使用されていないはずの、ある形状をした銛が、大西洋で捕獲された鯨の身体の中から見つかるということが、たまにあったりすると、それが話題になり、そういうできごとがあるたびに、鯨は神格化され、人智の及ばぬ生態を持つ生き物であるという、様々な神話の如き伝説が生まれてゆくのである。

鯨の体内から発見された石器についてのイシュメールの見解はこうだ。

「ノルウェーなどではね、四千年、五千年も前から、鯨を捕っていたけれどね、その頃使われていた銛と言えば、石や動物の骨などでできたものだよ。今のように、鉄でできた銛が使われるようになったのは、ずっと最近のことなのだ。北方の民族だって、我々が鉄の銛を持ち込むまでは、そんなだったんだ。彼らが鉄の銛を使うようになってから、まだ二百年たってはいないんだ。それも、一度に全部に広まったんじゃない。いまだに、何十年も、何百年も、昔ながらの漁をしている民族もいる。仮に、きみが捕った鯨が、鯨としては高齢で、たとえば七十五年前にそういう民族から銛を受けて、なんとか逃げおおすことができたとしたら――」

ここで、イシュメールは言葉を切って、万次郎を見つめた。

「石器が体内から出てくることも、あるかもしれないってことですね」

万次郎はうなずいた。

「そうだよ。いささか興醒めする見解かもしれないけれどね」

「いいえ、おもしろいです。そういう風にものごとを考えてゆくというのは――」

新しい技術だけではない。

新しいものの考え方、思想まで、万次郎は貪るが如くに吸収している最中であった。

三

石器のこともさることながら、ピークオッド号の中で話題になったのは、ピップの事件の方であった。

誰もが、すぐに、ピップの異変に気がついていた。

どちらかと言えば、ピップは人なつっこく陽気で、よく笑い、何か頼まれれば、ヒャイ、と小さく叫んで跳びあがり、黒い小動物のように船の中を駆けまわって仕事をしていた。

そのピップが、笑わなくなったのである。

何か頼まれて跳びあがることもしなくなり、怖いほど、眸の色が澄んできた。

舷側に立って、その澄んだ眸で遠くを眺め、やけに透きとおった高い声で、万次郎の知らない歌を唄った。

仕事を頼まれると、びくりと身体をすくませて、言われた仕事をやりにゆく。

「無理もないだろう。ピップは、これで二度目だからな——」

イシュメールは、万次郎に言った。

「二度目？」

万次郎は、イシュメールに問うた。

「前にも似たようなことがあったのさ」

「似たようなこと？」

「きみがピークオッド号に助けられる五日ほど前のことだ」

その時も、漕ぎ手が急に動けなくなり、今回と同様にピップが代わってオールを握ったのだという。

やはり、フラスクのボートだった。

その時——

ダグーの放った銛が、鯨に刺さって、縄が走り出した。その縄がぴんと張った瞬間、立っていた場所が悪かったのか、その縄にはじかれて、ピップは海に落ちてしまったのである。

ボートは、鯨に引かれて波の上を走り出した。とてもピップを拾いあげている余裕はなかった。

それで、ピップは海の上に置き去りにされてしまったのである。

ピップが助けられたのは、それから五時間後、あたりが暗くなってからだった。

もちろん、フラスクは、後で助けにもどるつもりであったのだが、ピップにはそんなことはわからない。見捨てられたと思った。仮に、いくらフラスクがあとでもどってこようとしても、潮の流れも、風もある。ピップが同じ場所に浮いていることはないし、海にはどのような目印もない。ピップを発見できない可能性の方がずっと高い。

フラスクも、ピップも、それは充分承知のうえだ。

他の船も、鯨を追うのに夢中で、まさか、フラスクのボートで、そんな事故があったことなどわからない。

ピップが、どれだけ絶望して、波に揺られていたか——万次郎は、自身がそれを体験しているだけに、よくわかる。

どれだけ叫んでも、少し離れれば、もう声は届かない。

声は嗄れ、叫び続けて疲れ果てていたところへ、ピップを捜しにやってきたフラスクのボートに発見されたのである。

そういうことが以前にあり、そして、今回の事件であった。

ピップの精神が病んでしまったというのは、しかたのないことといえた。

頼まれれば、いつもと同じように仕事はしたが、ピップは、もう、跳びあがることもなく、笑うこともなくなった。

仕事以外の時は、舷側に立って、遠い眼をして水平線と雲を眺め、透きとおった高い声で、歌うようになってしまったのである。

この間に、ピークオッド号は、万次郎にとっては二度目のギャムを行っている。

それは、ナンタケット船籍のバチェラー号という船で、なんと、鯨油で満たされた樽で船倉は満杯になっているのだという。

バチェラー号は、ナンタケットに向かって帰港する途中、ピークオッド号と出合ったのである。

船どうしが、メガホンでやりとりをした。

「白鯨を見たか」

という、エイハブの問いに、

「白い鯨なぞ見たことがない。モービィ・ディックなどという鯨が、この世にいると思っているのか——」

バチェラー号の船長は、そんなことを言ってよこした。

それで、エイハブの興味は失せていた。

「我が船に来い。好きなだけ酒を飲んでゆけ――」

バチェラー号の船長に何度も誘われたのだが、エイハブはそれを無視して早々にその場を後にしてしまったのである。

ジェロボーム号に出合ったのは、それから七日後のことであった。

ジェロボーム号を発見したのは、主檣（メイン・マスト）に上っていた万次郎であった。

「船影あり！」

もちろん、万次郎には、その船がジェロボーム号であるとはわからない。

「ジェロボーム号だ！」

そう言ったのは、遠眼鏡で船影を確認したエイハブであった。

「信号旗を揚げよ！」

そうして、ピークオッド号と、ジェロボーム号は太平洋上でギャムをしたのである。

エイハブは、自らボートに乗り込み、ジェロボーム号に上船し、そして、もどってきた。

もどってきたエイハブが、ジェロボーム号から連れてきたのが、ガブリエルであったのである。

甲板に降り立つなり、

「諸君に、我が古き友人を紹介しよう」

エイハブはそう言った。

エイハブの後ろに立っていた男は、口を歪(ゆが)めるようにして笑みを浮かべ、集まった乗り組員の顔を眺めやり、

「久しぶりだな、スタッブ、タシュテーゴ、それからフェダラーよ」

にいっ、と黄色い歯を見せた。

髪は長く、額から眼まで垂れ下がっており、眼窩(がんか)の奥に、暗い色をした眸が光っている。

上下の唇は薄い。

その薄い唇が動いて、

「ガブリエルだ」

男はそう言った。

黒いズボンに、黒いシャツ、それに黒いベストを着ている。何もかもが黒ずくめだ。

ただ、左耳の上にかかっている髪の一部が、白髪(はくはつ)である。

「スタッブよ。なんで、こんな疫病神が、この船に乗り込んできやがったんだと、そういう顔をしているな」

「おまえさんの乗り込んだ船には、必ず死人が出るからな……」

スタッブが言う。

「ぬかせ。どのような捕鯨船だって、死人は出るさ。おれのせいじゃない」

「この船からも死人が出るなら、その死人が、おまえさんであることを祈るよ」

スタッブの言葉に、ガブリエルはくく、と笑って、

「おれの仕事は、死人を出すことじゃない。モービィ・ディックを発見することだ——

——」

スタッブを見た。

「そういうことだ」

エイハブはうなずき、

「前の時もそうだった。ジェロボーム号でもそうだった。そして、今、このピークオッド号でもそうなるだろう。ガブリエルの乗った船は、必ずモービィ・ディックと出合うのだ。出合わずにはおれぬのだ」

低い、硬い声で、己れに確認するように言った。

ガブリエルは、乗り組員たちを見回して、

「初めての顔がほとんどだが、ところで、スタッブよ、スターバックの顔が見えねえな——」

そう問うてきた。

十二章

エイハブ、その脚を白鯨の贄とすること

かなり以前から、ときおり間をおいてのことだったが、主としてマッコウ鯨をねらう捕鯨業者が漁場とする、文明から遠くはなれた僻海で、群れをはなれた孤独な白い鯨が目撃されていた。しかし、捕鯨業者のすべてがその存在を承知していたわけではなかった。さらに言うなら、そのごく一部の者が白鯨を見かけたことがあるだけのことで、この鯨を白鯨と承知して実際に戦いをいどんだ者の数となると微々たるものであった。

——ハーマン・メルヴィル『白鯨』
岩波文庫　八木敏雄・訳

一

ガブリエルの身分は、ジェロボーム号ではただの平水夫であり、エイハブももちろんこの男をただの平水夫として雇っている。
しかし、この男は、まるで自分が一等航海士か、時に船長であるかの如くにふるまった。場合によっては、船長よりも上位の、あたかも自分が神であるかのような言葉遣いをした。

「ピークオッド号にいることが、おれの仕事なのだ」

ガブリエルは、はっきりとそういう言葉を口にした。

その言葉のみならず態度も尊大で、ピークオッド号の乗り組員たちは、この男のことをけむたがった。

というのも、この男がジェロボーム号で蔓延した熱病の大もとであったという、アルバトロス号の船長の話もさることながら、ジェロボーム号で、ガブリエルがどのような存在であったかを、フラスクが語ったからである。熱病については、すでに収まっており、心配はなくなっていたのだが、このフラスクの話が皆をガブリエルから遠ざけたのである。

もっとも、フラスクが、この男について語った相手は、仲のよかった平水夫ただ独りだけだったのだが、その話が、一日もしないうちに、ピークオッド号中に広まってしまったのである。

フラスクが、どうしてジェロボーム号の事情について知っていたのかというと、エイハブ船長がジェロボーム号に乗り込んだおり、一緒についていったのがフラスクだったからだ。

これは、エイハブが、あえて、ギャムの同行者に、ガブリエルのことを知らないフラスクを選んだためと思われる。エイハブがガブリエルをピークオッド号に譲ってくれないかという交渉をメイヒュー船長としている間に、フラスクはしっかり他の乗り組員から、ジェロボーム号の事情や、そこでのガブリエルの評判について聞いていたのである。
ピークオッド号とジェロボーム号が、海の上で並んだ時、メガホンによる会話で、蔓延していた熱病がすでに収まったということを聞いて、エイハブは、フラスクと共に出かけていったのだ。まさか、それが、ガブリエルをピークオッド号に乗せるためであったとは、他の者は、エイハブがガブリエルを連れてもどってきた時に初めて知ったことであった。

エイハブは、ボートでジェロボーム号まで漕ぎよせ、上から鯨の脂身のついた皮を持ちあげる鎖つきの鉤を下ろしてもらい、それにまたがってジェロボーム号に引きあげられたのである。

これは、エイハブが片脚を失っているため縄梯子に足をかけることができないからであった。どうかすると、滑稽に見えかねない、引きあげられてゆくエイハブのその姿は、不思議なくらい堂々としていて、乗り込む時の様子もあたりを睥睨する王の如くであった。

それは、その一部始終をピークオッド号から眺めていた万次郎も感じたことである。

もどってきたその日の晩に、フラスクは、仲のよい水夫を後甲板に呼んで、その時の話を語ったのである。

「おい、ガブリエルのやつが、どうしてこんなに簡単に、熱病で人手が不足しているはずのジェロボーム号を出て、このピークオッド号に乗り込むことができたかわかるか――

――」

　フラスクは言った。

「わかりません」

　と、その平水夫は答えた。

「それはな、やつが、ジェロボーム号の厄介者だったからだ」

　フラスクがそう言ったのは、もちろん平水夫のひとりにこれを伝えれば、すぐに皆の知るところとなるであろうと考えてのことであった。

　フラスクは、ボート頭と銛打ちしかいない船尾楼で、スタッブから、

「どうして、ガブリエルみてえな野郎を、このピークオッド号につれてきたのだ」

「何故とめなかったのだ」

　そう責められて、ジェロボーム号でのことを、残らず語ったのである。

　もちろん、そこには、フェダラーも、タシュテーゴも、そしてダグーもクイークェグもいた。

　そこでの話が済んで、わざわざフラスクは、平水夫のひとりを、その話を伝えるために後甲板に呼び出したというわけなのだった。

　本来、フラスクは、そのような話をわざわざ言いふらすような性格ではなかったのだが、

「おまえ、皆に伝えておけ」

スタッブにそう言われてしまったのである。

「何故、おれが言わねばならんのだ」

「いいのか。このままでは、たちまち、このピークオッド号が、ジェロボーム号のようになっちまうぞ。それは、おまえだって避けたいのではないか」

「それもそうだ」

結局スタッブに説得されて、自分に似合わぬ役をやりに来たというわけなのであった。

三等航海士であるフラスクよりも、二等航海士であるスタッブの方が、立場としては上であり、これはしかたのないことでもあった。

フラスクが語った話というのは、かいつまんで言えば、次のようなことだった。

二

そもそものことで言えば、ガブリエルは、ネスキューナ・シェイカー教徒であった。

それも、狂信的な。

ネスキューナ・シェイカー教——キリスト教プロテスタンティズムの一宗派で、ニューヨーク州のオルバニー近郊にその共同体があった。礼拝や祈りの最中に高揚してくると、身体を震わせる、つまりシェイクする踊りでそれを表現したことから、シェイカー教と呼ばれるようになった。

ガブリエルは、この共同体の出身で、いつの頃からか、自身のことを、大天使ガブリエルであると口にするようになった。本人が本気でそう信じていたか、嘘を口にしていたのか、口にしているうちに、自分でもそれを信じ込んでしまったのか、それは、本人以外の誰にもわからない。

ただ、ジェロボーム号でのことで言えば、ガブリエルは、自分が大天使ガブリエルであるということを、出港してからもしばらくは口にしなかった。それを口にするようになったのは、ジェロボーム号が、大海のただ中に出て、もう引き返せぬところに来てからであったということを考えれば、ガブリエルは意識的な嘘つきであったと言えるかもしれない。もし本気で信じていたとしても、自分をもう降ろすことのできない場所までそれを黙っていたということは、爪を隠して獲物に近づく狡猾な獣の如き智恵を持った人物であると考えて間違いなかろう。

ガブリエルのやったことは、船内で揉めごとがあったり、自分のことを悪し様に言う者がいたりすると、その者たちの前へ出て、チョッキのポケットから小瓶を取り出し、それを掲げ、

「第七の鉢の中身を空中に注ぐぞ！」

と叫ぶことであった。

この第七の鉢は、『新約聖書』の「ヨハネの黙示録」第十六章に出てくる、七つの黄金でできた鉢のうちの、七番目の鉢ということである。

使徒ヨハネが幻視した、世の終わりの光景を語ったという黙示録によれば、ハルマゲドン（最後の日の戦いがある土地）において、七人の御使いが現れる。その七人の御使いは、それぞれ、手にひとつずつ黄金の鉢を持っていて、それを順番にこの世界に注いでゆくのである。

きっかけとなるのは、神のおわす〝聖所〟からの、

「往きて神の憤恚の鉢を地の上に傾けよ」

という大きな声である。

〝斯て第一の者ゆきて其の鉢を地の上に傾けたれば、獣の徴章を有てる人々とその像を拝する人々との身に悪しき苦しき腫物生じたり〟

とヨハネは語る。

ここで第一の者というのは、一番目の御使いということになる。

二番目の御使いが、ふたつ目の鉢を海の上に傾けると、海は死人の血のようになって、海にある生き物のことごとくが死んだ。

三つ目の鉢が、もろもろの河と水の源へ傾けられると、全てが血となった。

四つ目の鉢が太陽に向かって傾けられると、太陽は火をもって人々を焼くことを許されて、人はもがきながら死んでいった。

五つ目の鉢が、獣の座位の上に傾けられると、獣の国は暗くなって、その国の人々は痛みによって己の舌を嚙み、その痛みと腫物によって天の神を瀆し、かつ己が行為を悔

い改めなかった。

六番目の鉢が、ユウフラテス河の上に傾けられると、河の水が涸れてしまった。

ヨハネは言う。

〝我れまた龍の口より、獣の口より、偽預言者の口より、蛙のごとき三つの穢れし霊の出づるを見たり。これは徴をおこなう悪鬼の霊にして、全能の神の大いなる日の戦闘のために全世界の王たちを集めんとて、その許に出でゆくなり〟

第七番目の鉢が空中に傾けられると、聖所より御座より大きな声があがって、

「事すでに成れり」

このように叫んだ。

〝斯て、数多の雷光と声と雷とあり、また大いなる地震おこれり、人の地の上に在りし以来かかる大いなる地震なかりき。大いなる都は三つに裂かれ、諸国の町々は倒れ、大いなるバビロンは神の前に思い出されて、劇しき御怒の葡萄酒を盛りたる酒杯をあたえられたり。凡ての島は逃げ去り、山は見えずなれり。また天より百斤ほどの大いなる雹、人々の上に降りしかば、人々雹の苦難によりて神を穢せり。是その苦難甚だしく大いなればなり〟

ガブリエルが開けるぞと脅した小瓶というのは、ヨハネが黙示録において語った、島も山も消え去る大地震を起こすという、この七番目の鉢を意味するものだったのである。

白人であれ、黒人であれ、東洋人であれ、キリスト教徒のほとんどは、信ずる信じな

いにかかわらず、この終末を預言したエピソードについては知っている。

ガブリエルが持っていたこの瓶の中身が実は阿片（あへん）であったことは、後になってわかるのだが、最初のこの頃は、むろん、他人の知るところではなかった。

もうひとつ、記しておくべきことがあるとすれば、それは『聖書』に出てくる天使についてである。

ユダヤ教、キリスト教における『聖書正典』、いわゆる『旧約聖書』や『新約聖書』、そして幾つかの『外典』において、何人もの、いや、何十もの天使が出てくる。

そのうちの代表的なものが七大天使と呼ばれる存在である。

時代や宗派によって違うが、それは、おおむね、次の七天使である。

ミカエル、ガブリエル、ラファエル、ウリエル、セアルティエル、イエグディエル、バラキエル――これが七大天使であり、このうちのミカエル、ガブリエル、ラファエルが、それを代表する三大天使であり、ミカエルは天使長ということになる。

ちなみに八番目の天使にルシフェルというのがいて、この天使は、神に叛（そむ）いたことによって、地獄に落とされ、悪魔サタンとなったのである。つまり、悪魔サタンは、もと天使であったということになる。

もうひとつ、キリスト教徒の名前の多くは『聖書』からとられていて、そのため、人の名前が天使の名前であったりすることも、往々にしてある。知られているところで言えば、ミケランジェロ、レオナルド・ダ・ヴィンチと同時代の画家、ラファエロもそういった人物のひとりである。

したがって、ガブリエルが人の名として使われているのは不思議なことではなく、本人がガブリエルという自身の名前から、自分がその天使であると思い込んでしまうという例も、稀にはあったかもしれない。

しかし、それは、今話題にしているガブリエルがそうであったか、なかったかということについて、それをいずれかに結論づけるものではない。

だが――

この捕鯨船という閉ざされた社会において、ガブリエルの言うことを信じてしまった人間も、何人かはいたのである。

ガブリエルが、船の上で何人も信者を獲得することになったのは、ジェロボーム号を熱病が襲ってからのことであった。

さらにつけ加えておけば、アルバトロス号の船長は、ジェロボーム号の熱病はガブリエルから始まったと、口にしたが、それは、必ずしも真実ではない。これは、ガブリエルに対するジェロボーム号でのいかがわしい信仰が熱病のように広まったことから、メイヒュー船長が〝熱病より始末の悪いやつだよ〟と告げたのを、アルバトロス号の船長が間違えて受けとってしまったためと思われる。

きっかけは、白鯨――モービィ・ディックであった。

それを最初に発見したのは、アルバトロス号の船長が口にしていた通り、ガブリエルであった。

しかも、ガブリエルは、主檣の上にあがっていたわけではなく、右舷の舷墻の前に立って海を眺めている時に、この白い鯨を発見したのであった。

右舷に立っていたガブリエルが、海を眺めながら、急に何やら唸り出したというのである。

「ううぬ、ううぬ、あやつだ。あやつめ、こんなところにまで姿を現すのか――」

それを耳にした他の水夫たちが集まってきたのは、ガブリエルの声が、あまりに不気味に響いたからである。

「どうしたのだ」

「あいつが、あやつがあそこを泳いでおる。三年だ。三年前にも、おれはあやつに会っている。発見したのは、その時もおれだった。白鯨だ。悪魔の使い、モービィ・ディックだよ。呪われた鯨だ。あやつが、エイハブの脚を喰いちぎったのだ」

ガブリエルが言いおえた時には、ほぼ全ての船員が、モービィ・ディックに視線を向けていた。モービィ・ディックは、信じられないほど船の近くを、悠々と泳いでいた。

鉄砲の弾が届く、その半分以下の距離だった。

まるで、ジェロボーム号に旧知のガブリエルがいるのを知って、挨拶にやってきたかのようであったとは、メイヒュー船長の話だ。

しかし、主檣に登っていた男が、何故、すぐにモービィ・ディックに気がつかなかったのか。

それについては、メイヒューは次のように答えている。

「モービィ・ディックは、深海からやってきたのだ。海面近くを泳ぎながら近づいてきたのでも、海面近くを泳いでいるあいつに、我がジェロボーム号が近づいていったのでもない。あやつが、海の底から、我らのところへやってきたのだ」

状況から考えて、おそらくそれが一番妥当な考え方であったろう。

そのあまりの巨大さに、誰もがボートを下ろすことさえ忘れていたのだが、

「ゆくぞ！」

叫んだ者がいた。

それが、一等航海士のメイシー・ラッドである。

「何をやってるんだ。あやつを仕とめれば、一頭で、二頭分以上の脂がとれるのだぞ。ボートを下ろせ!!」

メイシー・ラッドは、もう、銛を摑んで、それを上下に振っている。

「何を言う。あれは、神の御使いであるぞ。すなわち海の天使だ。それに銛を打ち込もうなどと考えてはならぬ。白を畏れよ。巨大なるものを敬え。あやつに銛を打ち込むつもりか。そんなことをしてみろ。エイハブのように片足を失くすだけでは、すまされぬぞ」

ガブリエルは、わからずやの異教徒を、大声で叱りつけるように叫び、メイシーに仕

事をさせまいとした。

「神の御使いが、海になぞいるものか。メイヒュー船長、ゆきますぜ！」

ボート、下ろせえ！

ボート、下ろせえ！

メイシーは、叫びながら駆け出した。

モービィ・ディックの、あまりの大きさ、その桁違いの量感に、その姿をひと目見た瞬間、メイシーは狂ってしまったようであった。メイシーをこれまで支えてきた、理性の箍のひとつがはずれてしまったのであろう。

その剣幕に驚いて、三艘のボートが下ろされて、その一番ボートの先端に、メイシーは乗り込んだのである。

多くの場合、ピークオッド号がそうであるように、一等航海士は一番ボートの船尾に乗るものであるのだが、メイシーはボートの先端に仁王立ちになった。

メイシーの両眼が吊りあがっている。

尋常の顔ではない。

「同じだ。エイハブと同じだ。あの白い鯨を見たものは、みんなああいう顔になる。よく見よ、みんな、悪魔に憑かれると、あのような顔になるのだぞ。覚えておけ！」

船の上から、ガブリエルが叫ぶ。

ボートが動き出した。

モービィ・ディックは、自分を何艘ものボートが追ってくるのを、まるで気に留めていないように、悠々と泳いでいる。

最初にモービィ・ディックに追いついたのは、メイシーのボートだった。

メイシーの眼は、血走っていた。

もちろん、メイシーも、ナンタケットの銛打ちであるから、白鯨の伝説は耳にしている。あのエイハブが、この白鯨に足を喰われたのも知っている。

その白鯨、モービィ・ディックを、この自分が仕とめてやるのだという思いが、両眼の中でめらめらと燃えている。

メイシーは、銛を投げた。

「うきゃあっ!!」

その銛は、確かに、白鯨の背に突き立った。

その瞬間、白鯨が、高だかと尾を立てたのである。

そして、潜った。

青い天から、モービィ・ディックの白い尾が落ちてきた。

ばきゃあん!

はたかれていた。

その一撃で、ボートはばらばらになっていた。しかし、奇跡的に、その漕ぎ手たちもメイシーも生きていた。

尾にはたかれる瞬間、全員がボートの外へ、飛び出していたからである。

「逃げるか、モービィ・ディックよ、このメイシーさまが怖いか！」

メイシーは、顔を海面から出して、咆(ほ)えていたという。

見ていた者たちの話では、その時、叫んでいるメイシーの顔が、海面からだんだん持ちあがってきたのだという。肩、胸、腹、腰の順で、メイシーの身体が海面より上に持ちあがっていった。

海中から、メイシーの身体を、モービィ・ディックの大きな白い尾が、持ちあげていたのである。

その時、メイシーの声は止み、顔は恐怖でひきつっていたという。

いきなり、メイシーの身体が天に跳ねあげられた。

青い天に、飛沫(しぶき)と共に、くるくる回りながらメイシーの身体が浮きあがってゆく。

ジェロボーム号の、主檣(メイン・マスト)の上にいた男の話によれば、

「メイシーのやつ、おれとおんなじ高さまで飛んできたぜ」

そういうことであったらしい。

メイシーの身体が落ちてくる。

その途中で、モービィ・ディックの巨大な尾が、横から軽くひと撫(な)でした。

メイシーの身体が、大きく放物線を描いて飛んだ。

六十フィートを飛んで、メイシーの身体は落ち、そして、そのまま白鯨は消えてしま

ったというのである。

あとで、メイシーの死体が回収された。

その死体は、吐き気を催すような形状となっていた。

メイシーは、内臓の半分を口から吐き出し、もう半分を、尻からひり出していたというのである。

この時から、ガブリエルの布教が始まったのだという。

「白鯨こそは、神の化身である」

ガブリエルはそう言った。

「この航海から、皆、生きて帰りたかったら、このおれを通じて神に祈れ」

ジェロボーム号に熱病が広まった時も、

「これこそは天罰である」

ガブリエルはそう言った。

「神が、このおれを通じて、この船に天罰を下したのである。しかし、これは、神の試みである。その証しに、このおれは、ほれ、このように熱病がなおった。おまえたちも、死にたくなければ、祈れ」

このガブリエルに、何か意見を言う者がいると、あの小瓶を取り出して掲げ、

「第七の鉢の中身を空中に注ぐぞ！」

そう言って、皆を脅していたのである。

そういう時に、ジェロボーム号とピークオッド号がギャムを行って、エイハブ船長が、ガブリエルを連れてもどってきたということなのであった。

この話の一部始終は、フラスクと話した平水夫によって、たちまち、ピークオッド号の乗り組員全員の知るところとなったのである。

三

深夜だった。

万次郎は、前甲板の左舷に立って、海を眺めていた。

舷墻の上に両肘(りょうひじ)をのせている。

正面の、水平線に近い場所に、赤い、大きな月が出ていた。

これから、海の中へ没してゆく月だ。

中天にある月と違って、明るい月ではない。

波に、きらきらと月の光が揺れるほどではない。海には、ただ一面に黒々とした波がうねっているばかりである。

それでも、わずかながら、波の上を月明かりが照らしているので、海のうねり具合などをかろうじて見ることができた。

不思議だ。

波は——というより海は、暗い単色でできているように思えるのだが、こうして見つめていると、うねりの中に、この世に存在するほとんどの色が溶け込んでいるのではないか。案外に、この黒というのは、実は多くの色の生まれ出る大本の色なのではないかと思えた。

見つめていると、心がうねりに乗せられて、水平線の向こう——地球の向こう側にまで運ばれてゆくような気がした。

土佐はどこだろう。

あの波に乗ってゆけば、揺られているうちに、いつか、たとえば死体となって中浜にたどりつくことがあるのだろうか。

土佐は北であるとはわかっているが、今自分がいるのがどこで、どういう風と海流を利用すれば帰ることができるのかというところまでは、もはや万次郎の知識の外であった。

子供の頃、中浜の海岸で、見たことのない実が流れついたのを拾ったことがある。

「そりゃあ、椰子の実じゃ」

父の悦助がそう教えてくれたのを覚えている。

「椰子の実？」

「ずっと南の方の国だか島だかに生えている木になる実じゃ」

「その国はどこじゃ。その島にわしも行けるかのう」

「大きくなれば……」

「父(おと)やんは、そん国へ行ったことがあるがか——」

「ない」

そういう会話をした。

今、自分は、あの時拾った椰子の実のようなものか——

万次郎は、そう思った。

このまま、流されていけば、いつか自分は、あの椰子の実のように中浜へ帰りつくことができるのであろうか。

いいや、違う。

それは、眼をつむって中浜から歩いていたら、知らぬうちに、高知の城の門の前に立っていたというようなものだ。城の門の前に立つというのは、そこへ立とうという意志を持って、足を踏み出した者だけができることなのだ。

中浜へ帰ることも同じだ。

流されて、流されて、気がついたらなつかしいあの浜に立っているなんてことがあるはずがない。どんなにたいへんであろうが、どんなにつらい道のりであろうが、中浜へ帰ることができるのは、あそこへ帰ろうと強く思い、強く願って、願って、努力した者のみがなすことのできることなのだ。

なら、自分が拾ったあの椰子の実も、中浜へたどりつきたいと強く願っていたんじゃろか――

必ず、帰ってやるがよ。

万次郎は、心の中でそんなことをつぶやいている。

その時、背後から声がかかった。

「なんじゃ、小僧。おまえさんも眠れんのか――」

万次郎が振り返ると、そこにガブリエルが立っていた。

「おじさんもかい」

万次郎は言った。

「ああ、眠れん」

ガブリエルは、自然に万次郎の左横に並んで、肘を舷墻にのせた。

「この船は、なかなか居心地が悪うてな」

ガブリエルがピークオッド号にやってきてから、すでに十日余りが過ぎている。

〝居心地が悪い〟

というその言葉の意味も背景も、万次郎には見当がついている。

誰もが、必要以上に、ガブリエルと話をしようとしないのだ。

「おれは、嫌われているらしい」

ただ、ガブリエルは、万次郎とはよく話をした。

それは、万次郎が、自分と同様にあとからこのピークオッド号に乗ってきた人間であると、ガブリエルがわかってからのことであった。

後から船に乗り込んできた同士——万次郎のことを、ガブリエルはそう考えているらしい。

万次郎は万次郎で、このガブリエルに対して含むものは、さほどあるわけではない。

それは、ガブリエルがおりにふれて口にする第七の鉢の件にしても、天使の話にしても、異教徒である万次郎にとっては、お伽話のようで、信仰の話として届いてこないからであった。

同じ異教徒でも、フェダラーの場合は、拝火教徒であり、仏教以上に宗教上の軋轢が存在する。

ユダヤ教からキリスト教は生まれ、そのふたつの宗教を背景として、イスラム教は生まれている。ユダヤ教とキリスト教が崇める神はヤハウェ、エホバであり、イスラム教が崇める神はアッラーと呼ばれるが、これは、元は同じ神なのである。

どうして、同じ神でありながら、名前と性格に差が生じてしまったのかというと、それは、この三つの宗教の預言者が別の人間であったからである。

ユダヤ教の預言者は、モーゼである。

キリスト教の預言者は、イエスである。

イスラム教の預言者は、ムハンマドである。

それぞれの宗教の信者たちに共通しているのは、自分たちの宗教の預言者の方が、預言者として、他の預言者より優れていると考えていることである。厳密にはそれぞれ様々な歴史的事情が複雑にからみあっているのだが、てっとり早く言ってしまえば、そういうことになる。

話題をピークォッド号にもどせば、ガブリエルが、この船で皆から敬遠されているというのは、むろん宗教上の理由のみによるものではない。彼の性格自体が、ひとつの閉ざされた世界である捕鯨船という社会になじまなかったからであろう。

ともあれ、ピークォッド号の中で、ガブリエルと一番会話をする機会が多い人間が、万次郎であるというのは、確かなことであった。

万次郎は、ガブリエルと並んで、しばらく暗い海を眺めていた。

「お聞きしたいことがあります」

最初に口を開いたのは、万次郎だった。

以前から、訊ねようと思っていたことがあったのだ。

他に人がいては、ガブリエルも話しにくかろうと考えて、これまで訊ねたりはしなかったのだが、今はふたりきりだ。

「なんだね」

ガブリエルが、ちらりと万次郎に視線を向ける。

「エイハブ船長のことです」

「ほう、エイハブの?」

「ガブリエルさんは、以前、このピークオッド号に、エイハブ船長と乗っていたんですね？」

「いたよ」

その時、一緒にこのピークオッド号に乗り込んでいたのは、スターバック、スタッブ、タシュテーゴ、そしてフェダラーたちであった。

そこまでは、万次郎もわかっている。

その名前を、ひとりずつ、万次郎はあげていった。

万次郎が、その名前を言い終えると、

「ひとり、大事な名前が抜けてるよ」

ガブリエルが言った。

「誰です？」

「エライイジャという男さ。あんたは知らんだろうけどね。見るところ、スターバックと同じように、奴はこの船にはおらんのだな」

ガブリエルは言った。

「いませんが、その名前なら、聞いています」

「誰からだ」

「イシュメールさんからです。ピークオッド号に乗り込む前に、イシュメールさんとクィークェグさんは、エライイジャに会ったことがあるそうです」

万次郎は、イシュメールから聴かされた話を、ガブリエルにした。

「そうか、そんなことを言っていたか、エライジャめ――」

そう言って、ガブリエルが、かかか、と鳥のような声をあげて嗤ったのは、エライジャが、去り際にふたりに向かって語ったことを、万次郎がしゃべり終えた時であった。

それまでは、ふむ、とか、なるほど、とか、それで、とか、話の合い間に短い言葉をはさんでいたのだが、嗤い声をあげたのは初めてだった。

〝もしも、この男とガブリエルという男が、ピークオッド号に乗り込むようなことがあったら、どちらかを船から突き落とすか自らが海へ飛び込むしかないとしれ。海に飛び込んだ方が、まだ命が助かる可能性が高い。わしがもし、漂流者で、海で溺れかけていたとしても、手を差しのべてくれた船の船長がエイハブで、その船にフェダラーとガブリエルが乗っていたら、わしはその手を振り払うだろうよ〟

イシュメールから聞かされたエライジャのこの言葉は、印象に残っていたので、万次郎もはっきり覚えている。それを、万次郎はほぼ正確に、ガブリエルに伝えたのである。

「あの男らしいわ」

そうつぶやいて、ガブリエルは、顎をかいてうなずいた。

「しかし、おまえはかわっているな」

ガブリエルが、万次郎を見る。

「何がかわってるんですか」

万次郎は訊ねた。

「普通はな、誰も、このおれに、わざわざそんなことは言わんよ」

「どうしてですか?」

「面倒を起こしたくないからさ。そんなことを話して、もしもおれが不機嫌になってみろ、いつ、このガブリエルが、今の話をエイハブかフェダラーに言わぬとも限らぬではないか。この航海が、あと一年かかるか二年かかるかはわからんが、その間中、そいつはおれの顔色をうかがって、びくびくして過ごさにゃならんからな」

「そういうものですか」

「そういうもんさ。まさか、おまえ、この話をエイハブ船長にも――」

「していません」

「そりゃあ、賢明だ。あいつは、白鯨のこととなると、別の人間になるからな」

「これは、白鯨――モービィ・ディックと関係があるのですか」

「あるとも。おおありだよ」

「どんな関係があるんですか。そもそも、エライジャとは、どういう人なんですか」

「話してやろう。今の話を聞かせてくれた礼にな。いいか、よく聞くんだ。そして、忘れるんじゃないぞ。けれど、誰にも言うんじゃない。おふくろの葬式の時だって、口にしちゃあいけない。言っていいのは、自分の死ぬ間際だ。いいか、よくおぼえておけよ」

ガブリエルは、宇宙についての深遠なる秘密を弟子に語ろうとする錬金術師のように、声をひそめた。

「エライジャは、よく吠える犬だ。自分の影に向かって、びくびくして吠えかかる、臆病な犬だよ。あいつも、モービィ・ディックには、びびってやがった。銛打ちのくせによ。その点、同じ銛打ちでも、スターバックの方が、まだ、マシだったよ。やつのきんたまは、モービィ・ディックについて語る時だって、縮んじゃいなかったよ。で、エライジャの左腕だがな、それは、三年前の航海の時、つまり、エイハブ船長の足が白鯨に喰われた時に、同じようにやられたんだ……」

こう前置きして、ガブリエルは、その時のできごとについて、語りはじめたのであった。

四

ガブリエルは語る

それなら、まず、エイハブのことから話をしておかなくちゃな。

ものごとには、順序があるからね。

いきなり、エイハブが、あのモービィ・ディックに足を喰いちぎられた話をしたって、それじゃあ伝わらないものがあるんだよ。

エイハブがどういう奴か。

今のエイハブを多少なりとも知っているあんたには信じられないかもしれないがね、あいつは、物静かで教養のある、森の中に湧く深い泉のような男だったよ。怒らせたら怖いところは、もちろんあったよ。それこそ、こっちが震えあがるくらいにね。もっとも、そのくらいでなけりゃあ、捕鯨船の船長なんてのは務まらないけどね。

今はどうかわからないが、昔は、やつの船室には、いつも、『聖書』が置いてあったんだ。

敬虔なクリスチャンで、家庭を大事にする男だったってわけだ。

そうさ、知ってるかい。エイハブには、カミさんがいるんだよ。おれは見たことがないがね。船主のピーレグに言わせれば「若くて可愛い、覚悟のできた女」だよ。子供だっているんだ。たぶん、五歳か六歳の男の子だよ。

もちろん、家の方はうまくいってたさ。エイハブは捕鯨船の船長の中でも稼ぎ頭だよ。あの男に不満を持つカミさんなんていなかろう。あったとすれば、一度海に出たら、二年、三年は帰ってこないというくらいだろうよ。しかし、そりゃあ、捕鯨船の船長のカミさんなら、当然覚悟すべきことだろう。

それでも、エイハブは腕がよかったからね、他の船よりも、半年は早く、時には一年も早く、船の油樽を全部満杯にして港にもどってきたんだよ。

つまり、家庭も、エイハブの人生も、うまくいっていたってことだ。

三年前、あいつに出合うまではね。

あいつ？

もちろん、モービィ・ディックだよ。

白鯨さ。

白い、でかい鯨に、左足を喰われて、やつは、十字架に架けられたイエスのようになっちまったってわけだ。

知ってるかい。

イエスはね、十字架に架けられて、いよいよ槍をその脇腹に突っ込まれる時、こう叫んだんだよ。

「おう、我が神よ、我が神よ、我を見捨てたもうたのか？」

それも、二度叫んだと言うやつもいるね。

足を喰われたその時から、エイハブは、自分が神に見捨てられたと思い込んでいるんだろうよ。

だから、やつは、白鯨を、モービィ・ディックを追っかけるんだよ。もう一度、神を信ずるためにね。

そう、そのモービィ・ディックのことだけどね。捕鯨船に乗ってる連中の間では、少しは知られてたんだよ。白くて、でかいマッコウクジラがいるっていう噂はね。

水夫の半分くらいは知っていたろうよ。その知っている連中の半分は、知ってはいても信じちゃあいなかったよ。そんなでかい鯨が、この世にいるものかってね。わかるかい、捕鯨船よりでかい鯨だよ。そこまでは、なかなか信じられんわなあ。

残りの半分は、白い鯨くらいはいるだろうって、そう考えていたと思う。

だって、白い蛇や、白い鹿なんか、時々いるからね。自然界には時おり、そういう色素がない生物が生まれるんだっていうことは、みんな知ってるからね。けれど、神がどのようなお考えで、そのような生き物をお造りになったのか、そこまではわかるもんか。神の御心(みこころ)は量(はか)ることができないからね。

でも、わかるのはそこまでだ。

白い鯨がいるというところまでだよ。

その鯨が、捕鯨船よりも大きくて、人間よりも狡猾で、千年以上を生き、世界の海のあちこちに遍在して、時に神の言葉で人に語りかけてくる――

そこまで信じている者は少ない。

大きいにしても、普通のマッコウクジラより、せいぜいひと回りかふた回りだろうってね。

おれだって、そう思っていたよ。

おれだけじゃない。三年前、ピークオッド号に乗っていた人間は、みんなそう思っていたよ。

もし、白鯨に出合うことがあったら、このおれが銛を打ち込んでやろう――モービィ・ディックのことを耳にした銛打ちは、全員がそう思っていたと思うよ。おれだって、似たようなもんさ。

いや、それは、神を信じないっていう意味じゃないよ。

いや、いやいや、今おれが口にしたのは、おれが神を信じているという意味でもないんだ。神のことを、あんたに言ってもしょうがないか。いや、しょうがないということはないな。あんただからこんなことも言えるんだからね。おまえさんが、異教徒で、しかも、拝火教徒でもイスラム教徒でもないから、勝手なことを言えるんだろうよ。

そうだよ。

おれは、どんな神だって信じちゃいないくせに、神なんてもんこの世界にいるわけはないって、そう思っているわけじゃないんだ。それは、おれが――いいか、ここだけの話だがな、それは、おれが、スタッブやフェダラーを信じてないっていうのと似ている。やつらがこの世にいるってことは、わかってる。信じてるって言いかえたっていい。だけど、おれは、あいつらの言うことは信用しちゃいないんだ。そういうことだよ。

いや――

そういうことじゃないな。ちょっと違う。神のことはもうちょっと別なんだ。ああ、畜生。心の中じゃわかっているのに、説明しようとした途端に、うまく言葉にならなくて、話そうとすればするほど、こんがらがってくる。

　親父とおふくろの話をしておこう。

　いいかい、今、おれが親父と口にしたけれど、それは本当の親父じゃないんだ。おれの本当の親父が死んで、母親が、その後で結婚したのが、これから話をする親父だよ。

おれが五歳の時に、本当の親父が死んじまったのさ。海で、鯨に殺されたんだ。親父はナンタケットの銛打ちだったんだよ。

それで、おれが六歳の時に、ペンシルバニアの新しい親父のところへ移ったんだ。

仲がよかったよ、その親父とおれとは。

おれは、親父に気にいられようとしたし、親父は親父で、おれに気に入られようとしていたからね。でも、それは、おれが七歳までのことだった。七歳の時に、おふくろと親父の間に、子供が生まれたんだよ。

　それからだった、親父が変わったのは。ちょっとしたことで、おれを叩くようになったんだ。八歳の時には、ぶん殴られるようになったよ。

その親父は、農夫でさ。狭い畑があって、牛を五頭くらいは飼ってたんだよ。

もちろん、おれは、働いてたよ。

学校には行かせてもらえなかった。

農夫に学問はいらねえってね。

それでおれは、六歳の時から、畑仕事と牛の世話をしてたんだ。

そのおれの仕事が気にいらないって、ぶん殴るのさ。

どうってこたあないんだよ。殴る理由はね。牛の乳の出が悪いと言っちゃあぶん殴られ、食事の時に行儀が悪いと言っちゃあぶん殴られた。ひどい時には、雨で、予定していた畑仕事がはかどらず、それでぶん殴られた。

そういう時は、パンも食わせてもらえなかった。冬の日に、外におっぽり出されて、朝までだよ。

「これは、神の与えたもうた試練だ」

ってね。

風邪をひいたって、休ませちゃあもらえなかった。

でも、あとでわかった。

あとでわかったんだよ。

猿がいるんだよ。インドだったか、あっちの方にね。

それで、ボス猿が一頭いる。その一頭が、その群の子造りをするんだ。

だから、その群じゃ、どの雌の子供もみんなその雄の子供なんだ。それで、その雄より強い別の雄がやってきて、その雄を追い出して、群のボスになる。そうすると、その新しいボスは、前のボスの子供を、みんな嚙み殺しちまうんだってな。

そうしないと、雌猿がやらせてくれないらしい。前のボスの子供がいなくなると、雌がやらせてくれるんだよ。で、前のボス猿の子供を殺して喰っちまうんだって。母猿も、自分の子供の肉を喰うっていうんだよ。

理由？

理由なんかは、わからねえな。

どうも、そういうものらしい。

神が、そのように決めて、そのようにお造りになったからだろう。

理由は神に訊けばいい。

おれは、何度も、死にかけたよ。おふくろは、新しい親父、その雄の言いなりさ。

はじめは、おれのことをかばってくれたんだが、そのたんびに親父がおふくろのことをぶん殴るもんだから、すぐに何も言わなくなっちまった。

おふくろの前歯は、三本ないんだけどね、それは親父にぶん殴られて、折れたんだよ。

ひどいことに、途中から、

「おまえの躾が悪いからだ」

親父に言われて、おふくろがおれを殴るようになったんだよ。

泣けば、もっと殴られる。

毎日顔を腫らした、痩せっぽちのガキだったよ、おれは——

ひでえことだろ。

猿とおんなじじゃあねえか。

地獄だよ。

それが、おれの日常だよ。

でも、不思議なことにね、親父もおふくろも信心深くてね、日曜日には、いつも教会に行ってたよ。

おれは、嬉しかったね。

少なくとも、教会へ行く二日前くらいからは、親父もおれをぶん殴らないからだよ。

顔や腕に痣があると、

「どうしました？」

訊いてくるやつもいるからね。

「昨日、転んだんですよ」

親父のやつは、にこにこしながら言うんだよ。

あんな笑顔ができるんだって、思ったね。

だから親父は、近所の評判はよかったんだ。

おれが、少しでも神に感謝したことがあるとしたら、そのことだね。

だけど、親父は悪魔のように狡猾な奴でね。

そのうち、教会へ行く日が近くなると、顔は殴らないようになった。見えないところを棒で叩いたり、蹴ったりしてくるんだ。だから、服で隠れるところだよ。腹や、脚や、胸、背中だよ。

ひでえよな。

だけどさ、そのうちにさ、親父が、それまでと違う眼で、おれを見るようになったんだ。

何故かって？

わかるだろ。

おれが、だんだんと成長して、大きくなってきたからだよ。

十二の時に、親父に殴られて、おもわず突きとばしたことがあったんだよ。

親父がぶっ倒れた。

それが、納屋でね。

牛にやる餌の干し草なんかが積んであってね、それを掬うための、でかいフォークがあったんだよ。

そのフォークを持って、おれは上から親父の腹を刺してやろうとしたんだよ。

さすがに、やらなかった。

その時はね。

でも、その時から親父が変わったんだ。

いつも、ナイフか、斧か、拳銃を持ち歩くようになったんだよ。

あっちはさ、知ってるわけだ。

これまで、おれにどんなことをしてきたか。

そのことを、おれがどう思ってるかをね。

油断しなくなった。

それで、おれを殺ろうとするようになったんだ。

事故に見せかけてね。

そりゃあ、わかるさ。

フォークを持って後ろに立ってたり、親父が薪を割ってる時に、斧がすっ飛んできたり――

気が狂いそうだったね。

親父も、おふくろも、みんなおかしくなって、眼だけがぎらぎらして、夜も眠れなくなって――

十三の時だったな。

親父が、とうとうおれを刺したんだ。

いつも持ってた、でかいナイフでね。

おれが、納屋へ入っていったら、隠れていた親父が、おれの背中にナイフを突き立ててきやがったんだ。

おれもね、いつかはやられると思ってたんだ。

だから、先にこっちがやってやるつもりだったんだ。

でも、親父の方が、たまたま先になってしまったんだな。

そこで揉みあいになった。

浅手だったから、おれも動けたんだ。

それで、近くにあったフォークを握って、親父にそれを向けたんだ。

そうしたら、親父はあわてて後ろに下がったんだよ。その時に、足がもつれてさ、そのまま仰向(あおむ)けに倒れたんだよ。

おれも、夢中だったからね。

駆け寄って、真上から親父の腹にフォークを……

へへ。

どうしたと思う。

いいよ、答えなくて。

おれも、言わないよ。

それで、そのまま家を飛び出して、それっきり、家へは帰ってないんだ。

でも、人って、ああいう時、あんな声をあげるんだなあ。

その声は、まだ、耳に残ってるよ。

ああ、しゃべり過ぎたか。

でも、いいよね。

何をしたのかは、口にしてないんだから。

それからニューヨーク州をうろうろしたあげく、オルバニーのシェイカー教徒のコミュニティに入ったんだよ。そこに十六歳までいてね、そのあとあちこちを放浪して、ナンタケットにもどって、捕鯨船に乗るようになったんだ。

まあ、みんな、捕鯨船に乗るような連中は、何かしらいろんな事情があるってことだね。

それは、訊かないのが礼儀だし、船でうまくやってゆくコツだよ。

訊いたって、誰も本当のことは言わないし。

今日のおれが、特別だってことだよ。

ああ、どこまで話をしてたんだっけ。

そうそう、エイハブのやつが、どうしてモービィ・ディックに足を喰われちまったかって、その話だったよね。

はじめから話をするとね、おれが最初に見つけたんだよ。

モービィ・ディックをね。

このピークオッド号の、ほら、あの主檣(メイン・マスト)の上に立っていた時だ。

よく晴れた日だったよ。

水平線の近くに、虹が見えたんだよ。

微(かす)かな虹だ。

でも、それが何であるか、すぐにおれにはわかったよ。

「鯨だっ!!」

おれは叫んだね。

鯨が吹きあげた潮に、陽(ひ)が当たってできる虹だよ。

さ。

こっちは、西陽を背負っていたからね、やつが潮を吹くたびに、そこに虹が見えるの
東の方角だったね。

その時、ピークォッド号は、南を向いていた。

それでね、ピークォッド号を大きく東へ回してさ、追ったんだよ。

その後もね、やつは何度も潮を吹いてさ、近づくにつれて、それがだんだん大きくなっていくんだ。

でも、距離とさ、その潮の高さと大きさが合わないんだ。あの潮の高さと大きさだったら、距離はこのくらいかと思っていたら、もっと離れていたんだね。

こりゃあ、最初に考えていたよりも、もっと大きい鯨だって、おれはわかったね。

だから、近づいてゆくのが、ちょっと恐かった。何だかわからないんだが、おれの心臓は、その時にはもうざわめいていたね。何かとんでもないものに出合う予感っていうのかね。遠いから、まだその鯨が黒いか白いかなんて、わかりゃしないよ。神か悪魔かなんて、まだ考えてもいないよ。ただこいつはやばいことになりそうだって、それは思っていたね。

それでね、最初にあいつを見た時よりも、半分以上は距離を縮めたかと思ったその時、奴は、つまり、モービィ・ディックは、いきなり潜ったんだ。

だから、奴のいた海域に到着した時には、もう、奴の姿どころか、奴の吐き出した泡

だってわからなかった。

だから、しばらくは、風まかせで、ピークオッド号は走ってたのさ。

そうしたら、いきなり出現したんだよ。

何がって、白鯨だよ。モービィ・ディックの奴だよ。

船の右舷の海水が、こう、山のように盛りあがってね。その盛りあがった波の中から、モービィ・ディックが姿を現したんだよ。

　船と同じ進行方向へ――

背の半分以上は見えたよ。

そのでかさ。

白さ。

何もかもが、圧倒的だったよ。

魂を抜かれたね。

背中にね、何本も銛を生やしていたよ。

純白だ。

雪のような白だ。

額のところに瘤(こぶ)があって、それが、青い海を左右に分けてゆくんだよ。

美しかったね。

おれは、それを、檣(マスト)の上から見下ろしてたんだ。

それで、わかったんだよ。

ああ、こいつは無理だって。

こいつは、人間の手の届く相手じゃないんだって。

だって、そうだろ。何しろ、おれが見下ろしていた白鯨は、ピークオッド号よりあきらかに大きかったんだから。

理屈じゃないよ。

その瞬間に、おれは、モービィ・ディックにひれ伏したよ。

ああ、これは神なんだ。

神が、その意思の象徴(しるし)として、この世界にもたらしたものなんだって。

そうでなけりゃ、悪魔だ。悪魔が、この世界に恐怖をもたらすために、具現化させたのが、こいつなんだって。

まあ、どっちだっていいね。

神だって、悪魔だって、同じコインの表と裏みたいなもんだろう。

それからさ――

おれはね、モービィ・ディックについちゃぁ、いろいろ聞いていたよ。

モービィ・ディックは、群れない。

いつも単独で、一頭で行動している。で、こいつが他の鯨と一緒に現れる時は、他の鯨を守る時だってね。

五年前の、イギリスのマーリン号がやられた時もそうだったって、おれは聞いてるよ。マーリン号が、子連れの雌鯨を追っかけてる時に、モービィ・ディックが現れて、ボート三艘をみんな沈めちまったんだよ。

八年前の、ピエール号の時も、そうだったって話だね。

ピエール号は、逃げ遅れた子鯨を捕ってたんだってよ。

よっぽど、空の樽が余ってたんだろうな。それを少しでも一杯にしたかったんだろう。子鯨に銛を打ち込んで、いざ仕留めようとした時に、モービィ・ディックがあらわれて、ボート二艘をこなごなにして、本船の胴体に、えらいでかい穴をあけられて、人が、六人死んだんだってな。

ピエール号は、それから十日間、ポンプとバケツで水を掻い出し続け、やっとハワイに入港した時にゃ、半分沈みかけてた。それが証拠に、接岸したその日のうちに沈んでしまったって話だよ。

そんな話を、耳にしていたからね、情に厚い、仲間思いの鯨なんだろうとおれは思ってたよ。実物を見るまではね。

見た途端に、そんな考えは、吹き飛んでしまったよ。

こいつは、そんな甘っちょろいしろものじゃないんだって。

見るまで、どんな思いを心に抱いていようが、見た瞬間、それは粉微塵さ。

おれはねえ、その時思ったよ。

これは、哀しみの色だって。モービィ・ディックの白、それは巨大な哀しみの色だろう。

おれだ、と思ったね。

こいつは、おれだ。

涙が出たね。

他の奴とは違っていて、仲間はずれで、いつも独りで。本当は、仲間に入れてもらいたい。独りでなんかいたくない。その哀しみがこいつを白くしたんだろうってね。神だか悪魔だか知らないが、そいつが、こいつの哀しみをそのまんま白い色に変えてやったんだろうってね。

そういう意味じゃ、おれも白だ。

そして、エイハブは、足を喰われて、それで、モービィ・ディックの奴に、〝白〟にしてもらったんだよ。

エイハブも白だ。

エイハブは、モービィ・ディック自身だよ。エイハブは、エイハブ自身を追っかけて、殺そうとしてやがるのさ。

ああ、おれは混乱しているな。

モービィ・ディックとエイハブのことをしゃべろうとすると、まともな考え方ができなくなるんだ。筋道だてた話を、きちんとしゃべれなくなっちまうんだ。

もしも、おれのこの話がどこかで矛盾していても、それは、本当のことなんだ。世の中は、筋がきっちりまとまった物語でできあがってるわけじゃない。混沌として、わからない、矛盾だらけの話の方が、より真実に近いことだってあるんだよ。いや、そっちの方が真実そのものかもしれない。

どうだい、あんた、おれは間違っているかね。おれはおかしいかね。狂ってるかね。

ああ、話をもどさなきゃならないね。

モービィ・ディックを見た途端、おかしくなっちまった奴が、おれの他にもいたんだよ。

そう。

エイハブだよ。

エイハブも、あいつを見た途端、おかしくなっちまったんだ。狂ったんだな、あれは。狂うというのが間違っているっていうんなら、何て言えばいいかね。そう、恋だな。恋に近いのかもしれないな。

ひと目惚れ。

そういうやつだな。

ほら、人はね、選べないんだよ、その瞬間をね。

事故と一緒さ。

街を歩いていたら、いきなり上からなにかが落ちてくる。工事中の材木でもいいし、レンガだって、植木鉢だっていい。それが、ある時、落ちる。落ちてきて、下を歩いている人間に当たる。恋ってのはそういうもんさ。

ある時、いきなり出合っちまうんだ。

エイハブがそうだったんだ。

恋に落ちた途端、そいつは人格が変わるんだ。他のことはどうでもよくなっちまう。他のことは考えられない。寝ても覚めても好きになった相手のことばっかりで、日常のことはおろそかになり、心がどこかに行ってしまうんだ。

エイハブは、あいつを、モービィ・ディックを見た途端、心の奥の奥——ことによったら、普通は死ぬまで開けることのない扉、そんな扉があることすら気がつかないような、その心の底の扉を開けられてしまったんだよ。

白鯨にね。

そうだよ、人の心のどんづまりにある扉さ。

その扉の中には、獣が棲んでいるんだよ。もちろん、人によって、そこに棲んでいる——飼われている獣はみんな違うよ。でも、その扉が開けられて、獣がそこから這い出てくるまで、人はその獣の存在にすら気がつかない。

そして、いったん出てきてしまったら、それはもう、誰にも、本人ですらどうすることもできなくなっちまうのさ。

エイハブの叫び声が聴こえたよ。

「ボート、下ろせえ!!」

凄まじい声だったよ。

「ゆくぞ。やつを殺すんだ。あいつをやっつけるぞ!」

しかし、誰も動かなかった。

そりゃあ、そうさ。

誰がそんな馬鹿なことをするもんか。

だいいち、皆、モービィ・ディックの大きさにどぎもを抜かれていたと思うよ。

みんな、動けない。

そこへ、エイハブの声が響くんだ。

「行くぞ、銛をとれ! あの一頭で、この船の空樽はみんな満杯だ! どうした、怖じ気づいたか、スターバック!!」

おれはね、檣から降りることにしたんだ。本当は、降りちゃあいけないんだけどね。もしかしたら、鯨がまた潜って、別の所から浮きあがってくるかもしれないからね。そのために、檣の上に、見張りは残らなきゃあいけない。でも、そこに残ってるなんてことができなかった。

何故かって?

もちろん、エイハブを止めるためだよ。

いくら金のためだって、やっちゃあいけねえことがある。それは、モービィ・ディックに銛を打ち込むことだよ。神だっていい、悪魔だっていい、どっちにしろ、人はそういうものに手を出しちゃあいけねえんだ。

しかし、降りた時には、もう、スターバックが、おれのかわりにそれをやってたんだよ。

「そりゃあ、いけない。こいつは、おれたちの手におえる相手じゃあない」

スターバックが、走り出そうとするエイハブの前に立って、両手を広げてそう叫んでいたんだ。

そうだよ。

スターバックにはわかったんだな。

モービィ・ディックは人間が相手にできるシロモノじゃないんだって。神だの、何だのっていう前にね。

わかるだろう。たとえば、ライオンを相手に素手で闘うことができるのかどうか。ライオンが神だからとか、尊い生き物だからとか、そんなんじゃないんだ。ライオンと素手で闘ったら、どんなやつだってかなわない。勝つことはできないんだ。

モービィ・ディックと闘うってことは、つまり、そういうことなんだ。

スターバックは、それがわかってたってことだ。

「やめてくれ、エイハブ。あいつは人智を超えたものだ。このまま行かせてやれ。あんたが生きて帰りたいんならな。おれたちを生きて帰したいんならな」

スターバックが言っても、エイハブはそれを聞こうとはしなかった。

「スターバックよ、鯨捕りは、鯨を見たら、銛を打ち込むものなのだ。鼠を見たら、猫が追いかけるように。獅子が鹿を見たら、追いかけるように。それは生まれついてのものだ。このエイハブは鯨捕りで、銛打ちで、このピークオッド号の船長だ。ならば、おれは、あいつに銛を突き立てに行かなくちゃならんのだ。そうでなければ、おれはおれでなくなっちまう。このエイハブが銛打ちでなくなっちまうってことは、このエイハブがエイハブでなくなっちまうことなのだ。水が高きから低きへ流れるように、このエイハブは、あいつに銛を突き立てるために行かなければならないのだ」

ここで、おれはスターバックの横に並んで、エイハブを睨んでやったんだ。

「エイハブ船長」

おれは言ったよ。

かなり、大きな声を出していたと思うね。

「やめてください。あの鯨は、神がこの世に遣わされたものですぜ。神が、人を試そうとしてるんです。神でなけりゃあ悪魔がね」

「証拠は!?」

エイハブ船長は言ったね。

「こいつですよ。こいつが今、ここに、眼の前にいる。それが証拠でさあ。神か悪魔でなきゃあ、いったい、どんな鯨が、こんなでかいやつをひり出せるっていうんです⁉」

「神⁉　悪魔⁉　どっちにしたって糞くらえだ」

「人が、人を超えたものに手を出したら、滅びるだけですぜ。バベルの塔を造って、天に手を伸ばそうとした連中がどうなったかは、あんただって知ってるはずだ」

「平水夫の身で、このおれに『聖書』について神学問答をふっかけようってのか、ガブリエルよ。その度胸は認めてやるが、そもそも、こいつは、おまえが見つけたものだぞ。見つけておいて、何を言い出すんだ、え？　ガブリエル」

「見つけたことを後悔してますよ。もっとも、潮吹きを見たときは、それがモービィ・ディックのものだなんて、わからなかったんですよ。わかってたら、声なんか出さなかった」

「違うぞ、ガブリエル。おまえは、運命というものを馬鹿にしておるのか。おまえは、モービィ・ディックを見つけるために、この世に生まれたんだよ。この日、この海でモービィ・ディックを見つけ、おれに知らせるためにな。アダムとイヴを、神がお造りになった時から、そう決まってたんだよ――」

おれとエイハブが言いあっているうちにも、モービィ・ディックは、ピークオッド号の横を悠々と泳いでいるんだよ。逃げたりせずにね。

エイハブは、もうおれの方を見なかったね。

「ボートは下ろしたか。スターバックよ、おまえが臆病風に吹かれてはいないってことを、おれに証明してみせろ。スタッブよ、まさか震えてなぞいなかろうな」

「おれは、いつだって準備はできてますよ。鯨がいるんなら、天国にだって、地獄にだって、ボートを漕いで行きますぜ。そうだろう、タシュテーゴ」

タシュテーゴは、自分の銛を手にして、スタッブの横に立っていたのだが、やつは迷うことなく、

「もちろんです」

そう答えていたのさ。

結局ね、スターバックも、スタッブも、ボートに乗り込んだよ。

エイハブはもちろんね。

で、このエイハブのボートの銛打ちが、拝火教徒のフェダラーだったんだな。

で、みんなが、すぐそこを泳いでいるモービィ・ディックにボートを漕ぎ寄せていったんだ。おれは、それをピークオッド号の上から全部見ていたよ。

ああ、言ってなかったな。

スターバックのボートの銛打ち、それが、例のエライジャさ。

銛打ちはね、どんなに鯨が怖い時だって、銛を握ってボートに乗ったら、震えは止まるもんなんだよ。しかし、このエライジャだけは、ボートに乗ってからも、哀れなくらいに震えていたのを覚えているよ。

ああ、話してやるとも、ピークオッド号から、おれがこの眼で見た一部始終をね。

ずっと見ていたんだ。

あとから、仲間に訊いて知ったことまでみんなおまえさんに語ってやろうではないか。モービィ・ディックはね、逃げなかったんだよ。ボートが三艘近づいて、自分を囲んだ時でさえ、悠々と泳ぎ続けていたよ。

一番銛は、もちろん、エイハブさ。

誰にもそれをやらせようとはしなかった。フェダラーをボート頭の位置に座らせて、で、ボートがモービィ・ディックを囲んだ時、エイハブは前の三角台の上に立ち上がってね、硬くおっ立てたあれみたいに、銛を握ってさ、

自分は一番前でオールを握っていたんだよ。

「うがあっ!!」

それを、モービィ・ディックに打ち込んだんだよ。

でも、モービィ・ディックは動かない。

どんな女だって、あれを突っ込まれたら、よがるか、痛がるかするもんだろう。でも、モービィ・ディックは、ただ泳ぎ続けている。

こりゃあ、男にとっちゃあ、屈辱だよ。

それで、みんなが、槍を投げたんだ。

フェダラーも、スターバックも、エライジャも、スタッブも、タシュテーゴも、みんなが槍を投げて、それが全部、モービィ・ディックの背に刺さったんだよ。それでも、

やつは、でかい、白いあの額の瘤で、波を分けながら、ただ泳いでいる。悠々とね。

エイハブは叫んだね。

「おお、モービィ・ディックよ。汝が神ならば、おまえに銛を突き立てたこのエイハブに百の罰を与えよ。もしもおまえが悪魔なら、千度、地獄にこのエイハブを引き込むがいい！」

その時だったよ、モービィ・ディックが動いたのは。

怒ったようには見えなかったよ。

おれには、ちょっとだけ、身じろぎしたように見えたね。

人間だったら、ほら、軒下で揺り椅子にのんびり座っていた爺さんが、ちょっと腰の位置を変えて座りなおしたような。あるいは、眠っていた奴が、ほんの少し、寝返りを打ったような、そんな感じさ。

でも、それが引き起こした結果は凄いもんだったよ。

尾が動いてさ、でかい渦ができて、ちょうどそのあたりにいたスターバックのボートが、渦に呑み込まれて、くるくると回りながら、あっという間に海中に沈んで見えなくなった。

モービィ・ディックの背中がちょっと浮いて、その背に舳先が引っかかって、スタッブのボートはひっくり返った。

ひと呼吸遅れて、エイハブのボートは、宙に持ちあげられたんだ。

尾だよ。

モービィ・ディックの尾が、ゆっくりと、しずしずと海中から持ちあがってきてさ、その上に載せられて、エイハブのボートが天に向かって持ちあげられてゆくのさ。

でかい、巨大な白い掌に載せられて、神に捧げられる供物みたいに、ボートが天に浮きあがってゆくんだ。

きれいだったね。

神々しかったね。

あんなに美しい光景を、おれは見たことがなかったね。

おれは、あまりのことに、小便を洩らしてたよ。

ほんとうさ。

エイハブは、狂ったように吼えていたね。

ボートの上でさ。

でも、おれには、それが、歓喜の声か、祈りの声のようにしか聴こえなかったね。

その時ね、すっ、とボートを持ちあげていたモービィ・ディックの尾が消えたんだよ。

ふわっ、

とボートを宙に浮かせておいて、尾が沈んだんだな。それで、ボートはいっきに海面に落っことされたんだ。

十メートルはあったのかね。

そこまではなかったのかね。

ちょっと浮かされただけなのに、それだけで、十メートルも落っこちていたんだね、あれは——

海面にぶつかってさ、ボートは真っぷたつだよ。

たったそれだけ。

たったそれだけでさ、三艘のボートがやられちまったんだ。

しばらくして、海の上に、やっと、ぽかりぽかりと人の頭が浮きはじめてさ。

エイハブがどうなったのかって、おれは捜したよ。

そうしたら、いたね。

エイハブの奴は、モービィ・ディックの背中に乗っかっていたんだよ。

さっき、自分が打ち込んだ銛に、しがみついていたんだ。

声が聴こえていたね。

とぎれとぎれの声だったよ。

見たら、モービィ・ディックの顎のところに、人が引っかかってる。

時々、モービィ・ディックが、顔を持ちあげるから、そいつの顔が海面から出る。そのたび、そいつが叫んでるってわけだ。

エライジャさ。

エライジャが、左腕をモービィ・ディックに咥えられていたんだよ。それで、エライジャが泣き叫んでやがるんだ。

でも、エイハブは泣き叫んではいなかった。

凄い顔をしていたな。

悪魔が憑いたような顔っていうのかね。

左腕で、モービィ・ディックの背に刺さった自分の銛を抱えて、右手には、ボートの舳先の索切りナイフを握っていたね。刃渡り六インチのでかいナイフだよ。

エイハブはさすがだったよ。

アーカンソーの荒くれ男が、決闘の相手とこれから命のやりとりをしようとするかのように、そのナイフひとつで、モービィ・ディックにたち向かったんだよ。

エイハブは、モービィ・ディックの背に仁王立ちになってね、何か叫んでいたな。

何を言っていたかはわからないよ。中世の騎士のように、闘いの前の名のりをあげていたのかね。それとも、悦んで、神に感謝の祈りを捧げていたのかね。

でも、あいつたちふたりには、わかっていたと思うよ。だから、エイハブとモービィ・ディックのふたりだよ。

モービィ・ディックが浮くとさ、エイハブの全身が波の下から現れる。沈むと、エイハブの胸のところまで波が被る。

その最中、エイハブは見ていたんだな。

やつの、潮吹き穴を。

そんなに遠くじゃない。

そこにナイフが届く位置まで移動するには、銛から手を放さなくちゃいけない。しかし、手を放したら流されてしまう。だからエイハブは、その間(ま)を計っていたんだろうよ。

自分の身体が波を被る間をね。

それで、エイハブは、ついに決心したんだ。

自分の身体が足首まで出た時、銛から左手を離し、ナイフを両手で握ったんだよ。

それで、跳んだんだ。

潮吹き穴までね。

跳んで、その潮吹き穴に、全部の体重を乗せて、ナイフを突き立てたんだ。

刃が、全て潜り込んでいたよ。

おれは、それをはっきり見たんだ。

その時、初めて、モービィ・ディックが声をあげたんだよ。

おれは、その声をはっきり聞いたんだ。

神は、いつだって語らないんだ。

人間に声をかけない。

人の子として生まれたイエスが、自分を見捨てたのかと、死ぬ間際に泣き叫んだ時だって、黙っていた。神の答えは常に沈黙だよ。

その神が、エイハブという人間に、初めて応(こた)えたんだな。

おおおおおん……

おおおおん……

そんな風に聞こえたね。

もしかしたら、そんな声は出していなかったのかもしれないけどね。でも、おれの耳にははっきりそう聞こえたんだ。

ああ――

あれは、歌だね。

歌のように聞こえたね。

何を歌っていたのかね。

もしかしたら、初めて、人というちっこいものを認識して、それで悦びのあまり声をあげていたのかね。

凄い光景だったね。

エライジャが泣き叫んでいる。

エイハブが咆えている。

白鯨が歌っている。

それでさ、モービィ・ディックは、潜ったんだ。

いったん、海の中にね。

一瞬、モービィ・ディックも、エイハブも、エライジャも、その姿が見えなくなった。

とてつもなくでかい泡の塊が、もくもくと海中から湧きあがってきてね。

それで、その泡の中に、モービィ・ディックの姿が浮きあがってきたんだよ。

頭からさ。

頭から海の上に立ちあがって、その時、やつはおれたち全部を見たんだ。

海を——

地球をそこから見下ろしたんだ。

その時、おれは見たよ。

モービィ・ディックの顎に咥えられているものをね。

人だよ。

でも、それは、エライジャじゃあなかった。

エイハブだった。

モービィ・ディックが、海の中で咥えなおしたんだね。

エイハブは、モービィ・ディックに左足を咥えられ、やつの顎の左側に宙吊りに、逆さまにぶら下がっていたんだ。

そこで、おれは見たんだ。

エイハブが落下するのを。

モービィ・ディックが放したんじゃない。

エイハブの左脚が、膝の下からちぎれたんだね。それで、エイハブは落ちたんだ。

モービィ・ディックは、尾で地球の上に立ちあがり、それで、また潜った。

それっきりさ。

それっきり、モービィ・ディックは浮いてこなかったんだよ。

予備のボートが一艘あったんで、それを下ろして、生きているやつらを拾ったんだよ。

その中には、片足を喰われたエイハブも、左腕を喰われたエライジャもいたよ。

スターバックも、スタッブもタシュテーゴも、フェダラーも生きて助けられた。しかし、ボートの漕ぎ手のうち、四人は助からなかった。死体はふたつ浮いていたが、残ったふたつの死体は見つからなかったよ。

それで、おれたちは、ナンタケットに引き返すことに決めたんだ。

ボートが一艘しかないのに、どうやって鯨を捕りゃあいいんだい。もう、帰るしかなかったんだ。

それでさ、もう、エイハブもエライジャも、助からないだろうって、みんなそう思っていたんだよ。たくさん血も流れたしね。でも、ふたりとも、死ななかった。

ふたりとも、命に対する執念が凄かったんだろう。タイプは違うけれどね。

エイハブは、ずっと、咆えていたな。

最初は、意味なんかわからない声さ。三日三晩、眠っている間中、エイハブは魔人の赤子のように咆えていた。闇の中でね、薄っ気味悪い声で唸るんだ。

それでも、たまに意味のわかる言葉も叫ぶんだよ。

「おのれ、モービィ・ディックよ」

「逃げるのか。きさま、このエイハブを畏れて逃げようってのか」

「帆をあげよ、やつを追え、モービィ・ディックを追うんだ」

「おれは、殺してやるぞ。海の果てまでも追いかけて、いつか、必ずきさまを殺してやるからな」

　ってね。

　エライジャのやつは、ずっと、泣いていたな。

　めそめそ泣いて、

「死にたくない、死にたくない」

　ってさ。

　それで、結局、助かっちまった。

　エイハブは、眼覚めてからも、モービィ・ディックを追おうとしたよ。

「もどれ、舵を回せ。やつを追うぞ」

「スターバックよ、ついてこい」

　凄い漢だと思ったよ。

「あいつが、おれを呼んでるんだ。来い、自分を追ってこいとな」

　そう言って、エイハブは狂ったようにあばれるんだよ。

「追うぞ」

モービィ・ディックに喰いちぎられた足からは血が出るし、それでおれたちはみんなでエイハブを押さえつけてさ、ベッドに縛りつけてやらなけりゃあならなかったんだ。

でも、エイハブは、その縄を今にもひきちぎりそうに、身悶（みもだ）えして、あばれるんだよ。

縄が当たるところの皮膚なんかは、破れて血まみれになっちまってよ。

あんた、わかるかい。

オデュッセウスだよ。

だから、ホメロスの書いた『オデュッセイア』ってえ、長い物語があるんだよ。その主人公のオデュッセウスさ。

セイレーンていう、おそろしい海の妖怪（ようかい）がいるっていうんだよ。女の妖怪でね、美しいんだ。顔は、美女。でも、身体（からだ）は鳥で、翼があるらしい。いや、下半身は魚だったかな。どっちでもいいか。そのセイレーンたちが、ある島に棲んでいて、歌を唄（うた）うんだってさ。その歌声が、あまりに蠱惑（こわく）的でさ、その声を聴くと、船乗りたちはみんな島に船を漕ぎよせちまうんだよ。

ある者は、海に飛び込んで島まで泳いでいって、それきり、もどらない。

セイレーンが、そいつらをみんな喰っちまうからだよ。

島の近くの岩礁（がんしょう）に、セイレーンたちが座って歌を唄う。

で、オデュッセウスはその唄を聴きたかったんだな。

それで、水夫たち全員に耳栓をさせて、自分だけは耳栓をせずに、縄で帆柱に身体を縛りつけさせてさ。

「いいか、おれが何を言っても、叫んでも、この縄を解くのではないぞ」

そう言って、その島の近くを通り過ぎようとしたんだよ。

すると、声が聴こえてきた。

セイレーンの唄声だよ。

でも、聴こえるのはオデュッセウスだけだ。

他の水夫には聴こえない。

「おい、この縄を解くんだ」

オデュッセウスが言うんだよ。

「どうした、何故解かない。あの島に漕ぎ寄せるんだ。わからないのか」

オデュッセウスは狂ったように泣き叫ぶ。

「おれは死んだっていいんだ。あいつに喰われたっていいんだ。おれの命令がきけないのか──」

でも、水夫たちにはセイレーンの声は聴こえないからね。

もちろん、オデュッセウスの泣き叫ぶ声も聴こえない。

だから、船を漕ぎ続けた。

それで、なんとか、その船はセイレーンの島から逃れることができたんだよ。

エイハブが、オデュッセウスだっていうのはそういう意味さ。

モービィ・ディックの声は、エイハブにしか聴こえないんだ。

だから、どんなに泣き叫んだって、誰もエイハブの縄なんか、解こうとしないんだ。

わかるだろ。

あ――

ひとりだけいたな。

フェダラーのやつだよ。

奴だけは、エイハブの縄を解けって、そんなことを言っていたな。

「聞け、皆の者よ。エイハブを自由にせよ。人には、最後に権利があるのだ。愚かを承知で、その愚かなことに命を捧げてもよい権利がな」

それを聴いたスターバックが言ったよ。

「我らには、逆に愚かな者が愚かなことで身を滅ぼすのを、止める権利があるのだ」

ってね。

それでも、フェダラーは、

「エイハブを、海に飛び込ませてやれ。エイハブは、それで幸せなのだ」

そんなことを言うんだよ。

もちろん、おれたちは、縄を解いたりなんかしなかったけどね。

思い出したよ、そういや、フェダラーは、モービィ・ディックを捕るためにボートを下ろせと叫んでいるエイハブをおれたちが止めている最中に、ひとりだけ、

「ゆかせよ。アダムに禁断の果実を食わせてやれ」

そんなことを言っていたな。

エイハブが、やっと静かになったのは、ホーン岬が見えてきた頃だよ。

静かになったかわりに、やつはほとんどしゃべらなくなった。自分という孤独の海に潜って、出てこないようになっちまった。

モービィ・ディックに、白くされちまったからな。

おれもそうだよ。おれも白くされた。おれは歪（ゆが）んだ人間だよ。いびつな人間だ。でも、モービィ・ディックに白くしてもらって、こうやって生きている。

もっとも、エライジャのやつは、白くなりそこねちまったようだがな。

フェダラーも、もしかしたら、白くされちまったのかもしれないな。あいつは、ベッドに縛りつけられたエイハブの横にずっとついていてね。

「その縄、いつか必ずこの私が解いてさしあげましょう。あなたが再びこのピークオッド号で海に出る時には、このフェダラーが、あなたの水先案内人として、従いましょう。あなたを白鯨のもとまで御案内いたしましょう。たとえそれが、死の淵（ふち）へとあなたを案内することになったとしても、その死の淵までお供いたしますよ――」

エイハブの耳に、そんな言葉を囁（ささや）き続けていたんだな。

ああ、そうだった。

エイハブが静かになった話だったな。

そうさ、やつは、それで、哀しみの王になっちまったんだよ。後甲板の下――船の地下にある船長室の哀しみの玉座に座るようになったんだ。

知ってるかい。

イタリアのさ、ローマのさ、地下には古い神々が眠ってるんだ。一番上は、我らがイエス、キリスト教の神の棲む神殿が建っている。しかし、その地下には、ギリシャの神々を祭る神殿があるのさ。でも、それで終わりじゃない。

そのさらに地下を掘るとね、その下にも神殿がある。キリスト教よりも、古代ローマの神々よりも、さらに古層の神の神殿がね。

牛を贄（にえ）とする、ミトラ神の神殿があるんだ。

そして、その神殿の暗がりの中にね、三千年、四千年、誰も座ったことのない石の玉座があるんだよ。

哀しみの王の玉座――それはそう呼ばれている。

人間が信仰した、最も古層の神と対話をするための玉座だ。

その玉座が、このピークオッド号にもある。

それが、後甲板の下にある船長室の椅子さ。そこに、片足の、哀しみの王が座っている。そして、その王は、自分を殺すための旅に出ている最中なんだ。

それがエイハブだよ。

エイハブが、今、このピークオッド号の神なんだ。

おまえ、気づかないのか。この船の乗り組員の全てに、今、エイハブが憑っている。全員がエイハブに憑かれている。みんな、自分じゃ気づいちゃいないがな。

このおれが、いくら、何と言ってももう無理だろうよ。

この船は、いつか、白鯨に、モービィ・ディックに出合うんだ。

おれがいるからね。

おれがいる船は、白鯨に出合う。

そして、白鯨に出合ったら、フェダラーがエイハブを案内するんだ。地獄までの道をな。

ああ――

こんな時に、あいつが、あのスターバックがいてくれたらと思うよ。あいつが、スターバックこそが、エイハブの良心さ。いや、少し違うな。エイハブが道に迷いそうになった時、それを止める唯一の力がスターバックだったのさ。

しかし、この船に、スターバックはいない。

見たかい、あれを。

あれってのは、モービィ・ディックの背中のことさ。

あの背に突き立った、あの傷みの銛の数はどうだ。

あれこそは、イエスが背負った、おれたち人間の原罪そのものだ。

受難そのものだ。

ああ、そうだった。

おまえは、あれを見てはいないのだったな。

まあいい。

見ていない——だから、おまえは今、まともなのだ。

しかし、それもあいつを見るまでだ。ただの一度でもあれを見てみるがいい。

あいつを、モービィ・ディックを見たら最後、そいつがこれまでどれだけの人生を歩んで、どれだけのものを見てきたか知らないが、そのすべてを根こそぎひっくり返されちまう。人を、はらわたからひっくり返しちまうんだ。

おまえだって、そうだよ。

見ればわかる。

それこそ見た瞬間にね。

その時に、おれの言ったことが嘘じゃなかったってわかるだろうよ。

おまえは、近い将来、やつを、白い神を、モービィ・ディックを見るだろう。このガブリエルがこの船に乗っているからだ。そして、闘うことになる。フェダラーがこの船に乗っているからね。そして、何よりも、エイハブがいるからだ。

その時に、何もかもわかるだろうよ。

ああ——

ただひとり、スターバックだけが、エイハブの、このピークオッド号の救いだっていうのに、やつはいない。

それなのに、どうして、エイハブは、スターバックが、まるでこの船にいるかのようにふるまうんだ。それをわかっていて、どうして誰もエイハブにひと言も言わないんだ。

「エイハブよ、スターバックはこの船におりません」

とな。

え⁉

それを訊ねたって、みんな曖昧な返事をするだけで、誰もちゃんと答えようとしない。

何故なんだ。

マンジローだったか。

あんただって、おれと同じように気づいているはずだ。それとも、スターバックは、この船のどこかにいるのかい。

どうなんだ、スターバックのシャツを着ているあんた。

知っていたら、おれに教えてくれ。

十三章　クイークェグ、自分の棺桶を作ること

そのうえ、蒼白ではあったが、以前のように毅然とした落ち着きのある相貌をとりもどし、その口からおだやかな声で命令が発せられるようになると、航海士たちはおぞましい狂気が船長から去ったことを神に感謝したものだが、そのときでさえ、エイハブは自我の隠蔽された部分でひそかに狂いつづけていたのである。人間の狂気はしばしば狡猾であって、すこぶる猫に似ている。消えたと思っても、じつはもっと微妙なものに変身しているだけかもしれないのだ。

――ハーマン・メルヴィル『白鯨』
岩波文庫　八木敏雄・訳

一

ガブリエルとの対話があってから、万次郎は、慎重になった。

発言をする時にも注意深くなり、誰かの言うことを聞く時でも、その言葉の裏に、どのような意味が潜んでいるのかを、考えるようになったのである。

誰のどの言葉に、実は隠されていた狂気が潜んでいるか、たとえばちょっとした表情や笑顔の裏側に、本人さえ気づいていないような、滅びへの願望が隠されていないかを、観察するようになってしまったのである。

症状がすぐには表面化しない熱病のように、エイハブの狂気に感染している者はいないかと、船員たちの表情を眺めるようになっていた。

それは、仲のよいイシュメールに対する時も、同じであった。

ガブリエルと話をしてみてわかったことだが、皆が考えるほどには、ガブリエルが面倒な人間だとは、万次郎には思えなかった。

彼らの国の古代の神の話や、知らぬ土地の物語については、わかりかねることも少なからずあったが、スタッブなどがあそこまで毛嫌いするほどの人間ではないと、ガブリエルについて、思うようになった。

やはり、気になったのは、白鯨とエイハブ船長のことはおいておくとしても、一番はスターバックのことであった。

万次郎が感じていた不自然さを、ガブリエルも感じていたのだ。

この船──ピークオッド号の乗り組員全員が、スターバックについて、何か隠しているのではないか。

そのことについては、以前、イシュメールに訊ねたことがある。

その時言われたのは──

〝いずれにしろ、この船では、スターバックの名前を口にするのは避けた方がいい。特

にエイハブ船長に聴こえるようなところではね――〃

ということであった。

以来、万次郎は、スターバックについて、誰かに訊ねるようなことはしてこなかった。

その疑問は、しばらく心底に沈めておいたのだが、ガブリエルと会ったことによって、また蘇(よみがえ)ってきてしまったのである。

ガブリエルによれば、自分が着ているシャツは、スターバックのものであるという。

これは、いったいどういうことなのか。

自分が今、身につけているのは、洗いざらしの綿のシャツとズボンである。

万次郎がピークオッド号に助けられて、眼覚めた時に、身につけていたものだ。

丈(たけ)はちょうどよく、腰まわりや胸まわりは少しだぶついている。

「ピークオッド号で、余っていた服だ」

イシュメールにそう言われて、他に青いシャツを一枚、ズボンを一本、上着をひとつもらっている。いずれも、丈や、腰まわり、胸まわりが同じくらいであるので、同じ人間のものであろうと思っていたのだが、まさか、これがスターバックのものであったとは――

前の航海で、ガブリエルは、スターバックが身につけている服を何度も見ているので、わかったのであろう。

とはいえ、すぐにスターバックのことで、イシュメールを問いつめるのもどうかと思い、まだそのことについては訊ねることができないでいる。

そのうちに、機会を見つけて問えばいいだろう。

少なくとも、今は、うまくやっているのだ。余計なことを訊ねて、ピークオッド号での今の居心地のよさが、失われてしまうことは避けたかった。

「あれは、聖痕だよ」

甲板で話をしたおり、別れ際に、ガブリエルが口にした言葉を、万次郎は覚えている。

「エイハブの、ここのところに傷があるだろう」

ガブリエルは、自分の左手の人差し指を、左の額にあてた。

その指先を、下に滑らせてゆく。左眼の上を通り、左頬を抜け、そしてシャツの襟の中まで――

「あの傷は、左足を喰われた時に、モービィ・ディックの歯に引っかけられたんだよ。それでできた傷さ。水中でやられたんだとさ」

ガブリエルは、小さく首を左右に振った。

「やつから聖痕を与えられた者は、いつか、やつに呼ばれて、自分からその顎の中に入ってゆくんだよ。おれもそうさ。モービィ・ディックのやつに呼ばれている。今度の航海は、わざと、エイハブの船には乗らなかったんだよ、本当はね。それでも、モービィ・ディックと出合っちまった。この前のギャムの時、エイハブがジェロボーム号にやってきた。その時、おれは観念したんだよ。やつからは、モービィ・ディックからは逃げられないってね。運命が、エイハブの姿をかりてやってきたんだって。それでも、唯一の救いは、スターバックだったんだ。でもあいつは、この船にはいない。あいつの代わりになるとしたら──」

ガブリエルは、万次郎を見つめ、

「新しくこの船に乗り込んで、スターバックのシャツを着ているあんたかね」

そう言った。

万次郎は、答えることができなかった。

「いいさ。これも運命だ。おれは、覚悟を決めているからな……」

最後のところは、ひとり言のようにガブリエルはつぶやいた。

そして、ガブリエルは去っていったのである。

そのおりのことを、万次郎は、スターバックのことと共に、思い出していたのである。

そうして、表面上は何事もなく数日が過ぎた時──

突然、クイークェグが、棺桶（かんおけ）を作ると言い出したのだった。

ピークオッド号には、多くの捕鯨船がそうであるように、船大工が乗っている。

ボートが壊れたり、船が破損したりした時に、修理ができるようにするためだ。当然、工具も用意してあるし、修理に使われるための木材も積まれている。

その船大工に、

「おれの棺桶を作ってくれ」

クイークェグが頼んだのである。

「いったい、何ごとだね。見たところ、あんたは、銛が刺さる前の鯨よりも、ぴんぴんしているように見えるがね」

「おれは、もうじき死ぬ」

「なんだって？」

「ヨージョがそう言ったのだ」

クイークェグが信仰する神、ヨージョのことは、誰もが知っている。ヨージョのことで、クイークェグが何かを言い出したら、めったなことでは後に退かないことも、わかっていた。

「いったい、どんな風にして、死ぬのかね。何で死ぬかについて、ヨージョはあんたに何か言ったのかね」

船大工が訊ねると、

「それについては、ヨージョは何も告げてはいない。いずれにしても、おれには関係がない。おれはただ、死がいつであるにしろ、それまでの間、おれらしく生きるだけだ」

クイークェグは胸をそらせてそう言った。

「あんたらしく？」

「卑怯な生き方はしないということだ。明日死のうが、百年後に死のうが、そのことに一切変わりはない」

そう言ったクイークェグを、万次郎は見ていた。

クイークェグの横に立っていたイシュメールの顔は、少し哀しげに見えたが、クイークェグを止めたりたしなめたりしようという気配はどこにも見えなかった。

「いいだろう。立派なのを作ってやろう。では、まず、あんたの寸法を測らせてくれ」

このようにして、クイークェグの棺桶が作られることになったのである。

棺桶ができあがったのは、二日後であった。

完成したという知らせを聞いて、船員たちが、甲板に集まってきた。

クイークェグとイシュメールだけでなく、船の半数以上の水夫たちが、見物のためやってきてしまったのだ。集まった者たちの中には、もちろん、万次郎も交ざっている。

できあがった棺桶は、甲板の上に直接置かれていた。

「どうだい、いいできだろう」

船大工のホフマンが言う。

「ああ、いいな」

クイークェグは、しゃがんで、棺桶の蓋(ふた)の表面を撫(な)でた。

それを見た時、万次郎の心の中に湧きあがってきたものがあった。

この大きさ、このかたち、木の色。

これを、以前に見たことがある——

そういう思いであった。

いつか？

すぐに思いあたった。

あの日だ。

自分が海へ流され、たった独りで漂流することになった日。島の岩礁に、木の箱のようなものが流れついてひっかかっていた。それをとりに行ったのだ。その箱の中に、白人の男の死体が入っていたのだ。そのことに驚いて、自分は流されてしまったのである。

あの箱と同じものだ。

それはつまり、あの箱は棺桶であったということだ。それはつまり、あの棺桶は、このピークオッド号から、海へ流されたということになる。どういうことか。考えるまでもない。あの箱の中の死体は、このピークオッド号の乗り組員であったということになる。

あの死体は、いったい誰なのか。

思いあたる名前が、たったひとつだけあった。

それは——

スターバック!?

万次郎は、それを、今、口にできなかった。

その名前を出して、皆に問うことができなかった。

その時——

低い、澄んだ歌声が、船首の方から聴こえてきた。
ピップの声だった。
ピップが歌を唄っているのである。

〽わが神よ　御許に近づかん
御許に近づかん
たとえ十字架にかかるとも
など悲しむべき
なおも　わが歌のすべては
わが神よ　御許に近づかん
わが神よ　御許に近づかん

讃美歌だった。
ピップが、船首に立って、この世のものとは思われぬくらい澄んだ声で、讃美歌を唄っているのである。

〽さすらう間に日は暮れ
暗闇が我を覆い　石の上に枕しても

　されどわが夢の内に
　天を望む
その声が、甲板の上にいる皆の耳に届いてくるのである。

『主よ御許に近づかん』という歌である。

クイークェグの神ヨージョに捧げる歌でこそなかったが、クイークェグも、思わず棺桶を撫でる手を止め、おごそかな面持ちで、船首の方へ視線を向けた。

もしもこの唄声が聴こえてこなかったら、万次郎は、スターバックの名を、あやうく口にしていたかもしれなかった。

ピップのこの唄声が、万次郎をぎりぎりのところで踏みとどまらせたのであった。

「おれにちょうどよさそうだ」

クイークェグが、あらためて、棺桶を軽く叩いて、立ちあがった。

その時だった。

　〽御使いたちが私を
　そこで唄声が途ぎれ、

「ヒャッ！」

という声の後に、水音があがったのである。

「落ちた！」

船首の方から、声があがった。

「ピップが落ちたぞ‼」

その声を聴いて、真っ先に駆け出したのは、フラスクであった。

フラスクは、船尾に向かって走り、艫（とも）に置いてあった救命ブイを抱えあげ、

「どっちだ！」

叫んだ。

「右舷（うげん）の方に流されました」

船首にいた乗り組員から声がかかる。

フラスクは、救命ブイ——実際のところは、鉄の箍（たが）がはめ込まれた細長い樽（たる）に、ロープを何本か縛りつけてあるだけのシロモノなのだが——を抱え、右舷に走った。

海を覗（のぞ）くと、船首の方からピップが流されてくるのが見えた。

フラスクは、やがて、流れてくればピップが通過するであろうと思われるあたりに向かって、迷わず手にした樽を投げ込んだ。

「ピップ、それにつかまるんだ」

フラスクは叫んだのだが、その声は、ピップの耳には届いていないようであった。

ピップの頭が、何度も波の下に潜る。

そのたびに、また、海面にピップの顔が浮きあがり、口から大量の海水を、飛沫（しぶき）として吐き出している。浮きあがるたびに、何か叫んでいるのだが、何と叫んでいるのかは、聴きとりようがなかった。

頭が浮きあがると、両手を振り回して海面を叩く。

もともと、ピップは泳ぐことができたのだ。

万次郎がピークオッド号に助けられた日から数えて五日ほど前にも、ピップは海に落ちている。その時は、五時間ほど海の上で漂流した後、助けられている。泳ぐことができなければ、摑（つか）まるもののない海で、五時間も漂流することはできない。

しかし、その事件に加えて、ついしばらく前、万次郎が最初に鯨を仕留めた日、ピップはまた海に引きずり込まれそうになっている。銛に繋（つな）がれた縄がピップの身体にからみつき、解けなくなったのだ。この時は、ダグーが斧（おの）で縄を切り、ピップは死なずに済んでいる。

だが、そのふたつの事件によって、ピップは精神を病んでしまったのである。

今、ピップは誤ってまた海に落ちた。

この三つのできごとにより、ピップが海水恐怖症となって、今、泳ぐことができなくなっているというのなら、それもしかたのないことと言うしかない。

つまり、ピップは、溺（おぼ）れていて他のことには注意がむかず、従って、フラスクの投げた救命用のブイ——樽にもまったく気づいていなかった。もちろん、フラスクや、他の水夫たちの声も、耳に届いてはいなかった。

だから、ピップの手が、樽から出ているロープに触れたのは、偶然であったと言っていい。溺れてもがいているうちに、たまたまその指が樽から出ているロープに触れて、ピップはそれを必死で握ったのである。

しかし、どこかに隙間があるのか、そこから海水が入ったらしく、樽の浮力がどんどん失われてゆくのが、見ていてもわかる。樽の、海面から出ている部分が、どんどん少なくなってゆくからだ。

それに気づいたピップが、また、叫びはじめた。

「助けて、助けて、死にたくないよう！」

叫びながらむせ、海水を吐き出す。

しかし、この間に、すでにボートは下ろされていて、樽の浮力が失われる寸前に、ピップは助け上げられたのである。

ピークオッド号にあがってきたピップは、大量の海水を吐いた。

「助かってよかったぜ」

フラスクが声をかけると、ピップは怯(おび)えて後ずさり、近くにいた万次郎にしがみついて、激しく泣きじゃくりはじめた。

「おい、ピップ。樽を投げてくれたのは、そのフラスクだぞ」

ダグーが声をかけたのだが、ピップはさらに大きく声をあげて泣いた。

「いいんだ、ダグー。ピップは、あの時、おれの眼を見ちまったからな」

「眼？」

「ピップの身体にからまった縄を切るため、おまえが斧を持った時、おれは一瞬迷ったんだよ。鯨をとるのか、ピップをとるかってな。その時のおれの眼をピップは見ちまったんだよ――」

そうつぶやいて、フラスクは首を左右に小さく振って、その場を去っていったのである。

フラスクの後を追って、ダグーもその場を去った。

しかし、それからしばらく、ピップは万次郎にしがみついて、泣き続けていたのである。

ピップの涙がシャツに染みをつくり、その温度が肌に伝わってきた時、万次郎の脳裏に蘇ったのは、中浜(なかのはま)の家族のことであった。

この泣きじゃくっている黒人の少年が、万次郎にはふいに、齢(とし)こそ違え、兄時蔵(ときぞう)のように感じられたのである。

「兄(にい)やん……」

万次郎は、ピップを抱き締める両腕に力を込めていた。

二

「棺桶の蓋を、釘(くぎ)で打ちつけてくれ」

クイークェグがそう言い出したのは、ピップのことがあってから、二日後であった。

「どうしたんだ」

と、船大工のホフマンが問うと、

「二日前、救命用の樽を捨ててしまったからな――」

クイークェグは言った。

「おれの棺桶を、救命ブイとして使えばいい」

「おまえさんが入る時はどうする」

「おれが死んだ時、釘を抜いて、おれを入れてくれ。その後で、またもうひとつ、樽を作って、それを救命ブイにすればいい」

そういうことになったのである。

クイークェグの棺桶を、救命ブイにするには、それほど時間はかからなかった。

蓋を釘で打ちつけ、隙間に槙皮(まいはだ)を詰め、そこにまた瀝青(ピッチ)――アスファルトを塗ったものが、翌日にはできあがってきた。

そして、溺れた者が摑まるための、握りのついた命綱が何本か、鋲(びょう)で棺桶に留められていた。

「これはいい」

クイークェグは、満足そうにうなずいた。

「これなら、何人か海に落ちても、一緒にしがみつくことができるだろうよ」

こうして、クイークェグの棺桶は、かつて樽の救命ブイがあった場所――船尾に置かれることとなったのである。

十四章　万次郎海の森を発見すること

そうだ、わしはあの娘を結婚すると同時に未亡人にしてしまったのだ、スターバック。それからというもの、この年老いたエイハブは狂い、逆上し、血をたぎらせ、額から湯気をたて、一千回もボートを下ろし、白波をけたてて獲物を追ってきた――人間というより悪魔だ！――そうだ、しかり、四〇年にわたって、このエイハブはなんと愚かな――愚かな――愚かな年をかさねたたわけ者であったことか！　鯨の追跡のために、なぜあれほど血道(ちみち)をあげたのか？　オールをこぎ、銛を打ち、槍(やり)を投げるために、なぜあれほど腕を酷使し、痛めつけ、萎(な)えさせたのか？　そのためにエイハブはどれだけ豊かになり、どれだけまともな人間になったというのか？　見るがよい、おお、スターバックよ！

――ハーマン・メルヴィル『白鯨』
岩波文庫　八木敏雄・訳

一

ピークオッド号全体に、エイハブの狂気がのりうつっているのは、もう、間違いなかった。

それまで、樽の中に入れられていた米であったり葡萄の汁であったものが、だんだんと発酵して酒成分に変わって、それで満たされてゆくように、ピークオッド号という樽の内部は、今や、エイハブという狂気に憑かれ、その狂気によって満たされつつあった。

もちろん、乗り組員の個々には、そういう自覚はなかったであろう。しかし、いつもと変わらぬように見えて、それぞれの心の内部には、無自覚であったにしろ、この船の運命についての覚悟が、少しずつ醸し出されていたのである。

いつか、このピークオッド号は、つまり自分たちは、必ずあの白鯨——モービィ・ディックと出合うであろうと、誰もが無意識のうちに覚悟していたのである。

出合い、そして銛をとり、全員があの白鯨と闘うことになるであろうと。

しかもその時期はそれほど遠くないということも、多くの者が予感していた。

クイークェグが、自らの死を予言して自分の棺桶を作らせた時から、乗り組員たちは、モービィ・ディックと出合った時のための準備を、それぞれ始めていたのである。

クイークェグやフラスク、スタッブたち銛打ちはもちろん、ダグーも、タシュテーゴもフェダラーも、この頃は、自分の銛を折に触れては何度も研いでいたし、他の乗り組員も、槍などを磨いたりしはじめていた。

いつもと同じと言えば同じ光景だった。銛や槍は、使われるたびに手入れをすることになっているし、使われなくとも、少し捕鯨の間が空けば、誰もが自然に手入れをする。

何しろ海の上のことであり、鉄は、放っておけばすぐに錆びついてくるからである。

しかし、その手入れの回数が、いつもより自然に多くなっていた。さらに言えば、手入れのしかたもより念入りであった。

これは、ピークオッド号の乗り組員全員が、眼に見えぬなにかの予兆を感じていたということなのであろう。

ピップが海に落ちたというのも、たとえばガブリエルの心の中では、ひとつの意味をもって捉えられていたのである。

「あれは、最初に呼ばれたんだな……」

ガブリエルが、万次郎の耳に口を寄せて囁いてきたのは、その事件があってから、二日後のことであった。

場所は、前甲板の右舷だった。

夜だ。

万次郎が、ひとりで海を眺めていた時に、ガブリエルが近づいてきて、横に並び、その言葉を口にしたのである。

「最初に？」

万次郎が問うと、

「そうだよ。最初に呼ばれたんだ」

ガブリエルがうなずいた。

「何に呼ばれたんですか？」

「何だろうなあ……」

　ガブリエル本人にも、よくわかっていないらしかった。

「白鯨に？　モービィ・ディックに呼ばれたということですか——」

「うーん。そこが、おれにもよくわからないところなんだが。そうだと言えばそうなんだろうけど、そうだと答えたのでは、少し違ってしまいそうなところもあるのさ」

「運命ですか？」

「おお。運命。便利な言葉だな。しかし、そう言ってしまうと、我々は常に運命から呼ばれているようなものだからな。運命は、さっきのおれみたいに、そうっと後ろから忍び寄ってきて、そいつの耳に、そいつだけにしか聴こえない声で囁くんだ、あんたの番がきたよ、ってな——」

「——」

「だから、二日前の時も、そうだったんだ。そいつが囁いたんだよ。おいで、ピップ、おまえの番が来たぞって——」

　言ってから、ガブリエルは首を二度、三度、振って、

「もちろん、おれは、そんな声は聴いちゃいないさ。でも、ピップの耳には聴こえたんだろうよ。おれは、見てたからな」

「見てた⁉」

「ああ、見てたんだよ。これまで誰にも言っちゃいないけどな。見てたら、ピップのやつ、歌いながら、船首の先に立ってさ、まだそこから甲板が続いているみたいに、海に向かって足を踏み出したんだよ。神に召されたみたいにね。船が揺れたからじゃないし、うっかり足を踏みはずしたわけでもない。ピップのやつは、海に向かってただ歩いてたんだよ……」

万次郎は、自分にしがみついて激しく泣きじゃくっていた時の、ピップの身体の震えや涙の温度を思い出していた。

「まあ、そういうことだ。信じるも信じないも、これはおまえさんの自由だがね。だけど、もしそういう声がおまえさんの耳に聴こえた時には、今のおれの言葉を思い出して、海に向かって歩き出さないように気をつけるんだな。次が誰かなんて、おれにもわかっちゃいないんだけどね。あんただから教えてやったんだよ。他のやつらには絶対言わないがね」

それだけ言って、ガブリエルは去っていったのである。

ガブリエルのその発言の背景には、ガブリエルたちの神への信仰があるのだということは万次郎にもわかっているのだが、その神が具体的にどう彼らの発言に関わっているのかというところまでは、むろん理解できなかった。

それでも、ピークオッド号全体が、これまでになかった異様な空気で満たされつつあるのは、万次郎にもわかっていた。

船内の、その異様な空気を作り出している中心が、エイハブ船長であることにも、万次郎は気づいていた。

ピークォッド号は、すでに、誰も知らない未知の海域に向かって、大きく帆を張っていたのである。

その帆を孕(はら)ませていたのは、誰にも止められない風であった。

二

万次郎は、寝つけなかった。

寝台が背中を押しながら持ちあがってくる。

波が、黒い骨でできたピークォッド号を持ちあげて、そして落とす。

その無限の繰り返しを、万次郎は背で受けているのである。

それにも、もう慣れた。

この揺れがないと、むしろ寝つけないくらいである。しかし、この夜はなかなか眠りに落ちてゆかないのだ。

心に浮かんでくる様々なことがらと、それこそ波の数だけ、無限に対話を重ねているのである。

対話は、とりとめがない。

中浜でのこと。

木端グレを釣ったこと。

家族のこと。

そういうことが、幾つも泡のように浮かんで消える。嵐で流され、島にたどりついてそこで暮らした日々も、今は夢のようだ。

海に流され、ピークオッド号に助けられ、鯨を捕ったこと。

ガブリエルのこと。

時々、半九郎の声も聴こえる。

〝小僧、鯨が好きか……〟

一番多く脳裏に浮かんでくるのは、まだ、会ったことのない、スターバックのことだ。

いや、あの、島に流れついた棺桶の中に入っていた死体がスターバックならば、すでに会っている。

思えば、あの死体を見つけたことで、自分は海に流されたのだ。

そして、棺桶の板――あの板の浮力があったからこそ、自分は助かったのだ。あの板がなかったら、自分は、ピークオッド号に助けられる前に、海に沈んでいたはずだ。それは、ほぼ間違いない。

そして、あの死体がスターバックならば、自分はスターバックによって海に流され、スターバックの棺桶――つまり、スターバックの手によって命を助けられたのだ。

ああ——

ということは、つまり、自分はスターバックに呼ばれたのではないか。スターバックに手を引かれて、このピークオッド号まで案内されたのではないか。しかも、今身につけているのはスターバックのシャツとズボンである。

では、何のために、スターバックは、自分をこのピークオッド号まで呼び寄せたのか。自分が、このピークオッド号に助けられ、今、そのピークオッド号に船員として乗っているというのは、この自分に、

〝わたしのかわりをしてくれ〟

と、スターバックが言っているのかもしれない。

スターバックが、このピークオッド号でやるはずであったことを、自分にかわってやってくれと言っているのかもしれない。スターバックがやるはずであった役わりを、自分がかわりにつとめること——それが、自分がこのピークオッド号に乗っている意味ではないか。

闇の中で、万次郎は、眠れぬまま、そんなことを考え続けている。

波の音。

帆に風のあたる音。

縄を揺らす風の音。

船の軋(きし)む音。

その全ては、子守唄のようだ。

しかし、寝つけない。

その中に、もうひとつ、さっきから響いている音があるのだ。

ハタ、

という音と、

コツン、

という音。

ハタ、

コツン、

ハタ、

コツン、

という音が、頭の上を通り過ぎて向こうへ遠ざかってゆき、そしてまた、もどってくる。

それが、波の音のように、ずっと繰り返されている。

何の音かはわかっている。

エイハブ船長の足音だ。

ハタ、というのが靴の音で、コツン、というのが、義足であるマッコウクジラの骨が甲板にあたる音なのである。

夜になると、よく聴こえてくる音──

「あれは、何ですか」

イシュメールに訊ねたことがある。

「みんなは、ディヴィ・ジョーンズの監獄から蘇った、死者の足音だと言っているよ」

イシュメールはそう答えた。

しかし、万次郎にはわかっている。あれは、エイハブ船長の足音だと。もちろん、それはイシュメールも他の乗り組員だって、わかっていることだ。

夜になると、エイハブは、船長室を抜け出し、こうやって、ほとんどひと晩中、甲板を行ったり来たりするのである。

そして、その音が聞こえている限り、どんなに船首楼が暑くとも、誰も、甲板に出て、夜風にあたろうなどとは、考えない。

しかし──

それなら逆に、エイハブとふたりきりで話をするのなら、この足音が聴こえた時に、おもいきって甲板に出てみればいいのではないか。

万次郎は、そんなことも考えている。

そして、万次郎は、それを実行したのである。

寝台から下り、階段梯子を登り、ハッチの蓋の格子窓を押し開けて、甲板に出た。

甲板に立つと、あたたかく、悩ましい、苦しいほどに潮の香を含んだ風が吹いていた。

ぎ……

ぎ……

と、主檣の軋む音が、闇の中で聴いていたよりも鮮明になった。

月明かりが、注いでいる。

月の周辺に、雲の塊がふたつ、三つあって、青く光っている。

ハタ、

ハタ、

コツン、

コツン、

後甲板から、エイハブの足音が近づいてきた。

エイハブが、歩きながら、何かをつぶやいている。

「おお、スターバックよ、スターバックよ……」

万次郎が今、袖を通しているシャツの、もとの持ち主の名であった。

「どうして、おまえは、あの時、あんな真似をしたのか……」

そのつぶやく声が、だんだん大きくなってくる。

「おまえとは、長いつきあいであった。まだ、このおれの肉が若々しく、肌にも艶があり、血も赤かった頃から、おまえと一緒に鯨を追ってきたのだ。三十年余りの間、鯨捕りが自分の銛に対して持つ深い信頼と愛情以上の関係を、おれとおまえは結んできた…

……」

万次郎は、一番前の檣(マスト)に身体を寄せて立っているのだが、まだエイハブは気がついていない。

「そうだ……」

　エイハブは立ち止まる。

「もしも、おまえが、おれのことを気に入らないというのなら、おれが間違っているというのなら、おれを迎えにくればよいではないか。もちろん、あやつとおれの決着がついた後でな……」

　エイハブは、左舷の先の海を見やり、

「うん。そうだ」

　うなずいた。

「おまえは、その深い海の底から、おれのやることを見ているのだろう。間違っても、あの月よりも高いところになんておらぬのであろう。われらは、死んだら海になればよい。死体は海に捨てられ、海の底で、蟹(かに)やら海老(えび)やら、深海の魚やらに喰(く)われて、身体は散りぢりになって、海に散らばり、溶け、それがもと人間であったか、スターバックであったか、エイハブであったかなど、何もわからなくなってしまうのでいいのだ。それでよいでないか、なあ、スターバックよ……」

　そしてまた、エイハブはゆっくり歩き出す。

ハタ、

コツン、

ハタ、

コツン、

その音が近づいてくる。

幽鬼のように、エイハブは歩いてくる。

まさか、夜毎に、エイハブはこのような独白を繰り返しながら、無限にこの甲板を歩きまわっているのであろうか。

エイハブは、前檣の近くまで歩いてくると、そこに立つ万次郎に、ようやく気がついたようであった。

エイハブは、万次郎を見つめ、

「スターバック……？」

そうつぶやいた。

「なんだ、スターバックよ。そんなところにいたのか。このエイハブを迎えにくるには少し早いぞ。まだ、やつとの決着が済んでおらぬからな……」

左舷の舷墻を背にして、万次郎に語りかけてくる。

「まさか、おまえは、このエイハブが命惜しさに、こんなことを口にしているのだとは思っておるまいな」

エイハブの顔に、月光が差している。

左の額から眼の上を通って、襟の中まで続いている傷が、青白く光っている。それはおそらく、エイハブは、自分のことをスターバックだと勘違いしているのだ。それはおそらく、自分がスターバックのシャツを着ているからだと万次郎は思った。

「神だとか、天国だとか、家族だとか、そういうものは、もう、おれにはどうでもよいのだ。いや、どうでもよいのとは少し違うな。こう言えばよいか、そういうものを手にしているうちは、あやつの心臓に届く銛を持つことはできぬと。そういうことなのだ。何もかも捨てた者だけが、あやつと闘うことができるのだ。闘う資格を得ることができるのだ。あやつは、あのモービィ・ディックはそういうものだ……」

言ってから、エイハブは万次郎をあらためて見つめた。

万次郎にも、月光が注いでいる。

ん!?

「おまえ、スターバックではないのか……」

そこで、万次郎は身を硬くした。

次の瞬間に、怒ったエイハブの雷鳴の如き声が轟くかと思ったからだ。

しかし、エイハブは大声を出さなかった。

かわりに、エイハブの口から出てきたのは、ひどく優しい、低い声であった。

「小僧、おまえだったのかね……」

初めて聴く、エイハブの穏やかな声であった。

こんな声でしゃべることのできる男だったのか。

「はい」

うなずいて、万次郎は、二歩、三歩、檣(マスト)の横からエイハブの方に歩み寄った。

「若者よ……」

エイハブが、静かに語りかけてきた。

「おまえは、このエイハブが怖くはないのかね……」

老いた父が、息子に語りかけるような声だった。

「このおれが、夜に甲板の上を歩き出すと、皆、船室に引っ込んで、誰も出てこようとはせぬ。皆このエイハブを怖(おそ)れているのだ。デイヴィ・ジョーンズの監獄から出てきた亡霊などと言うておるらしいな……」

エイハブは、前甲板の船室——船首楼で水夫たちがおそるおそる口にしていることを知っているらしい。

デイヴィ・ジョーンズの監獄——

これは、海の底にあると考えられている、架空の場所だ。

水死人や沈没船がそこに集まってくる海の墓場とも言える場所だ。

だから、船乗りたちの間で、

「やつはデイヴィ・ジョーンズの監獄に送られた」

という言葉が使われる時は、

「やつは死んだ」

という意味になる。

デイヴィ・ジョーンズ——もとは、インド洋あたりで仕事をしていた海賊であったと言われたりもしているが、昔から、もっともらしく船乗りたちの間で伝えられているのは、

「ありゃあヨナの亡霊だよ」

という台詞(せりふ)である。

ヨナというのは、『旧約聖書』の「ヨナ書」に出てくる預言者である。

八番目の天使ルシフェルが、神に逆らい、地獄に落とされて悪魔サタンとなったように、ヨナもまた神に逆らい、船から海に投げ込まれ、巨大魚に呑(の)まれて、ついには水死した亡霊たちを統(す)べる魔人となったと、まことしやかに語る者もいる。

しかし、『旧約聖書』をきちんと読めば、ヨナは巨大魚に呑み込まれたあと、三日三晩その腹の中で祈って、結局魚に吐き出されて命をながらえている。

ここで書いておくべきことと言えば、その巨大魚は、レヴィヤタン——鯨であると考えている者が船乗りたちの間には少なからずいるということであろう。

いずれにしろ、イシュメールから多少の説明は聞かされているものの、万次郎には、〝デイヴィ・ジョーンズの監獄〟という言葉について、はっきりしたイメージがあるわ

けではない。ただ、その言葉を口から発する時の、ピークオッド号の乗り組員たちの表情や声の調子から、何やら怖ろしげなものを感じとっているだけだ。

さらに言えば、その言葉を口にする時に彼らが感じている恐怖というのは、ディヴィ・ジョーンズにというよりは、エイハブ船長その人について抱いているものであろうとは、万次郎も気づいている。

だが、今、万次郎の眼の前にいる人物——エイハブ船長は、怖ろしくなかった。

むしろ、気弱げな、六十歳を間近にした初老の、自宅の椅子に座って孫でもあやしていそうな人物であった。

「おまえも、可哀そうに……」

エイハブは、右手を伸ばして、万次郎の頬を撫でるような仕草をした。

もちろん、まだ距離があるので、その指は、万次郎の頬には届かない。

「せっかく、助けられたというのに、その命を、このエイハブの復讐のために捧げることになる……」

エイハブは、いやいやをするように、静かに首を振りながら、伸ばしていた右手をもとにもどした。

「若者よ、もしも、命あらば、急げ……」

エイハブは言った。

「急ぐ?」

「そうじゃ、急げ。時は待たぬぞ。白い馬のたて髪の如くに、あっという間に眼の前を通り過ぎてゆく。それを摑む間などない……」

エイハブは、哀れな者でも眺めるように万次郎を見ている。

「よいか、小僧よ」

エイハブの声が響く。

「人は、いつも、正しい道を選ぶとは限らぬのだ。おおかた、人は、間違った道を選ぶ。しかも、人は、間違った答えを手にしてしまっても、そのことに気づかぬ。たとえ正しい答えを見つけたとしても、それが正しい答えかどうかということにも気づかぬのだ。いやそもそも、正しい答えがこの世にあるのかどうか。これが、小僧よ、生きてゆくことのおそろしいところなのだよ。ならば小僧よ、われらはどうしたらよいか。このエイハブはどうしたらよいのか——」

エイハブの声が、だんだんと大きくなってくる。

「それはな、小僧よ、道を選ぶ時に、それが正しい答えか間違った答えであるかを考えてはいけないということだ。なら、どうやって道を選ぶか。答えは決まっている」

エイハブは、万次郎を睨んでいる。

「よいか、小僧よ。生き死にで、それを決めてはならぬ。金の多寡で、それを決めてはならぬ。よいか、小僧よ、人の為す業は、全て愚かなことだ。人の為すことで愚かでないことなどひとつもない。愚かを恥じるな。愚かを寿げ。愚かこそが人であることの証しなのだ。小僧よ、己れの魂が示す方向を見極めよ。その魂が示す方向を見極めよ。その魂が示す方向へ、ただゆく。ただゆく。人にできるのはそれくらいじゃ。なあ、そうだろう、そうであろう、スターバックよ！」

エイハブが、しゃべりながら、自らの言葉にだんだんと酔い、昂ぶってゆくのが、万次郎にもわかった。

「エイハブ船長」

万次郎が、声をかける。

「なんだ、スターバック」

「船長、わたしは、スターバックではありません。あなたに助けられた、中浜の万次郎です」

「なんだと!?」

エイハブが、万次郎を睨む。

その眸の中に点っていた強い光が、ゆっくりと柔らかなものに変わっていった。

「そうか、おまえはスターバックではないのだったな、小僧よ……」

エイハブの身体の中に漲りつつあった力が、急速に縮んでゆく。

「おれは、少し錯乱していたようだな」

「いいえ」

そう答えながら、万次郎は考えていた。

――今しかない。

と。

今しかない。

訊くとしたら、今だ。

今訊ねなければ、その機会は永久に失われてしまうであろう。

今、訊かねばならない。

スターバックのことを。

「エイハブ船長」

万次郎は、あらたまった声で言った。

「なんだ、小僧」

声を出そうとすると、口の中が乾いているのに気がついた。

言葉が出にくい。

しかし、問わねばならない。

「お訊ねしたいことがあるのですが、それを、今、ここでうかがってもかまいませんか――」

「かまわんよ、何を訊きたいのだ」

それは――

と、言いかけて、肺の中にある空気が足らないことに気づき、万次郎は息を吸い込んだ。

一度では足らなかった。

その言葉を口にしようとして、万次郎は息を吐き、息を吸い込み、そして——

それを、見たからであった。

口は、半開きになったままだ。

動きを止め、息さえ止めて、万次郎はそこに凍りついていた。

エイハブ船長の背後に出現したものを。

エイハブ船長の背後は、夜の海である。

中天に満月があり、その満月の明かりが、きらきらと海面で光っている。

海の色は、ただ黒い。

その黒い海が、月光を反射させながら、エイハブの背後に、ゆっくりと盛りあがってきたのである。

小山のように。

その表面に、きらきらと月光が輝いている。

海面下にある何かが、浮上しようとしているのだ。

しかし、その何かが余りにも巨大なため、波が左右にこぼれ落ちないうちに、それが海水ごと海の中から盛りあがってきているのである。

もりもりと、エイハブの背後に、小山のように盛りあがってくるもの——
その波の上に見えたのは、森であった。
幾つもの、古い、銛。
そして、槍。
そういうものが、何本も何本も、海の小山の上に生えているのである。
考えてみれば、それは、さっきからずっとそこにあった。
ピークオッド号の隣を、それは、しばらく前から並走しているのである。
そして、波がこぼれ落ちるまえに、それは再び沈みはじめた。
が、沈みきらないうちに、それはまた背を持ち上げてくるのである。
その背に、銛と槍の、巨大な森ができあがっている。
いつから、こいつは、このピークオッド号と並走しはじめたのか。
「どうした、小僧」
エイハブが訊ねてくる。
しかし、万次郎は、口をぱくぱくさせるだけで、答えられないでいた。
本当は、叫び出したかった。
だが、声が喉に詰まっている。
海が、盛りあがってくる。
これまで以上に。

海水が、そいつの背からこぼれ落ちてゆく。

そこに見えた色は、

〝白〟

であった。

月光の中に、その巨大な白い背が浮かび上がってくる。

これまで自分が見てきたもの——足摺岬(あしずりみさき)の海、海から見た中浜の山の菜の花、日の出、嵐、それがいったい何であったのか。中浜での遊び、釣り、喧嘩(けんか)して海に飛び込み泳いだ夜の海、それらがみんな、散りぢりになって消えた。

これを見た瞬間に、自分はもう、もどれない道に足を踏み出してしまったのだ。それも否応(いやおう)なしに。もう、このモービィ・ディックを見る前の自分にもどれない。

それがわかった。

エイハブが、万次郎の表情から、何かを感じとったらしい。

「小僧、何を見ている!!」

エイハブが吼(ほ)えた時、それが海面に姿を現した。

背中だけだ。

それでも、その巨大さはわかった。

その背には、無数の銛が突き立っており、それが、夜の海の森のように見えた。

「見ればわかる」

ガブリエルが言った言葉があった。

見た瞬間にわかるのだと――

その通りだった。

エイハブは、万次郎の表情だけで、自分の背後に何が生じたのか、理解したらしい。

「小僧!!」

叫びながら、エイハブは後方を振り向いた。

振り向いて見、そして、その瞬間に、エイハブはそれが何であるかわかったのだ。

「モービィ・ディック!!!」

あらん限りの声で、エイハブは叫んでいた。

「小僧、あのダブロン金貨はおまえのものだ!」

エイハブは叫んでいた。

エイハブが一変した。

エイハブが、根こそぎ裏返ってしまった。

さっきまでそこに、万次郎の前にいたエイハブが、もうどこにもいなかった。

いるのは、全身から、噴きこぼれるような憎悪と怒りをほとばしらせている、万次郎の知っている、あのエイハブであった。

「起きよ!」

エイハブが咆えた。

「出てこい。皆の者！　そして見るんだ。白鯨を。モービィ・ディックを。おまえたちの前に現れた運命を。銛を持て。槍を持て。お前たちが惰眠を貪っている間に、運命の方から、扉を叩きに来たのだ。起きよ。審判の日は来た。それは今だ。天使どもよ、ラッパを吹き鳴らせ!!」

エイハブの声に、ピークオッド号全体が震撼した。

眠っている者全てが、エイハブの声で、その脳を激しくはたかれたのだ。

次々に、乗り組員たちが、甲板に出てきた。

全員が左舷に集まってくる。

ピップも、団子小僧もいる。

船大工のホフマンも、イシュメールも、クイークェグもいる。スタッブも、タシュテーゴも、フラスクも、ダグーも、フェダラーもいる。

そこに、エイハブの声が響く。

「見よ、あの巨大な白い海の大男根を!!」

エイハブは狂乱していた。

モービィ・ディックは、悠々とピークオッド号の横を泳いでいる。

海中からモービィ・ディックが頭を持ちあげてくると、海が盛りあがる。しかし、まだ、モービィ・ディックの本体は、海面下にいる。海面より上に出てくるのは、白い瘤だ。背が持ちあがってきても、その上にまだ大量の海水を被っている。それでも、モービィ・ディックの白ははっきりと見てとれた。

　月光の中で、その海面下の純白が青く見える。

「おお、モービィ・ディックよ。おれがわかるか。このエイハブがわかるか。どうだ、おまえは、この船にこのおれが乗っていることをわかっているのだろう。おれは、世界で唯一、おまえに声をあげさせた男だからな。そうか、おれがおまえを覚えているように、おまえもおれを覚えていたのだな」

　それに応えるように、さらに大きく、モービィ・ディックは、その巨大な背を月光のもとにさらした。

　ブォオオオオオオオオ……

　モービィ・ディックが、激しく潮を噴きあげた。

「おお、そうか。そうか。わかるとも、おまえもこのエイハブが恋しかったのだな。おれの銛がおまえの心臓に突き立てられるか、おまえのそのでかいものが、このおれに、このピークオッド号に突き立てられるか、どっちが先か、それを試そうじゃないか!!」

　エイハブが叫んだ時、

「これで、おれの役目は終わったな……」

　万次郎の横で声がした。

　ガブリエルだった。

　ガブリエルが、万次郎の横に並んで、モービィ・ディックを見ながらつぶやいたのだ。

「役目?」

「ああ。ピークオッド号とモービィ・ディックを出合わせる。それがおれの役目だったからな。それが済んだということだ。あとは……」

「あとは?」

「フェダラーの役目ということさ」

ガブリエルが言った時、甲板がどよめいた。

万次郎は、ピークオッド号に湧きあがったそのどよめきの理由がわかっていた。

見たからだ。

モービィ・ディックがさらに身体を大きく海面から持ちあげてきた時、ほぼ全員がそれを見たのだ。

モービィ・ディックの下半身——人間で言えば、腰から下に、何かがからみついているのを。

それは、おそろしく巨大な触手であった。

長い触手が、腰に、尾に、そして腹にからみついていて、しかも、それがぬめぬめと動いていたのである。

一本や二本ではない。

三本、四本、五本、六本以上の触手が複雑にからみあいながら、モービィ・ディックをからめとろうとしていたのである。

モービィ・ディックが、さらに大きく海面に頭を突き出した。

顎(あぎと)が見えた。

かつて、エイハブの足を咥(くわ)えたその顎が、奇怪な生命体を咥えていたのである。

「クラーケン！」

「クラーケン！」

乗り組員たちの間から、叫び声があがった。

皆が、それを見た。

巨大なイカであった。

そのイカの頭部——外套膜(がいとうまく)のあたりを、モービィ・ディックの巨大な顎が、嚙(か)んでいたのである。

それで、その巨大なイカは、モービィ・ディックから、逃れられずにいるのである。

船乗りたちが叫んだクラーケンというのは、伝説上の海の怪物のことで、ノルウェー語である。

このクラーケンは、海で船に出合うと、その巨大な触手でからめとり、海の底へ引きずり込むと言われている。それは、捕鯨船のように三十メートル以上の大きさを持つ船でも例外ではない。

このクラーケン、巨大な蛸(たこ)であるとも、あるいはイカであるとも、船乗りたちの間では考えられていた。

現代においては、それはダイオウイカのことではないかと考えられている。

当時から、捕鯨船の乗り組員たちの間では、ダイオウイカの名前は知られていた。

それは、マッコウクジラを捕獲している最中に、銛を打たれたクジラの口から、しばしばこの巨大なイカの触手が吐き出されることがあったからである。

その大きさについては、百二十メートルもあると記す書物もあるが、実際のダイオウイカの大きさは、巨大なものでも、頭から触腕の先まで、十八メートルほどである。

マッコウクジラがこのダイオウイカを日常的に食していることは、ほぼ間違いない。マッコウクジラは、どのクジラよりも深く海に潜ることができる。水深六百五十メートル以上の深海とも言われているダイオウイカの生息域まで、この偉大なクジラは潜って、これを捕食するのである。

マッコウクジラの胃の中から消化されかかったダイオウイカが発見されるのは、珍しいことではない。捕獲されたマッコウクジラの身体の表面に、ぞっとするような、丸いダイオウイカの吸盤の跡が残っていることは、普通にある。

ダイオウイカの吸盤には、歯のような牙のようなものがついていて、これが、マッコウクジラの肌に、件の、ぞっとするような跡をつけるのである。

「クラーケンだ」

皆の驚きを横目に見ながら、低い、唸るような声で言ったのは、エイハブであった。

クラーケン――ダイオウイカが、モービィ・ディックの腹の下から、ぬめぬめと這いあがってくる。

モービィ・ディックに喰われぬよう逃げようとしているようにも、その触手で攻撃しているようにも見える。

ダイオウイカの巨大な眼が見えた。

桶のような大きさの眼だ。

月光を受け、その眼がぎろんと動く。

モービィ・ディックは、悠々と動き続けている。

触手が、モービィ・ディックの身体を這い回るように動く。

それが、妙にエロティックだ。

男女の密事のように、艶(なま)めかしい。

時おりモービィ・ディックが、こみあげてくる甘美感を訴えるように、泳ぎながらその身をよじる。

「おのれ、クラーケンよ、化け物イカよ。誰の許しを得て、おれのモービィ・ディックと、そのように、睦(むつ)みおうておるのか——」

エイハブが、呻(うめ)く。

エイハブは、このふたつの生き物の痴態に、感応したように悶(もだ)えた。

嫉妬(しっと)の炎が、エイハブの身を焼いているようにも見えた。

「槍だ！」

エイハブが叫んだ。

「誰か、槍をもて!!」

「これに——」

という声がして、エイハブの横に立った人物がいた。

頭にターバンを巻いた、フェダラーであった。

フェダラーは、槍を両手に持って、エイハブに向かって差し出した。

エイハブが、その槍を右手に握った。

左手で舷墻を摑み、槍を構えて呼吸を計った。

浮いたり、沈んだりするモービィ・ディックと、その身体にしがみついているダイオウイカを睨む。

「モービィ・ディックは、誰にもやらぬ!!」

呼吸を計り、投げた。

槍が、ダイオウイカの巨大な眼に突き立っていた。

槍が、その眼に突き立った瞬間、ダイオウイカは、悶えた。

その時、その巨大イカが、悲鳴のような声をあげたように、万次郎には思えた。

何本かの触手がモービィ・ディックの身体から離れ、宙に翻り、そのうちの二本が、ピークオッド号の舷墻に打ちつけられ、吸盤が張りついた。

ピークオッド号が、大きく傾いた。

ぎょおん……

ピークオッド号が軋み、呻いた。

モービィ・ディックが、海中に潜ったり浮いたりしながら泳ぐため、それに合わせて、ピークオッド号が傾くのである。

ピークオッド号が壊れるか、その前に海に沈められるか。

船は、苦し気な呻き声を発し続けている。

万次郎と、ガブリエルのすぐ眼の前にも、触手の先端が張りつき、ぬめぬめと動いている。

「斧！」

エイハブが叫ぶ。

「どけどけどけっ！」

斧を両手に持ったダグーが、駆け寄って、その触手に斧を打ちつける。

二度、三度——

触手が舷墻から離れ、月の天に持ちあがって、宙でくるりと回って海中に没してゆく。

「フェダラーとエイハブは、張りついたこのクラーケンの触手みてえに、からみあって、お互いに離れられねえ仲なんだよ」

少し退がったところから、舷墻にしがみついて蠢く触手を睨みつけながら、ガブリエルが言う。

その顔は、笑っているようにも、ひきつっているようにも、万次郎には見えた。

「どけっ！」

ダグーがやってきて、万次郎を押しのけた。

斧を、触手に叩きつける。

触手が、その先端を舷墻に残して、離れた。

離れた触手が、宙でくるりと翻り、ふいに舷墻を越えて伸びてきた。

万次郎は、あやうく頭を下げてそれをかわしたが、その触手は、万次郎のすぐ隣にいたガブリエルの身体をからめとっていた。

「な、なにをしやがる！」

その声は、途中からは空中から落ちてきた。

ガブリエルの身体が、昇天するように、月の天に向かって運ばれてゆく。

「ガブリエルさん！」

万次郎が、声をあげる。

「誰か、クラーケンにさらわれたぞ！」

「誰だ⁉」

遠くにいた者たちが、天を移動してゆくガブリエルを見ながら叫ぶ。

遠くにいる者には、ダイオウイカの触手に誰かがからめとられたのは見えても、それが誰であるかまではわからない。

「ガブリエルだ」

「ガブリエルがさらわれたんだ」

何人かが、叫び返す。

海に向かって、大きく傾(かし)いでいたピークオッド号が、もどってゆく。

ふいに、モービィ・ディックが、ダイオウイカと共に、沈みはじめた。

「おう、潜ってゆくぞ」

エイハブが呻くように言った。

「追えっ。ボートを、ボートを」

しかし、下ろそうとする者は、誰もいなかった。

夜に、鯨を捕るためにボートを出すことが、どれだけ危険なことか、誰もがわかっているからだ。ましてや、相手は、あのモービィ・ディックである。

エイハブ船長も、それは、わかっているはずであった。

モービィ・ディックが沈んでゆく。

それと一緒に、ダイオウイカもまた沈んでゆく。

ついに、モービィ・ディックの身体が沈み、ダイオウイカの足——触手もまた見えなくなってゆく。

空中で、ガブリエルが何やら叫んでいるようなのだが、何を叫んでいるのかはわからなかった。

最後まで、宙に残っていたのは、ガブリエルだった。

しかし、ほどなく、ガブリエルの身体もまた、海に沈んでいった。

「神よ……」

海に没する寸前、ガブリエルが、そう言ったような気がした。

しかし、もちろん距離があったため、ガブリエルの声がはっきりと聞こえたわけではない。

ガブリエルが没した後、海は凪いだようになめらかになった。

やがて、その上に、宇宙の沈黙が静かに降りてきた。

十五章

エイハブ、フェダラーと鍤試しすること

「おお、スターバック！　なんというおだやかな風だ、なんというおだやかな空だ。そんな日だった――これそっくりの、おだやかな日だった――わしが最初に鯨をしとめたのは――わしがまだ一八の若き銛打ちの時だった！　四〇年――四〇年――四〇年まえのことだ！――そんなむかしのことだった！　それから間断なく鯨を追う四〇年！　困窮と、危険と、嵐の四〇年！　非情の海での四〇年！　その四〇年のあいだ、エイハブは平和な陸地を見すてておったのだ！　その四〇年のあいだ、海の恐怖とたたかってきたのだ！　そうだ、そうなのだ、スターバックよ、わしは、そのうちの三年とは陸ですごさなかった。思えば、わしがおくってきたこの生涯は、まことに荒寥として寂寞たるものであった」

――ハーマン・メルヴィル『白鯨』
岩波文庫　八木敏雄・訳

一

白鯨と遭遇してから、二日が過ぎていた。

この間、ピークオッド号は、モービィ・ディックを追い続けている。

あの晩、沈んだきり、モービィ・ディックは二度と姿を現さなかった。

あれからモービィ・ディックがどこへ行ったのか、どちらに向かって進んでいるのか、誰にも見当がつかなかった。しかし、エイハブ船長は、甲板の定位置、舵輪の前の、甲板の上にあけられた穴——窪みの中に、鯨の骨で作った左足の先を突っ込んで立ち、ずっと海を睨んだままそこを動こうとしなかった。

この穴は、主檣の前だけでなく、船の何ヶ所かに穿たれているのである。

本来であれば、一度だけ、ほんの一瞬出合った一頭の鯨と、再び海の上でまみえることなど、まず、ない。ましてや、あれから二日が過ぎてしまっているのである。

しかし、エイハブは、ピークオッド号が、モービィ・ディックを追っていることを信じて疑っていなかった。

それは、乗り組員も同じであった。

あの、普段は冷静なイシュメールまでもが、ピークオッド号はもう一度モービィ・ディックと遭遇し、その時こそが真の闘いになるのだということを覚悟しているようであった。

この間、万次郎が考え続けていたのは、ガブリエルのことであった。

ガブリエルは、あの巨大なイカ——クラーケンの触手にからめとられて、モービィ・ディックと共に、海の底に沈んでしまった。

ガブリエルは、今、どこでどうしているのであろうか。深い海の底のどこかで、まだ、その肉体はモービィ・ディックとクラーケンと共にあるのであろうか。

その魂は？

人の死は、あまりにあっけない。

ガブリエルは、おそらく、自分の死を予感していたであろう。ピークオッド号が白鯨と出合い、闘いとなって、船が沈められ、そして死ぬ。

確かに、ガブリエルの頭の中にあったのは、そういう死だったのではなかろうか。

確かに、モービィ・ディックには出合った。しかし、闘いになる前に、その顎にかかるでもなく、船を沈められるのでもなく、クラーケンの触手に捕らえられて、ガブリエルは死んだ。

死さえも、思うようにはならない。いや、死であるからこそ、思うようにゆかないのか。

おそらく、人の死というものは、もともとそういうものなのであろう。

ガブリエルの神は、それを予告したのであろうか。それを伝えたのであろうか。ガブリエルの死を――

――もう、そろそろよいか。

そのように問うたであろうか。

運命は、その時、背後からガブリエルの耳に口をよせて、

「おまえの番が来たよ……」

そのように囁いたのであろうか。

触手によって、空中に運ばれていった時、ガブリエルは、自分の運命に気づいたのであろうか。

海へ没する寸前、ガブリエルは何を叫んだのであろうか。

何を言おうとしたのであろうか。

〝これで、おれの役目は終わったな……〟

ガブリエルの言葉が、まだ、万次郎の耳の奥には残っている。

ピークオッド号――つまり、エイハブとモービィ・ディックを出合わせることが、自分の役目であったのだとガブリエルは言っていた。

あとは、

〝フェダラーの役目ということさ〟

それが、万次郎の聴いた最後の言葉であったか。

いいや、その後にもガブリエルは何か言っていた。

〝フェダラーとエイハブは、張りついたこのクラーケンの触手みてえに、からみあって、お互いに離れられねえ仲なんだよ〟

それがガブリエルの最後の言葉だったのではないか。

それとも、

〝な、なにをしやがる！〟

であったか。

いずれにしても、その最後の言葉を耳にしたのは、自分だけだ。

その後、ガブリエルは、何を言おうとしていたのか。

エイハブとフェダラーについて、なにか語ろうとしていたのではなかったか。しかし、ガブリエルが死んだ今、それが何であったかは、もう、海の底だ。それとも、モービィ・ディックの腹の中か。

いったい、フェダラーとエイハブとの間には、過去にどのようなできごとがあったのであろうか。

万次郎は、前甲板の舷墻(げんしょう)に左右の肘(ひじ)を突いて、海を眺めながら、そんなことを考えている。

ガブリエルは、自身の役目を終えて、死んでいったことになる。

ならば、自分は、どのような役目を負って、このピークオッド号に乗ったのであろうか。

〝あいつの代わりになるとしたら――〟

と、ガブリエルは言った。

〝新しくこの船に乗り込んで、スターバックのシャツを着ているあんたかね〟

スターバックの代わりになるのは、この自分なのか。

スターバックの代わりということなら、自分はこの船で何をすればいいのか。

エイハブ船長に、モービィ・ディックを追うのを、やめさせることか。

しかし、すでに、このピークオッド号全体に、エイハブの執念が憑ってしまった。誰かひとりの思いや言葉が、それを変えられるものではない。

それに――

そこまで考えた時、ぞくり、と万次郎の背に疾り抜けるものがあった。

この自分も、心の中で、もう一度あの巨大な鯨――モービィ・ディックに会いたいと思っていることに気がついたのだ。

もしもそれがかなったら――

あのモービィ・ディックと闘ってみたいと、自分は思っているのだ。

それも、強く。

エイハブのように。

そして、半九郎のように。

エイハブの追っているモービィ・ディックは、半九郎の言っていたあの白い化け鯨と同じものなのであろうか。

その時――

「死ぬぜ……」

という声が、背後から響いた。

振り返ると、そこに、スタッブが、パイプを右手に握って立っていた。

「小僧、そんな面をして海をながめている奴は、いずれ、海にとられて死ぬぜ」

「海にとられる？」

「そうだよ。海が、とって喰うんだよ」

スタッブは、万次郎の左横に並んだ。

「何を考えてたんだ」

スタッブが、訊ねてきた。

「ガブリエルのことを――」

万次郎は、正直に言った。

「ガブリエルは死んだ。それ以上のことを考えちゃあいけねえよ。考えるんなら、陸へ帰ってからにするこった」

陸というのは、中浜のことか。

「小僧よ、おおかた、ガブリエルのやつに、色々吹き込まれたんだろう」

「吹き込まれる？」

「そうだ」

スタッブは、パイプを口に咥えながら言った。

スタッブは、右手でぽんと万次郎の背を叩き、また、右手にパイプを握った。

「ガブリエルから、ここだけの話でも聞かされたか？」

「ここだけの話?」

「そうだよ。おまえだけに話す、他の奴には話したことはない、いいか、このことは誰にも言うんじゃないぞ、おまえだから話すんだからな――」

え!?

どうして、スタッブがそのことを知っているのか。

まるで、あの晩の会話を、近くにいて立ち聞きしてでもいたようではないか。

「図星だったな」

スタッブは、ふふん、と鼻を鳴らして笑った。

「親父を殺す話でもされたんじゃないのか。フォークで、胸をざっくり。それとも、おまえの時は、寝ている親父の頭に、でかい石を落として殺したという話になってたかい。ああ、その時、親父の足を押さえていたのは、おふくろだったかね。妹の時だってあったなあ……」

「フォークで、フォークで、父親を……」

「ざっくりとな」

「いえ、そこまでは言っていませんでした。途中でやめたので……」

「へえ、そりゃあ、おれも初めて耳にする話だなあ。しばらく会わねえうちに、そんな盛りあげ方もできるようになったんだ」

「そ、そんな……」

そこから先を、万次郎は続けることができなかった。

口を半開きにして、スタッブの顔を見つめた。

「ガブリエルの話が、本当だったか、嘘だったか、それは、真剣に考えることじゃあねえよ。本当かもしれねえ。嘘かもしれねえ。もしかしたら、嘘と本当が混ざっているのかもしれねえ。しかし、それを考えたって、いいことはひとつもないよ。この海の上ではね」

言葉が出なかった。

そんなはずはない。

あの話が、全部嘘だったなんて。

いや、スタッブは、全部嘘だとは言っていない。

スタッブが言ったのは——

「考えるなと言ったろう」

スタッブは、万次郎を見、小さく首を左右に振ってみせた。

ここで、万次郎は、大きく息を吸って、大きく吐いた。

落ちつくためだ。

「若いの。惑わされちゃあならねえぜ。この世の中は、そんな風と波でできあがってるんだ。この世間を無事に航海してゆきたいってんなら、そんなもんに踊らされちゃあならねえぜ」

スタッブの声を聞きながら、何度か呼吸を繰り返していると、少し落ちついてきた。

「そうだ。そういう顔をするんだな」

スタッブの言葉で、万次郎の呼吸はさらに楽になった。

万次郎は、ここで話題を変えることにした。

何の話がいいか。

それなら、ひとつ、訊きたいことがあった。

「訊きたいことがあるんですが……」

「なんだい」

「エイハブ船長と、フェダラーのことです」

万次郎は、声をひそめて言った。

すぐ向こうに、エイハブが立っていて、海を睨んでいるからだ。

二人の声が、聴こえてしまうかもしれない。

スタッブは、またパイプを咥え、万次郎の肩をぽんと叩き、

「ついてきな」

船尾の方に向かって歩き出した。

話してくれるということであろう。

船尾の左舷まで場所を移し、

「ここでいいだろう」

足を止めて、舷墻の前に立った。

その右側に、万次郎は並んだ。

「エイハブと、フェダラーのことかい」

スタッブは、周囲をちらっと見やってから、万次郎に向かってそう言った。

「そうです。スタッブさんは、ふたりとは長いんでしょう」

「まあね」

スタッブがうなずく。

「ふたりのことが、気になるのかい」

「ええ……」

うなずきはしたものの、万次郎の心の中には、ふたりのことを聞くのにまだためらいがあった。

人には、誰にでも秘密がある。

それを他人に知られたくない。知られるくらいなら死さえ選んでしまうこともある。

そういうものが、この世にあることくらいは、万次郎もわかる年齢になっている。

それを、ここで聞いてしまってよいのか。

エイハブとフェダラーの過去について、ピークオッド号の乗り組員たちは、どこまで知っているのであろうか。

多くの者が、知らないのではないか。それは、エイハブとフェダラーが、そのことについて語らないからだろう。何故語らないかと言えば、それを知られたくないからである。

エイハブもフェダラーも、そのことを隠しておきたいのではないか。当人が、心を開いて語ってくれるのならともかく、それを他人の口から聞いてしまってもよいのであろうか。

それとも、実は他の者はみんな知っていて、自分だけが知らないということもあるかもしれない。

人が隠そうとしている秘密をあばいてはいけない——それはわかっていたが、しかし、万次郎は、好奇心をおさえることができなかった。知りたいと思う気持ちの方が勝ってしまったのである。

「ぜひ、聞かせてください」

正直に、万次郎は言った。

二

フェダラーの奴が、ピークオッド号に乗り込んだのは、七年前だよ。

その時には、もう、おれもスターバックも、ピークオッド号に乗っていたけどね。

フェダラーの奴は、渡りの銛(もり)打ちでね。あちこちの国や捕鯨船を渡り歩いては、自分の技を売っていたんだよ。いつも、支那人の仲間を何人か連れていてね。ちょうど、七年前ってのは、それまでピークォッド号に乗っていた銛打ちのリチャードってえ男が引退しちまった年でね、それで、誰か適当な銛打ちがいないだろうかって、探してた時だったんだよ。

それで、エイハブが連れてきた銛打ちが、フェダラーだったのさ。

もっとも、エイハブとフェダラーは、もっと前から顔見知りだったみたいでね。リマだったか、マニラだったかね、捕鯨船が、食料の補給や船の修理のために、時々たちよる港があるんだよ。

そこにね、鯨亭という酒場があるのさ。

船の修理か何かで、その港にピークォッド号が半月ほど滞在したことがあってね、その鯨亭に、エイハブとスターバックが、毎晩通っていたと思ってくれ。

おれは、そこには行かなかった。

何故？

女がいなかったからさ。

女だよ、女。だから、てっとり早くやれる女のことさ。ややこしい手つづきなんかいらないところの方が、おれは、面倒がなくて好きなんだよ。女と飲みたかったら、そこから女を連れ出せばいいだけだからね。

いや、鯨亭にも女はいるんだけどね。ちょっと値がはるし、手つづきがいるんだよ。

気の利いた話をして、くどかなけりゃあいけないんだ。

まあ、おれは、くどくのが面倒なだけだったんだがね。だいたい、捕鯨船に乗るようなやつはみんなそうなんだが、エイハブとスターバックは、ちょっと違ってたってことだな。その店で、エイハブは、フェダラーと出会ったってわけだ。

そこから、エイハブとフェダラーの、腐れ縁ていうのかね、絆っていうのかね、それが始まったんだ。

鯨亭で、エイハブとフェダラーは出会って、それが縁でふたりは結ばれたんだよ。

愛より深い絆でね。

愛より深い絆っていやあ、それは、憎しみに決まってるだろう。

まあいいや。

話をややこしくしようとしているわけじゃあないよ。でも、その鯨亭では、まだ憎しみは生まれてなかったと思うよ。

知りあったきっかけ？

喧嘩だよ、喧嘩。

いや、喧嘩というよりは勝負だな。

エイハブとフェダラーは、そこで勝負をしたんだよ。命のかかった勝負をね。

エイハブも、スターバックも、まだ若かった。

血の気が多かったんだな。

その酒場の二階が宿になってってね、女と話がついたら部屋を借りて、そこでよろしくやることもできるんだけどね、まあ、だいたいそういうところでするおれたちの会話ってのは、決まってる。女の話か鯨の話だ。

エイハブと、スターバックは、その時、それぞれ女を横においてさ、鯨の話をしてたってわけさ。

お決まりの話だよ。

太平洋のどこそこで捕った鯨はでかかった。一頭で、百樽が鯨油でいっぱいになった、その鯨があまりにでかいんで、船が海に引き込まれそうになった、その時一番銛を打ち込んだのが誰それで、心臓にとどめの一撃を入れてやったのがおれだ——たわいもない自慢話だよ。

そういう話をしていると、

「おれは、もっとでかい鯨を知ってるぜ」

隣の席から、そういう声が聴こえてきたんだってよ——

見たら、そこに、頭にターバンを巻いたフェダラーが座っていたっていうことなんだよ。

フェダラーも、若かった。

エイハブよりも歳は上だったけれどね。あっちはあっちで自分の仲間を何人かひきつれて、その席にいたってわけだ。そうだよ、フェダラーの乗っていた船も、食料の補給でリマ——そう、ペルーのリマの港に入っていたんだな。それで、やつも鯨亭で一杯やってたってわけだよ。

　で、エイハブが訊いたわけだ。

「口だけなら何とでも言えるんだ。あんた、それをいつ、どこで見たのか言ってみろ」

「二年前、太平洋、日本沖」

「なに⁉」

「モービィ・ディック」

「白鯨か⁉」

「いかにも」

「その白い鯨の噂なら、おれも何度か耳にしたことがある。しかし、捕鯨船よりもでかいクジラがいるなんて話、信じるわけにはいかんね」

　これを、エイハブが言ったっていうんだよ。

　信じられねえだろ。

　あのエイハブが、白鯨なんてこの世にいないって言ったんだからよ。

「見てどうした？　おまえさんは、そのでかいのに銛の一本でも打ち込んでやったのかい？」

　これは、スターバックが訊いたんだよ。

　すると、フェダラーはこう言ったのさ。

「いや、あいつは、そういうもんじゃない。銛を打ち込むとか、捕るとか、そういう相手じゃあないんだ」

「まさか、あそこをちぢこまらせて、震えてただけなんじゃあないんだろうな」

「いいや、わしは祈ったのだ」

フェダラーは、真顔でそう言ったんだとさ。

え？

何で、おれがそんなことまで知ってるのかって？

スターバックだよ。

その場にいたスターバックから、後で聞かされたんだよ。

「祈っただと？」

エイハブが訊く。

「そうさ、神にな」

「その神ってのは、どこの神だ。頭にそんな布を巻いている神かい」

「もちろん、我らの神だ。しかし、あれは、そういう人の信仰を超えたものだ。おまえは勝手に、あれを見た時に、おまえの神が造ったものだと思えばいい。おまえは、おまえの神をあいつの中に見て、その神々しさにひれ伏せばいいのだ——」

「銛は打たなかったのだな。おれが知りたいのは、それだけだ」

「だから、打たなかったと言ったろう。あんたと同じ神を信仰する船長も、銛打ちたちも、みんなあきらめた。信仰を抜きにしたって、あいつを見たら、あのでかい尾のひと打ちで、どんな船だってばらばらにされちまうってことがわかる。奴に銛を打ち込むのを、信仰であきらめたやつだって、自分の命惜しさであきらめたやつだって、その意味じゃあ、何かにひれ伏したってことなんだ。いいかい、あんたが、どんな船に乗って、これまでどれだけでかい鯨を捕ったのか知らないが、人にはひれ伏すものが必要なんだ。こいつをよく覚えておくんだな」

フェダラーは、エイハブにそう言ったんだな。

「あんたのひれ伏している神は、何ていうんだい。まさか、モービィ・ディックって名前じゃないんだろうな」

エイハブが訊くと、

「アフラ・マズダ」

フェダラーは、言った。

「拝火教徒だな」

「いかにも」

フェダラーはうなずき、

「あんたの神より、千年古い神だよ」

そう言ったというんだな。

おい、若いの、わかるかい。

拝火教徒ってのは、ゾロアスターという預言者が広めたペルシアの神々を信仰する連中のことさ。千年かどうかは知らんが、確かに歴史だけなら、我らの神よりも古い。いちばんえらい神は、名をアフラ・マズダといって、光の神だよ。光とは神のことで、つまり、火はアフラ・マズダそのものってわけさ。

光は善なる神アフラ・マズダ、闇は悪なる神アンラ・マンユ。この世は、光の善神アフラ・マズダと、闇の悪神アンラ・マンユが闘う場所であり、いつか、この世の終わりに光の神アフラ・マズダが勝利して、世界は光に包まれるんだと、奴らは信じてるんだよ。

これをお伽話と言っちまったら、おれらの神の物語も似たようなものだろう。肝心なのは、フェダラーが、それを信じてるってことだな。

わかるかい。

つまり、フェダラーにとっちゃあ、黒いマッコウクジラは、アンラ・マンユが遣わした悪なる存在で、白い鯨、モービィ・ディックは光であり、アフラ・マズダの化身ということになる。

だから、フェダラーが、モービィ・ディックに銛を打ち込むことができなかったんだろうって、おれはそう思ってるんだがね。もっとも、これは、本人に訊いてみなけりゃあわからんことだけどね。

ま、いいか。

話を続けるよ。

フェダラーの言葉を受けて、

「古いものがありがたいんなら、はきだめの横にころがっている石ころでも拝んでるんだな——」

エイハブはそう言っちまったんだ。

まあ、お互いに酒が入っていたしね。

普通であれば、だんだん、口にする言葉が相手をののしるような汚いものになってくるのは、おまえさんだってわかるだろう。

——おまえのおふくろの墓に糞をぶっかけてやる。

——てめえのおふくろは、いくらで買えるんだい。

そんなことを言いあうようになる。

しかし、このふたりは普通じゃなかったんだな。そこまでののしりあいにはならなかった。

はきだめの横にころがっている石ころ——

で止まったんだよ。

で、どういう話になったのかというと、〝白〟だな。白い色の話になったんだ。これが、エイハブとフェダラーの奇妙といやあ奇妙なところさ。

なんでそういう話になったか、おれは知らないよ。おれにこの話をしてくれたスターバックのやつだって、酒が入っていたからな。

ただ、スターバックの話では、どちらかが、こんなことを言ったというんだな。

――よいか、白というのは、それ自体が完璧(かんぺき)なる呪術(じゅじゅつ)なのだ。その呪術を、われらはまだ解明しておらぬ。

おそらくこれは、おれが推察するに、フェダラーの言葉だな。

あいつなら充分そんなことを言いそうだし、白はアフラ・マズダだからな。しかし、そうなら、神に対して呪術などという言葉をフェダラーが口にするかどうかという疑問が残るがな。

だが、エイハブにしたって、この酒場で飲んでいた時は、まだモービィ・ディックに出合う前だから、こんな台詞(せりふ)は口にしたかどうか――

それとも、これは、スターバックが勝手に話の中に盛り込んだのかもしれねえ。

まあ、どっちだっていいか。

だから、これからおれが話すことについちゃあ、その台詞を、エイハブかフェダラーか、どっちが言ったのかは考えねえことだ。どっちも口にしなかったのかもしれねえ。ふたりが口にしたことかもしれねえ。会話のように見えても、どっちかひとりが勝手にしゃべったことを、スターバックがふたつに分けて話したってこともありそうだしね。

ああ、そうだ。

スターバック自身の言葉も、この中にゃあ入っているかもしれねえよ。しかし、どっちだっていいってのは、さっき言ったよな。そうさ、あんたが勝手にどっちが口にしたのかを決めりゃあいい。

いいかね、お若いの。

続けるよ。

——太古以来、何故、我々が白を畏怖してきたか、時に恐怖し、時にあがめてきたか、それがわかるかね。

——白というのは、色の欠如ではないのだ。全ての色を含めばこそ、色はそれぞれの特性を失って、真実の白になる。知っているかね。青、赤、緑、全ての色の光を、一ヶ所に集めると、白い光となることを。その光をプリズムによって分ければ、そこにこの現世の色である七色が出現することを。

——白とは、死体の持つ特性だ。それは、全ての人類が、その心の底に持っているものだ。死は、暗黒の先にある、よりまったき暗黒なのだ。

——それはつまり、悪魔の先におわす霊的なまったき存在が白ということなのかね。

——悪魔サタン——ルシフェルというのは、重力に負け、無限に自由落下していく光なのだ。

——白の中には、青が棲んでいる。「ヨハネの黙示録」に現れた、青ざめた馬の色というのは、実は、純粋なる白のことなのだ。

——白い鹿、白い蛇、本来の色を持たず白く生まれてきたものは、いずれも神か神の使いではないか。さもなくば、悪魔の使徒なのではないか。

——いや、我々は、白の狩人(かりうど)なのだよ。

——波の内側にいる白鮫(しろざめ)の群(むれ)を見たか。あれは亡霊たちの群だよ。

——夜、幾つもの岩礁(がんしょう)のある海域を過ぎる時、夜の底で、白い波が群れる。まるで、白熊の群に船が囲まれているようだ。そのまま、我らは、あちらの世界へ運ばれていってしまうのだ。

——ビルマの古き王朝ペグーの大王は、自らを白象の王と名のっていた。

——神聖ローマ帝国を見よ。そこでは、この白をもって、皇帝の色としたのだ。

——極北の荒野の雪の白を見たかね。あれこそが、神の属性というものを正確に表現しているものさ。

——白には、何もない。よって、全てがそこにある。

——白を前にすると、我々は、なす術(すべ)を持たない赤ん坊のようになる。

このくらいにしておこうか。

きりがないからね。

まさに、我々人類は、太古の時代、白の呪術にかかって、それから、いまだに解き放たれていないのだろうね。

まあ、今おれが言ったふたり——いや、スターバックを入れれば三人かな。そうだ、おれも勘定に入れるべきだろう。いつの間にかおれの考えや、感情も、この台詞の中にはまぎれ込んでいるだろうからね。

まあいい。

とにかく、フェダラーとエイハブは、そんな会話をしてたってわけだ。

この、白鯨を追っかけているピークオッド号の物語が、いつか船乗りたちの間で伝説として語られるのなら、ふたりの対話は、その神話にあたる章になるんだろうよ。この船の中でそんなものを書きたがるのは、たぶん、イシュメールくらいのもんだろうけどね。

え?

何を言いたかったんだっけ。

そうだ、エイハブとフェダラーの勝負のことだったよな。つまり、フェダラーは、この問答のおしまいに、こう言ったんだ。

「わしは、モービィ・ディックの巨大さと白に畏怖した。しかし、死に恐怖した臆病者ではない。船長や、他の銛打ちのことは知らぬがな……」

すると、エイハブが言ったんだ。

「それを、このおれに、信じてもらいたいというわけだな」

とね。

ここで、フェダラーのやつが奮然として立ちあがったっていうんだな。

「証明しよう」

「銛試し(もりだめし)の用意をしてくれぬか」

この言葉には、みんな驚いた。

店中の、聴き耳をたてていたやつらが、

「おう」

と声をあげたんだよ。

銛試し、知ってるかい。

知るわきゃないよな。

教えてやろう。

おれたち鯨捕りの中じゃあ、知られているゲームだよ。まあ、度胸試しだな。しかしただの度胸試しじゃない。そいつが嘘をついているか、いないか、それで試すんだ。どんな馬鹿なことだっていい。たとえ本当に嘘でもな。しかし、いったんその銛試しをやってのけることができたら、その嘘だって、本当のことになるんだよ。

どんなやり方かって。

だから、頭の上に、銛をぶら下げるんだよ。銛に縄を括(くく)りつけて、その縄を、家の中なら梁(はり)、外ならたとえば木の枝に引っかけて、吊(つ)り下げるんだ。その切先(きっさき)が、銛試しをする人間の、頭の上、ちょうど三フィート(約九十一センチ)あたりにくるようにしてね。

縄の端は、岩でも机の脚でも、そこらにある適当なものに括りつける。

縄が、銛の重さでピンと張るよな。

その縄の下に蠟燭を立てて、火をつける。蠟燭の火で縄をあぶるんだ。

縄が、火で切れるまで、銛の下に立つ人間は、逃げちゃあいけない。逃げたら、臆病者だという烙印がついてまわることになる。一生ね。

逃げるのは、縄が切れてからだ。

いそいで逃げないとね、上から銛が落ちて、頭のてっぺんにずぶりと刺さるんだよ。

そうなったら、まず、死ぬね。頭じゃなくたって、身体のどこかに刺さったら大怪我だ。

なかなかやるやつはいないよ。

でも、やったやつをふたり知っている。

それが、フェダラーとエイハブ船長だよ。

え⁉

フェダラーがやるんじゃなかったのかって？

そうだよ。

初めはね。

でも、フェダラーのやつがやるって言い出した時、

「では、おれもつきあおう」

エイハブが、そう言って、席を立ちあがったんだよ。

「おれはその時、止めたんだよ」

スターバックは、おれにそう言っていたよ。

「一度だけね」

一度だけは止めた。

それはまあ、スターバックとエイハブにとっちゃあ、儀式みたいなもんでね。スターバックだって、エイハブが一度口にしたことはひっこめないってよくわかっていたし、何しろ、船乗りたちのいるところで口にしちまったことだ。仲間に止められたくらいでやめたんじゃあ、次の航海から、誰もエイハブの船に乗らなくなっちまうよ。噂が広がるのは太平洋の南西の風より速いからね。

エイハブは、まだ、五十代になっていなかったんじゃないかな。フェダラーだって、五十代の半ばにはなっていなかったんじゃないか。

まあ、なんだろうと、酔っ払って口にしたことだろうと、口にした以上は責任を取る。やる。それがどんなに馬鹿げたことでもね。

エイハブも、フェダラーという拝火教徒に、何か感じるものがあったんだろうよ。それで、始まっちまったんだな、ふたりの銛試しがね。

その時は、ふたりだったからね。ひとりの時とはやり方が少し違う。こんなかんじだよ。

それなりの長さのある一本のロープの両端に、銛が結ばれる。鯨亭の梁にそのロープを引っかけて、二本の銛を、梁から吊るす。

二本の銛の切先が、下を向く。

その銛の下に、エイハブとフェダラーが立つ。

ふたりの頭の上、ちょうど三フィート（約九十一センチ）くらいのところに、その切先がある。

ロープの方は、梁から斜め下に引っ張られて、十五インチ（約三十八センチ）ほど離して並べられたふたつの椅子の脚をくぐらせる。

その椅子が動かないように、椅子にはもちろん人が座っている。

ちょうど、銛の下に立つエイハブとフェダラーと向きあうかたちでね。

左のエイハブの側の椅子には、スターバックが座り、右のフェダラーの側の椅子には、フェダラーの仲間の支那人が座っている。

ここでね、立ち合い人が前に出てくる。

この立ち合い人は、鯨亭の主人だよ。

主人は、七十くらいの、白髪の爺（じい）さんでね。

もともとは銛打ちで、五十歳でその仕事をやめて、鯨亭を始めたんだ。

あきれてるのか、よくあることなのか、慣れた様子で、主人はふたりの前に立ったわけだ。

「両名とも、十分に祈ったかね」

「おれは、祈らんよ」

そう言ったのは、エイハブだよ。

「神は、こういうことには手を出さないんだ。出してくるなら悪魔の方だろうからな」

エイハブは、表情を変えなかったそうだよ。

それは、フェダラーの方も同じでね。

いきがかり上、ついフェダラーも酒の勢いで銛試しのことを口にしてしまったのかもしれないが、しかしどうしてそれに、エイハブがつきあうことになったのか。

もしも、このなりゆきでフェダラーが命を落とすようなことになったら、何故そのようなことをさせたのかと、世間の者たちは言うかもしれない。その世間の風に対して、あの時は自分だって、同じことをしたんだと、エイハブは言いわけの手段として、フェダラーにつきあおうとしたのかもしれない。

自分も同じことをやったのだ――

と。

しかし、それは、生き残らねば口にできない台詞だな。

フェダラーにしたって、エイハブが証明せよと口にしたわけではない。名誉のためか、他の何かであるのか、それはわからないが、この銛試しはフェダラーが自分から口にしたのだ。真意はわからんよ。まあ、神か悪魔の御意思としておくしかないだろうね。

まあ、でも、見物してる方にとっちゃあ、それはどっちだっていいことさ。何かおもしろいこと、後で語りつがれるようなことが目の前で起こり、その現場に自分がいたんだと自慢できるんなら、どんなできごとであろうと、自分がいるところでそれが起こってほしい。連中はそう考えているわけだ。

「わしは、そこのエイハブというのを、試そうとしただけだ。わしが銛試しをやると言ったら、どのような顔をするのか、それを見てやろうと思っただけでね。だから、祈って神の手をわずらわせるようなことはしないよ」

フェダラーはフェダラーで、祈ってないというわけさ。

鯨亭の主人には、エイハブも、フェダラーも、狂ってるようにしか見えなかったかもしれないね。

「では、蠟燭を――」

そこで、用意されていた蠟燭が、運ばれてきた。

持ってきたのは、主人のカミさんだよ。

小皿の上に、火の点いた蠟燭を立ててね、それを持って、主人の前に立ったんだ。

「では、それを、縄の下に置きなさい」

いつもなら、適当な『聖書』の言葉を口にして、おさまりのいい説教をすることになってるらしいんだが、この時は、それをすっとばして、蠟燭を置かせたっていうことだね。

蠟燭の立てられた皿が、スターバックが座った椅子とフェダラーの仲間が座った椅子の間に渡されたロープ——縄の下に置かれたんだ。

主人も、主人のカミさんも、すぐに下がってね。

みんなの前に、エイハブとフェダラーの姿がさらけ出されたってわけだ。

酒場には、ランプが、吊るされていたらしいね。

八つか、九つか、そのくらいだろう。

その灯(あか)りが、エイハブとフェダラーの眼の表面に映ってね、ちろちろと光ってたって話だよ。頬や、額にも火の色が揺れていたっていうのは、スターバックが言ってたことさ。

エイハブとフェダラー、どちらも瞬きをしなかったそうだよ。一度もね。

そりゃあそうさ。

たった一度、瞬きして、その時に縄が焼き切れたら、逃げるのが遅れるからね。

逃げ方によったら、脳天から入った銛先が、眼玉の方から突き出てくることだってあるらしいな。

だから、眼が離せない。

誰も口を利かない。

縄の焦げる臭いだけが、どんどん強くなって、ついには縄が燃えだした。

エイハブの額にも、フェダラーの額にも、汗の粒が浮いて、それがだんだんと大きくなってゆく。

もちろん、逃げ出してもいいんだよ。

縄が切れる前にね。

でも、逃げるわけにゃいかんさ、これはね。

頭の中にゃ、色んなことが浮かぶだろうさ。

家族のこととか、カミさんのこととか、子供のこととかね。その時、エイハブにゃ、カミさんも子供もいなかったんだが、それでも何か考えていたろうさ。しかし、考えていたら、縄が切れた時、逃げ遅れる。それはわかっている。しかし、わかっていても考えてしまう。それが人間だよ。

でも、エイハブがその時何を考えていたかなんて、誰にもわからねえ。

そこにいたスターバックにだってね。

ついにね、ちりちりって音がしはじめた。

焼けて細くなった縄の繊維が、一本ずつ、銛の重みでちぎれてゆく音だよ。

ふたりの顔に浮かんだ、汗の玉が倍くらいにふくらんで、そこに、蠟燭の炎の色が映ってる。

エイハブは、歯をくいしばっている。

唇が少しめくれて、嚙(か)みしめたその歯が見えている。

フェダラーは、歯を見せてはいなかったらしいね。

でも、結んだ唇の端から血が流れていたんだってね。唇の内側の肉を、歯で噛んでいたんだろうよ。

たぶんさ、スターバックのやつが、一番度胸があったのかもしれねえな。

椅子の上にどんと座って、腕を組み、エイハブのことを信用してるのか、おっ死（ち）んじまってもいいと思ってるのか、唇に笑みまで浮かべて、エイハブを眺めていたそうだよ。

もっとも、これは、スターバックが言ったことじゃないね。だって、これを語ってくれたのはスターバック本人だからさ。本人が本人の顔を見てるわけがないからね、自分が微笑してるかどうかなんてわかるもんか。

だから、その光景はおれの妄想だろう。

どっちだっていいか。

それでね、ついにね――

切れたんだ。

三

結果は？

そりゃあ、わかってるだろう。

ふたりとも死ななかった。

だから、エイハブもフェダラーも、今このピークオッド号に乗ってるってわけだ。

逃げたんだよ、ふたりとも。ぎりぎりのところでね。落ちてくる銛をかわしたんだ。

それでね、奇妙なことにね、このことがきっかけで、なんとふたりは仲がよくなったんだな。

これは神のはからいかね。それとも悪魔のたくらみかね。どっちだっていいか。

それで、七年前、リチャードが引退した時、エイハブが、フェダラーをピークオッド号に呼んだんだよ。

その時、一緒にピークオッド号に乗ることになったのが、ピーターだよ。

え!?

ピーターが誰かって?

そうだよ、若いの。

今、確かにピークオッド号には、ピーターがいない。

何故かって?

わかるだろ、考えてみれば。

そう。そうだよ。ピーターは死んじまったんだ。だから、この船にはいないんだよ。

で、肝心なのは、ここからだ。

何故、ここまで細かくおまえさんに話をしてやったのかっていうと、これを言うためだよ。ピーターってのは、あのフェダラーの息子だったんだよ。

ああ、そうだね。

フェダラーには息子がいたんだよ。フェダラーが四十も真ん中を過ぎてから生まれた子でね。フェダラーのやつは、可愛がってたよ。

だから、ピーターは、七年前、フェダラーがピークオッド号に乗り込む時に、一緒にやってきたんだ。その時で、十六歳だったかねえ、それとももう少し若かったかねえ。

どっちにしても、今のおまえさんと、あまり変わらない齢だったんじゃないかね。

親父のフェダラーは、この息子のピーターを、そりゃあ大事にしてたんだな。

もともと、ピーターを鯨捕りにしたくなかったんだよ、フェダラーのやつは。

でも、ピーター本人は相当、捕鯨船に乗りたかったみたいでね。

エイハブが、フェダラーをピークオッド号に誘った時、ピーターが、エイハブに直談判したらしいのさ。

自分も一緒に、ピークオッド号に乗せてくれってね。

「銛打ちになりたいんです」

ってな。

フェダラーは、反対してたんだよ。

ちゃんとした教育を受けさせて、教師か医師にしたかったみたいだね。しかし、ピーターは親父と同じ鯨捕りになりたかったってわけだ。それもね、ひそかに銛を買い込んで、フェダラーに内緒でずっと稽古をしていたっていうんだな。

結局、エイハブは、ピーターをピークオッド号に乗せることにしたんだよ。

うん。

いい息子だったねえ。仕事の覚えは早いし、船の仕事は、すぐに、何でもやれるようになったんだ。

それで、海に出てから二年目の時に、エイハブはピーターに銛を持たせたんだよ。

もちろん、腕はよかったよ。

そうでなけりゃ、エイハブは銛を持たせないからな。人情で誰かを船に乗せてやることはあるよ。誰にでもできる仕事はあるからね。しかし、銛打ちだけは、そうじゃあない。ちゃんとした実力がないとね、銛は持たせちゃもらえないんだ。その点についちゃあ、エイハブは厳しかったよ。だから、エイハブが銛を持たせたってことは、ピーターにそれだけの腕があったってことさ。

ピーターも、きちんと仕事でそれを証明しようとしたんだよ。自分を選んでくれたエイハブに恥をかかせるわけにはいかないからさ。

まあ、今のおまえさんと同じようなもんさ。

マンジローだったっけ、おまえも知ってるだろうが、フェダラーの野郎はいつも無口でよ。表情が読めねえ。いつもおんなじ顔をして、怒ってるんだか怒ってないんだか、何を考えてるのか他人にゃさっぱりわからねえ。

薄っきみの悪い爺いだよ。

おまけに、フェダラーのやつは、拝火教徒でよ。

やつの先祖は、遠い昔にペルシアから支那に渡ってきて、長安だったか、西安だったか、そんな名前の街に住みついたんだってな。

それから千年以上だよ。

それで、フェダラーのやつは、十八になるまで、その街に住んでたんだ。しかし、その年の夏に父親が死んで、支那を出て、流れ流れていくうちに、今は、渡りの銛打ちだ。

カミさんと知り合ったのは支那を出てからで、インドだか、あっちの方の出らしいね。

ひとりっこだよ、ピーターは。カミさんの方は、フェダラーが海の上にいる時、流行りの病で亡くなったらしいね。だからピーターは、フェダラーの唯一の身内ってわけさ。

フェダラーなんかより、ピーターの方が、船の仲間にゃ人気があったよ。みんなに可愛がられていたな。

でも、ピーターは死んじまったんだ。

ピークオッド号に乗り込んで、二年目——

鯨を見つけたんだ。

日本沖でね。

モービィ・ディックじゃない。

でかいマッコウクジラだったけどね。

その時に、

「ピーター、銛をやってみろ」

エイハブがそう言ったんだよ。

もちろん、フェダラーは止めたよ。

「まだ、こいつは一人前じゃない」

ってね。

でも、

「誰でも最初の一回を通過しなくちゃならん」

そう言って、エイハブは、ピーターをボートの先に立たせたのさ。

もちろん、みんなに異存はなかったよ。

誰もが、ピーターはうまく、その最初の仕事をこなすことができるだろうと思っていたからね。止めたフェダラーだって、そう思っていたはずだ。

自分の息子は、これを上手にこなすだろうってね。

それで、あの事故が起こったんだ。

鯨だよ、でかいマッコウクジラ。

そいつをみんなで追っかけて、追いつめて、囲んで、ついに銛を打ち込むところまでいったんだ。

皆は、わざとゆっくりやったんだ。

ピーターが、一番銛を打ち込みやすいようにね。やつに一番銛を譲ったんだよ。

で、ピーターは、確かにうまくやったよ。みごとに投げた銛は鯨に打ち込まれたんだ。

しかし、ピーターが一番銛を打ち込んだ途端、今まで静かだった鯨が、いきなりあばれだしたんだよ。

全員が海へ放り出された。

ピーターのボートは、尾であっという間に引っくり返されちまってね。

ピーターは、浮きあがったところで、真上からおもいきり尾を打ち下ろされたんだ。それで、ピーターは死んじまったんだ。あっさりね。

その時からだなあ、フェダラーが、エイハブの背後に、もののけのようにくっつくことになったのは――

「わしは言うたはずじゃ、エイハブよ。こやつは、まだ若いと――」

それで、夜毎にフェダラーは、エイハブに囁くようになったのさ。

「言うたぞ」

「ピーターは、教師にするのだと」

「ああ、わしの生きがいであった」

「ピーターは、エイハブよ、ピーターは、神に召されたのか。それとも、おまえが、ぬしの神への贄としたのか――」

「そうならば、わしは、ぬしの神へ復讐をせねばならぬ」

「わしは、ぬしを呪わねばならぬ」

「よいか、エイハブよ。ぬしは、この先一生、海から逃げてはならぬ。鯨から逃げてはならぬ。いつか、エイハブよ、ぬしよりも強い、どうしようもないほどの鯨とぬしが出合う時までな」

「それまでは、このわしが、ぬしの水先案内人じゃ」

「よいか、やめてはならぬぞ、エイハブよ」

「ぬしは、その息が途切れるその時まで、銛を握り続けなければならぬ」

「おまえは、鯨以外の、他の何ものによっても死んではならぬ。殺されてはならぬ。エイハブよ、ぬしは、我が息子がそうであったように、鯨のことで死ね」

「もしも、エイハブよ、ぬしが命ながらえて、その手に銛すら持てなくなったら、その時こそ、ぬしを自由にしてやろうではないか」

　こういうことを、フェダラーは、エイハブに言い続けたのだ。

　エイハブも、フェダラーの想いに応(こた)えている。

「おれが逃げるものか。知っているか。鯨のことでは、おれは、一度たりとも退(さ)がったことがないのだ」

「おれは、我が命果てるその日まで、銛を握り続けるだろう。もしも、まだ、おれが銛を握ることができるというのに、海から逃げ出そうとしたり、背を向けて鯨から逃げるようなことがあったとしたら、その時は、フェダラーよ、逃げるおれの背へ、おまえの銛をつきたてればよいのだ」

「おお、フェダラーよ。哀しみの王よ。ぬしはこのエイハブの、生涯の水先案内人ぞ。もしも、おれが、鯨のいない、間違った場所へ向かって帆をあげようとしたら、おれを正しく鯨のいる方角へ向けてくれ」

「案内せよ、フェダラーよ。このエイハブはもとより、鯨から逃げようと思うたことはない」

「フェダラーよ。我が神より古き神の言葉を知る者よ……」

「おお、フェダラーよ、おまえは見よ、見続けよ。一番近い場所から、このエイハブが苦しみもがく姿をな……」

「おお、フェダラーよ、フェダラーよ……」

四

まあ、そういうわけさね。

それで、エイハブとフェダラーの、クラーケンの足と足がもつれたような関係が始まったというわけだな。

それで、三年前、ついにエイハブは出合っちまったのさ。

モービィ・ディックにな。

そのことは、もう、知っているよな。

それで、昔からの連中は、みんな、いやがったのさ。

何をかって？

だから、エイハブとフェダラーが一緒の船に乗ることをだよ。

これに、ガブリエルまでが加わっちまってよ。

スターバックのやつが、一番いやがったんじゃないかな。

おれも、いやだったね。

それで、今回の航海に誘われた時、確認したんだよ。今度の航海で、フェダラーは、ピークオッド号に乗るのか、乗らないのかってな。

「そんな予定はない」

「聞いてない」

船の持ち主の、ピーレグも、ビルダッドも、おれたちにそう言ったよ。

それで、おれたちは、ふたりを信用して、ピークオッド号に乗ったんだよ。ガブリエルもいなかったしね。

こりゃあ、エイハブも、モービィ・ディックにやられて、柔らかくなったもんだってな。

そうしたらば、こっそり乗ってたんだよ、フェダラーたちがな。

ピークオッド号が、もう、引き返すことのできないところまでやってきたのを見はからって、奴らは船倉から姿を現したんだ。

もちろん、おれたちは驚いたさ。

しかし、ピークオッド号が最初の鯨と出合った時だったんでな。とても、これはどういうわけだと、エイハブに食ってかかるような時間はなかったんだ。

それで、なし崩し的に、フェダラーたちは、今じゃ普通の顔をして、このピークオッド号に乗ってるってわけさ。おまけにガブリエルまで途中から現れた。この前死んだがな。

そして、ついに、おれたちはモービィ・ディックに出合ってしまい、今、奴の後を追っかけてるってわけだな。

いいかね、若いの。

いずれにせよ、これは、エイハブとフェダラーの問題で、おれたちには関係のない話さ。しかし、今は、船中がエイハブの狂気に感染したようになっちまってる。

このおれにもな。

もう、止められねえよ。

行くところまで行くしかないんだよ、おれたちは。その行く先が、天国だろうと地獄だろうとね。

ああ、もしも、スターバックが今、この船にいてくれたらって、おれは思っているけどね。

五

スタッブと万次郎の会話が中断したのは、中央甲板のあたりで騒ぎが起こったからだった。

ふいに、

「船長、何をするんですか⁉」

船大工のホフマンの声が響いたのである。

高い、悲鳴に似た声だった。

「やめてください、船長！」

ホフマンの叫び声の合い間に、獣の唸るような声が混ざる。

「みんな、止めてくれ。船長が羅針盤を！」

ホフマンのこの台詞を、万次郎は、スタッブと一緒に走りながら聞いた。

万次郎とスタッブが駆けつけると、舵輪の前に、もう、人が集まっていた。

イシュメールの顔も、クイークェグの顔も、フラスクとダグーの顔もあった。

船員たちの輪の中で、エイハブとホフマンが揉みあっている。

エイハブが、その両手に、羅針儀台からはずした羅針盤を抱えている。

ホフマンが、エイハブの手から、必死にそれを奪おうとしている。

「離せ、ホフマンよ。この役立たずの羅針盤などは、もうこのおれには邪魔なだけなのだ」

「しかし、船長、この羅針盤がなければ、我々は生きて帰ることができません」

「黙れ。もはや、どこも指差さぬこんな機械など捨ててしまった方がよいのだ。あの嵐の晩以来、こいつは盲いた羊よりも行方が定まらず、勝手なところをうろうろするばかりだ」

あの、嵐の晩以来、羅針盤が狂ってしまったということは、万次郎にもわかっていた。おそらく、雷にやられて、その機能がほとんど失われてしまったのであろう。

羅針盤は重い。

エイハブは、それを抱えて舷墻までゆき、そこから海へ投げ捨てようとしているらしい。それを知ったホフマンが、エイハブをなんとか止めようとしている――そういう図であった。

左足が、鯨の骨でできているエイハブの方が、なんとホフマンよりも力で勝り、ホフマンを引きずって、何歩か舷墻へ近づいたところで、皆に囲まれたのだ。

囲んだ者の中に、ダグーの顔を見つけて、

「おい、ダグー、おまえの力で船長を止めてくれ！」

ホフマンが、黒人の大男に向かって叫ぶ。

しかし、ダグーは答えない。

「よいか、ダグーよ。このおれに触れるんじゃないぞ。もしも、どの指でもおれに触れたら、その指を嚙みちぎってやるからな」

エイハブが、凄い形相で、ダグーを睨む。

「おい、みんな、どうしちまったんだ。どうして誰も助けてくれないんだ」

泣きそうな顔になったホフマンの力が緩んだのであろう、エイハブは、ホフマンの身体をずるずると引きずって右舷の舷墻に近づいてゆく。誰も、それを止めようとしないのは、エイハブの剣幕に気圧されているのか、その羅針盤が役に立たないのを知っているからなのか、あるいはその両方なのか。

エイハブは、二歩、三歩とホフマンを引きずって、両手に抱えた羅針盤をさしあげて、海に向かって放り投げた。

「くわっ！」

羅針盤は、情けないくらい小さな水音をたてて、あっさりと青い海に沈んだ。

「ああっ」

悲痛なホフマンの声があがる。

エイハブは、投げたあと、勢い余って舷墻に倒れるようにもたれかかっていたのだが、身を起こし、集まった者たちを睨むように眺め回した。

「モービィ・ディックを追うのに、羅針盤はいらぬ！」

叫んだ。

「運命こそが、我らの羅針盤なのだ。よいか、我らは、運命によって、再び、モービィ・ディックと相見える（あいまみえる）のだ!!」

これまでずっと、疲労感に苛（さいな）まれていたようなエイハブの顔に赤みが差していた。

そのエイハブに、静かに歩み寄ってゆく者がいた。

フェダラーだった。

フェダラーは、エイハブの両肩に両手を置いて、「わが輩（ともがら）よ……」つぶやくように言った。

「我ら、必ずやあの白き鯨に巡り会わん」

フェダラーは、エイハブの肩に置いた手に、優しく、しかし強く力を込めたのであった。

十六章　白鯨その顎により神を裂くこと

おお、船長！　わたしの船長！　やはり、あなたは高貴な魂の持ち主です！　偉大なるこころの持ち主です！　あの憎むべき鯨を追う理由がどこにありましょうか！　いっしょに帰りましょう！　この危険な海域から去りましょう！　故郷(くに)へ帰りましょう！　妻と子はスターバックにもあります――兄と妹のような幼なじみの青春の日に得た妻と子です。晩年の慈父のような愛と憧憬が獲得したあなたの妻子と、すこしも変わらぬ妻と子です。去りましょう！　即刻、わたしに針路を変えさせて下さい！

――ハーマン・メルヴィル『白鯨』
岩波文庫　八木敏雄・訳

一

空は、澄んでいた。

おどろくほど透明な空で、そのまま宇宙を覗(のぞ)き込んでいるかのような青さであった。

黒いほどの青。

その中に、宇宙の虚空が溶け込んでいる青だった。

波は、おだやかだった。

船は、風のままに走り、海流に乗って、勝手な方向へと旅をした。

エイハブが、羅針盤を海へ投げ込んでから、三日が過ぎていた。

カモメが一羽、高い空に舞っている。

陸地は、見渡す限り、四方のどこにも見えなかった。

おそらく、あのカモメの高さまで舞いあがれば、どこかに陸地は見えるのであろう。

しかし、船の檣の高さからでは、どこにも陸地の影は見えなかった。

万次郎は、左舷の舷墻の前に立って、イシュメールと並んでさっきから話をしているのである。

話題は、とりとめもないことであった。

万次郎も、イシュメールも、白鯨とエイハブの話題を口にしなかった。無意識のうちに、互いにそれを避けていたのかもしれない。

イシュメールが万次郎に問うのは、日本のことであり、万次郎がイシュメールに問うのはアメリカのことであった。

時に、話は、万次郎やイシュメール自身のことにもおよんだ。

「ぼくはね、船というのは、いや、捕鯨船というのは、ひとつの壮大な物語のようなものだと思ってるんだ」

凪いだ海を見つめながら、イシュメールは言った。

「物語？」

万次郎が訊ねる。

「物語が必要としている全てのものが、捕鯨船には、このピークオッド号にはある……

……」

イシュメールは、真面目な口調で言った。

何か、イシュメールは心の裡に思うところがあるらしい。それは万次郎にもわかるのだが、ではそれが何であるのかというところまではわからない。

「まず、様々な登場人物。いわくありげな人物や、正体がわからない人物。そして、途中から現れる不思議な人物たち。時には、その物語でどういう役目を荷っているのか最後までわからない人物まで、物語は必要とするんだ――」

「――」

「時に、物語は、予定調和を拒否する。答えがないことが答えの時があるんだよ。物語は混沌でいいんだ。混沌――カオスこそが物語の本質だよ。決まった結末や、内容がよくできあがっている物語は、結局そこまでの物語だね。全てのものを、その物語の中に内包させたかったら、混沌こそが正しい道だろうと思う。何故なら混沌というのは、まだ、名付けられないものの集合体だからだ。故に、混沌の中にこそ全てがあるんじゃないかとさえ思うんだよ。極端なことを言ってしまえば、物語には、結末なんていらないんじゃないかと思う。だって、そうだろう。この世の中で、きちんと結末があって、次の物語に移ってゆくようなできごとが実際にあるかい。ない。みんな、前の物語を引きずって、過去の物語を背負ったまま、次の物語の中に入ってゆくんだよ。いや、次の物語じゃない。実はみんな、ひとつの物語なんじゃないだろうか——」

イシュメールは、饒舌になっている。

毎夜、夜毎、寝台の闇の中で毛布にくるまって考えていたことが、今、イシュメールの口から堰を切ったように外へ溢れ出てきているらしい。

「もしかしたら、物語にとって、書き終わる、結末があるということは、悪なのではないかとさえ思うんだ。永久に書き続けられて、終わらない物語、それこそが、正しい物語のあり方なんじゃないかと思うんだ。作者の死によって、ある時、その物語はふいに途切れる。それでいいんじゃないか。それでこそ、物語は神話と呼べるものになってゆくんじゃないのかってね……」

イシュメールは、言葉を切って万次郎を見つめた。

身体の位置を入れかえ、舷墻に腰をあずけて、イシュメールは空を見あげた。

つられて、万次郎も空を見あげた。

遥か、高い空に、一羽の白い鳥が舞っていた。

さっきのカモメだろうか。

そのカモメが、ふいに、ピークオッド号の前方の、ある一点を目がけて、一直線に飛びはじめた。

何だろう？

万次郎がそう思った時、高い叫び声が天から降ってきた。

「鯨だっ！」

主檣（メイン・マスト）の上にいる、見張りの声だった。

たて続けに声が降ってきた。

「鯨あっ！」

「鯨発見!!」

「でかいぞ!!」

「なんてでかい潮吹きだ!!」

「白い」

「白いぞ!!」

「モービィ・ディックだ!!」

「モービィ・ディック発見!!!」

その瞬間、船が——ピークオッド号が音をたてて揺らぎ、煮えたようになった。

「全ての帆をあげよっ！」

エイハブの声が響いた。

「みなのもの、今やっている全ての手を止めよ」

舵輪（だりん）の前に、エイハブが立っていた。

立ち、叫んでいた。

「死ぬ準備をせよ!!」

あらん限りの声で言った。

「皆、死ね。そして、生きよ、生きよ!!」

エイハブは、その口から、身体中の血を吐き出すように、叫んだ。

二

水平線の上に、鳥山が見えた。

幾百、幾千、幾万――いったいどれだけの数のカモメであろうか。

カモメの群が、球体となって、舞い狂っているのである。

そして、その下に、背に森を生やした白い山が見える。

それが、ゆっくりと近くなってくる。

モービィ・ディックだ。

運命の羅針盤によって、ピークオッド号は、再び白鯨と遭遇したのである。

空を舞う、カモメの声が届く距離になった。

モービィ・ディックはその白い背を海中に沈め、そして、また浮き上がらせることを繰り返しながら、東に向かって進んでいた。

ゆっくりと――

カモメの群が、どうしてその上空を舞っているのか、万次郎には見当がつかない。

通常、鳥山ができるのは、その下に、鰯などの、小魚の群がいる時だ。

鰹の大群に、海面まで追いつめられ、逃げ場を失って、鰯などの群が跳ねあがってくる。これがナブラだ。

それを、上空から、カモメなどの海鳥がねらうのである。空から海へ急降下を繰り返し、鰯を捕食するのだ。

今はその捕食行為がないのだ。

ナブラがない。

それなのに、海鳥が、モービィ・ディックの上に群れているのである。

どこにも陸地は見えない。

カモメの群は、白鯨の背を陸地と間違えているのであろうか。

それにしても、群れる理由がわからない。

単に、休む場所が欲しいだけなら、海面に浮いていてもいいし、ピークオッド号の方にやってきてもいいはずだ。

それが、ない。

何羽かのカモメが、モービィ・ディックの背に生えた銛に止まっているだけだ。

さらに、モービィ・ディックが近くなってくる。

いつでも、ボートを下ろす準備はできていた。

しかし、まだ、エイハブは命令を下さない。

このままの速度でモービィ・ディックが進んでゆく限り、ボートでは追いつけない。

ほんの一時、力の限り漕いで、モービィ・ディックに追いつくことはできても、その時には力尽きているだろう。

それは、誰もがわかっている。

まだ、ボートを下ろす時ではない。

距離、百メートル。

依然としてモービィ・ディックは、悠々と泳ぎ続けている。

万次郎も、いつ、ボートを下ろせという命令が下されてもいいように、銛を握りしめて、モービィ・ディックの背を睨んでいる。

心臓が、激しく鳴っている。

エイハブは、フェダラーと並んで、モービィ・ディックを見つめている。

「エイハブよ……」

声をかけたのは、フェダラーであった。

「これから、おまえは試される」

フェダラーは、エイハブを見ていない。

前をゆく、モービィ・ディックを睨んでいる。

それは、エイハブも同じであった。

「いや、おまえだけではないな。我らふたりが試されるのだ」

「違うぞ、フェダラーよ」

エイハブが、喉の奥で、岩を擦り合わせるような声で言った。

「何がだ」

「試されているのは、我らではない。モービィ・ディックだ」

「ほう？」

「あやつがただの鯨なのか、それとも神がこの世に遣わした何かの徴候なのか、それがこれからわかるのだ——」

「ふふん」

と、フェダラーは嗤って、

「どちらでもいいことだな」

そう言った。

「ああ、確かにどちらでもいい。ただ、フェダラーよ、ひとつ、言うておく」

「なんだ」

「おれは、死ぬ準備はできた」

「うむ」

と、フェダラーがうなずく。

「あとは、生きるだけだ」

　エイハブは言った。

　その、モービィ・ディックを睨む眼が、熾火の如くに赤くらんらんと光っている。

「あやつを殺せたら、おれは、この航海を最後に、もう、一生海にはもどらぬ……」

「それが、できるのか」

「知らん」

　エイハブは、先をゆくモービィ・ディックの背を見つめながら言った。

「しかし、おそらくできるだろう。スターバックと約束したからな……」

「おお、スターバック……」

「そのスターバックだって、奴を見たのだ。おまえも見たろう、フェダラーよ、あのモービィ・ディックを──」

「見た」

「一度でもあのモービィ・ディックを見た者は、その一瞬で、心にあの姿を焼きつけられてしまうのだ。一生消えぬ焼き鏝を脳に押しあてられたようにな。おまえだってそうだろう、フェダラーよ。おれたちは、モービィ・ディックによって、標徴をつけられたのだ。スターバックもだ。ガブリエルの奴は、白くされたなどと言うていたがな……」

「────」

「奴を殺せたらば……。奴のいない海には、もう未練がない。おれは、残りの一生を、暖炉(だんろ)のそばですごせる。ただ独りになってもな。暖炉の炎に手をかざすように、奴の思い出に手をかざせば、寒い夜にも、それがおれを温めてくれるだろうよ……」

「惚(ほ)れた女の思い出のようにか」

「ばかな。モービィ・ディックは、女以上だ」

エイハブは、モービィ・ディックを見つめながら、そう言った。

と——

ふいに、モービィ・ディックの姿が、海面から消えていた。

白い背が、見えなくなったのだ。

「潜ったぞ、どっちだ⁉」

檣(マスト)の上に向かって、エイハブが叫ぶ。

「わかりません！」

檣(マスト)から声が降ってきた。

「見えません。奴の姿が見えません！」

見張りが叫んでいる。

「逃げるものか、奴が、おれたち人間に追われたからといって、逃げるものか——」

エイハブは、前方の海面を睨みながら、唸(うな)り続けている。

「いるぞ。まだ奴はいるぞ」

エイハブは、空を見た。

そこでは、海鳥の群が、まだ鳥山を作っている。そして、その鳥山は動いていた。ピークオッド号に向かって――

「来るぞ。奴は、こっちへ向かってる！」

エイハブが叫んでいる間にも、鳥山がぐんぐん近づいてくる。鳥たちが、騒がしく鳴きあげる声が、迫ってくる。

鳥山は、もう、すぐ先だ。

「衝突するぞっ!!」

誰かが叫んだ。

「取舵（とりかじ）いっぱい!!」

エイハブが怒鳴る。

とぉおりかぁじいっぱあい――

舵輪が激しく左へ回された。

ピークオッド号が、ぐうっと右へ傾いた。

波を割るようにして、ピークオッド号は船体を大きく右へ傾けたまま、海面を左へ滑ってゆく。

右の舷墻の前に立つ者が、手で波に触れることができそうなくらい、海面が近くなっている。

鳥山が迫ってきた。

カモメたちが、激しく鳴きかわしている。

その声と鳥山が、近づいてくる。

「ぶつかる、ぶつかる、ぶつかるぞ!!」

誰かが叫ぶ。

斜め右前方の海面がもりもりと盛りあがってきた。

青い波の色が白く泡だち、その泡の中から、雪のように白い巨大なものが姿を現した。

海底から、島が浮上してきたようであった。

まず、見えたのは、瘤のある頭だった。

そして、次が眼だ。

それだけでは終わらなかった。

人で言えば、眼から、鼻、口――巨大な顎が見えてくる。

そして、さらに肩。

全身から滴り落ちる幾万、幾億のしぶき。

それだけでは終わらなかった。

まだだ。

まだだった。

さらに、モービィ・ディックの身体が見えてくる。

モービィ・ディックが、まるで海を脱ぎ捨てるかのように上昇してくる。この地球の重力から逃れて宇宙へ向かおうとするように。

なんという生き物であろうか。

海が吐き出そうとしている、この地球に生じた生命の進化が生みだした、この史上最大の生命体。

モービィ・ディックは、さらに尾で海面をひと掻きし、地球をはらいのけるようにして、その全身を空中に踊らせたのである。

信じられない光景であった。

どのようなマッコウクジラであれ、成獣が、その全身を空中にさらすことなどない。あり得ない。それが、今、眼の前で起こっているのである。

明らかに、ピークオッド号より大きかった。

モービィ・ディックは、衝突する寸前で、ピークオッド号の舳先十メートルほどのところを、大きく横へ跳んでいたのである。

なんという光景か。

まるで、自分の姿の全てを晒すことによって、モービィ・ディックは、人間たちに、そこにひれ伏せと言っているようであった。

その白い巨体が、地球にもどってきた。

巨大な波と、水飛沫が、ピークオッド号の横腹を叩いてきた。

ピークオッド号が、激しく揺れた。

「おおの、ざまな（凄え）！」

万次郎は、土佐弁で叫んでいた。

「ざまな!!」

「ざまな!!!」

たまらなかった。

何がたまらないのかもわからない。

自分の身体が、自分のものでないようだった。

魂と、声と、肉と、血が、逆流し、発熱し、煮え、沸騰し、自分がその混乱の中で、肉のどの場所にいるのかもわからなくなった。

「凄え！」

ただ叫んでいた。

凄え！

凄え!!

凄え!!!

魂が散りぢりになっていた。

「ボート、下ろせえっ！」

エイハブが叫ぶ。

滑車が回る。

万次郎は、自分の銛を摑んで走った。

恐怖は、なかった。

全身の血が、温度をあげている。

その血の温度で、肉が焼け、身体中が煮えたようになっている。

今、畏怖はあっても恐怖はない。

あの、巨大なものに挑んでみたい。

その想いだけがあった。

三

四艘、全部のボートが海に浮いていた。

万次郎は、ボートの前方で、一番オールを握っている。後方の、クイークェグの指示通りに、ボートを漕ぐ。

エイハブのボートが先頭だった。

エイハブは、オールを持たず、ボートの先に立って前方を睨んでいる。

相手が、ただの鯨ならば、そこに立つべきはフェダラーであったのだが、これから相手にするのは、ただの鯨ではない。モービィ・ディックである。

ならば、ボートの先に立つのは、エイハブでなければならない。

先頭のボートの舳先に立つならば、モービィ・ディックに、一番銛を打ち込むことができるからだ。

どのボートも、エイハブのボートを追い越そうとはしない。

エイハブが、モービィ・ディックに最初の銛を打ち込むべき人間であると、全員が考えていたからだ。そして、最後のとどめの槍(やり)を打ち込むべき人間も、エイハブでなければならないと。

しかし、次にモービィ・ディックがどこに浮上するかは、誰にも、エイハブにもわからない。モービィ・ディックが浮上する場所によっては、一番銛を打ち込む人間がエイハブではなくなってしまう可能性もあるが、他のボートの銛打ちの誰も、それをやろうと考えてはいないだろう。

万次郎だって、考えてはいない。

そして、この時、エイハブ自身も、自分が一番初めにモービィ・ディックに銛を打ち込むべき人間であることを、信じて疑わなかった。

エイハブの予想は、正確だった。

優れた銛打ちは、そのおり鯨が潜った時の角度、勢い、速度、風、波——そして鯨の心理までを読んで、次に鯨が浮上する場所を予測する。

それが、みごとに当たったのだ。

いや、予想というよりは、エイハブが持つ運命の羅針盤が、その場所までボートを運んだというべきか。いずれにしても、モービィ・ディックは、エイハブの乗るボートに一番近い場所に、再びその姿を現したのである。

それは、突然ではなかった。

何故なら、空に群れる海鳥たちが、モービィ・ディックの出現を、あらかじめ知らせてくれたからである。

モービィ・ディックが海面から跳びあがり、再び海中に姿を消した時、海鳥の群は、いったん散った。空のあちこちを、一羽一羽が自由に飛び回るようになった。

その海鳥たちが、再び、群れはじめていたのである。

エイハブのボートの、ちょうど上あたりであった。

「来るぞっ！」

エイハブが、大声をあげた。

「心せよ!!」

エイハブは、鯨の骨でできた左脚の膝(ひざ)を膝受けにあて、鈷受け(クロッチ)から鈷を摑みあげて、それを両手に握った。

顔が、赤く染まっている。

歯をくいしばっている。

海鳥の群が、どんどんエイハブの頭上に集まってくる。

騒がしく鳴きあげる鳥たちの声が、頭の上で交錯する。

「エイハブ！」

後ろから、フェダラーが叫んだ。

「おまえのありったけを、ここで示すのだ。ここで死んでみせよ。それを、このわしが、語り継いでやろうではないか。おまえの妻に、おまえの息子に、おまえの最期を語って聞かせてやろうではないか。それを思え。どのように語られたいかを思えっ!!」

フェダラーも、昂(たか)ぶっていた。

何かを叫び続けている。

その声が、どこまでエイハブに届いているのか。

エイハブの正面――

十メートル先の海面が、盛りあがってきた。

ゆっくりと。

盛りあがり、膨らみ、そしてその盛りあがりの上に、海中から点々と見えてきたものがあった。銛と槍の森の頂部分であった。

無数の十字架。

そして、その森の下から、白い山が出現してきたのである。

エイハブは、ぎちぎちと歯を軋(きし)らせている。

まだだ。

まだ。

もっと姿を現せ。

白い山肌を、青い海水が滑り落ちてゆく。

エイハブは、モービィ・ディックのその白い背から、海水が全て流れ落ちてしまうのを待っているのである。

エイハブは、歯を嚙みしめて、何かに耐えている。

こらえている。

こらえながら睨み、その白を眼に焼きつけている。

しかし——

もう、待てない。

身体がちぎれそうだ。

自身の身体の内圧で、肉という肉が、ことごとく潰れてしまいそうだった。

まだ、盛りあがってくる。

まだ、盛りあがってくる。

くうう。

くわわ。

もう、限界だった。

「おわあああっ!!」

エイハブは叫んだ。

見よ、フェダラーよ。

見て、その眼に焼きつけよ、このエイハブが、逃げなかったことを。このエイハブが、神に闘いを挑んだことを。

「かあああっ!!」

エイハブは投げた。

銛を。

銛は、飛んだ。

大気を削るようにして銛は宙を疾(はし)り、モービィ・ディックの背に突き立ったのである。

おおおお……

他のボートに乗った男たち全員が、それを見て声をあげていた。

万次郎も、それを見ていた。

今、地球が生みだしたばかりのもうひとつの地球に、エイハブの投げた銛が突き立つのを。

モービィ・ディックの背から流れ落ちる海水は、滝のように見えた。

その海水が、全て海にこぼれ落ちる前に、モービィ・ディックは、またもや海に沈みはじめたのである。

綱桶(ライン・タブ)から、縄が走り出す。

「おう、走るわ走るわ」

フェダラーが声をあげる。

「もはや、どれだけ走ろうと、離さぬぞ。この縄の絆のある限り、おまえと一緒だ。逃がさぬぞ、モービィ・ディックよ」

背から、腰、尻と、モービィ・ディックの身体が海へ潜ってゆく。そして、最後に海中からせりあがってきたものがあった。

おそろしく巨大な尾であった。

その尾は、エイハブのボートの、思いがけなく近い場所から持ちあがってきた。ボートの左舷だ。その尾は、ボートの左舷をこすりあげるようにして空中高く持ちあげられてゆく。

高く。

高く。

そして、ふいに、天から、神の審判の如くにその尾が打ち下ろされてきたのである。

尾が、ボートを打った。

逃げる間など、なかった。

ボートに当たったのは、尾の右半分であった。しかし、その尾に上からはたかれて、ボートの中央部分は、尾と海面との間に挟まれて潰されていたのである。

めきゃっ、
という音がした。

ボートの中央にいた漕ぎ手は、その一撃で即死していたに違いない。

無事だったのは、舳先にいたエイハブと、最後尾にいたフェダラーだけであった。

ボートは中央部でひしゃげ、前と後ろの部分が跳ねるように持ちあがった。

エイハブの身体は、宙に飛ばされていた。

くるくるとエイハブの身体は宙で回転し、そして、海に落ちていた。

フェダラーは？

飛ばされていなかった。

フェダラーの右足に、構(チヨック)からはずれた縄がからみついており、フェダラーは、そのまま引きずられて、海に向かって足から引き込まれてゆくところだった。

その瞬間、フェダラーは、何か叫んだ。

しかし、何を叫んだのかわからなかった。それを言い終えぬうちに、フェダラーは海に引きずり込まれ、放つはずであった言葉と共に、沈んでしまったからである。その後、モービィ・ディックは、潜りながら身体を一回転、二回転させて、そのまま遥か深みに消えて、見えなくなってしまったのである。

惨劇のあとの海面には、さっきまでボートだったものの残骸(ざんがい)が、数えるほど浮いているだけだった。

万次郎は、その一部始終を見ていた。

万次郎だけではない。イシュメールも、クイークェグも、ダグーも、スタッブも、タシュテーゴも、フラスクも。そして、ボートに乗っていない他の乗り組員たちも、ピークオッド号の上からそれを見ていたのである。

他の鯨と、モービィ・ディックは、何かが圧倒的に違っていた。

エイハブがどれだけ吼えようと、ピークオッド号の乗り組員たちが、どれだけ心の中に強い意志と感情を持っていようと、モービィ・ディックには届きようがない。

山は、人が拳で打とうが槍で突こうが少しも動かない。川の流れは、人が小便をしようが唾を吐こうが何ほどのこともなく流れ続けてゆく。そこにはただ沈黙があるばかりだ。

人間は、モービィ・ディックに届かない。

万次郎は、それを思い知らされていた。

残ったボートの乗員の誰も、オールを動かそうとしなかった。誰も、モービィ・ディックを追えと叫ばなかった。

モービィ・ディックは、再び、地球の中に潜り込んでしまったのである。

と——立っている万次郎の膝先の船べりを、海中から現れた右手が、摑んでいた。

海中から、エイハブの顔が現れた。

「小僧、追うぞ!」

万次郎を見あげ、エイハブは呻きながら叫んだ。

「追え、追え。地の果てまでも、モービィ・ディックを追うのだ!」

その言葉が、呆然として声を失っていた男たちの心に、火を注ぎ込んでいった。

十七章

スターバックのかくれんぼうのこと

船長の個室をノックする直前、なぜだかスターバックはふと足をとめた。船長室のランプは、右に左に大きくゆれながらちらちらと燃え、その明滅する影を、かんぬきをかけた個室のドアの上に投げかけていた――ドアといっても、薄手のお粗末なもので、上部はパネル板のかわりに固定式のブラインドがはめこんであるだけのものである。船長室は後甲板の下の地下牢のように孤絶した場所にあったので、周囲は波や風のうなりでかしましいのに、そこには耳鳴りがするような静けさが支配していた。銃架には装塡(そうてん)されたマスケット銃が数丁、隔壁の前面を背にして鈍くかがやきながら立っているのが目にはいった。スターバックはこころ正しい人間であったが、そのマスケット銃を見た瞬間、どういうわけか、その正しいこころのなかに邪悪な想念が芽生えたのだった。

――ハーマン・メルヴィル『白鯨』
岩波文庫　八木敏雄・訳

一

ピークオッド号は、三日の間、漂流しつづけた。

帆の全ては風を孕み、大きく膨らんで、ピークオッド号は波の上を走り続けているのだが、どこへ向かおうとしているのか、誰にもわかっていなかった。

もちろん、エイハブ船長にもわかってはいなかった。

陽が昇る時と沈む時に、かろうじて、東と西の方角はわかるのだが、あとは、どちらに向かっているかはわからないままだった。

つまり、漂流しているのと何も変わらない状態だったのである。

最初の一日は、エイハブが皆の心に注ぎ込んだ火によって、ピークオッド号は走ることができた。

船に戻ったエイハブは、まだ濡れている髪を掻きあげて、

「ピークオッド号の針路はいずれか!?」

船中に響く声で激しく問い、

「針路は、モービィ・ディック!!」

自らその答えを叫んだのである。

向かう先が、北であろうが南であろうが、その先にはモービィ・ディックがいる——

その思いが、いったんは萎えかけた乗り組員たちの心を支えていたのである。

しかし、モービィ・ディックの姿が見えぬまま、二日、三日と日がたつうちに、乗り組員たちの多くが、再度、無力感に囚われるようになってしまったのであった。

無理もなかった。

その時、ピークオッド号の全乗り組員が、船の上で、あるいはボートの上で、その光景を眼にしていたのである。

全身を現したモービィ・ディックの姿。

その後、尾のひと打ちで、ボートをふたつに割って、漕ぎ手の四人の命を奪ってしまったのである。

圧倒的なその姿。

それが、誰の心にも焼きついている。

あれは、巨大な山だ。

山に、いったい何本の銛を打ち込めば、声をあげさせることができるのか。

できない。

皆、それがわかっている。

動く山――

モービィ・ディック――あれはそういうものだ。

ピークオッド号は、まるで、疫病が蔓延している船さながらに、三日目には、波間に漂う木の葉ほどにも、無力なものになってしまったのである。

かろうじて、己れを保っている者は、わずかだった。

ボート長のクイークェグ、フラスク、スタッブ、そしてイシュメール――その仲間には、万次郎も入っていた。ダグーも、タシュテーゴも、もちろん正気ではあるものの、普段の生気がその身体から抜け落ちていた。

だが、エイハブは、煮えた岩のようであった。

乗り組員の誰よりも、その眸は光っていた。

しかし、それは、正気の光ではなかった。

狂気の光。

怒りの色。

復讐の念に憑かれた人間の眼であった。

ただ、眼以外の場所——口元や、頰のたるみや、髪や、肩や、背、その姿は、船内の誰よりも病み疲れていて、顔色も死人のようであった。

致命的であったのは、エイハブの左足であった。

鯨の骨で作られたその左足は、途中で折れ、二十センチ近くも短くなっていたのである。斜めに折れたため、折れ口は鋭く尖って、歩こうとするたびに、甲板にその先が刺さるのではないかと思われた。

とても、まともに歩けるような状態ではなかった。それでも甲板に立とうとするエイハブを見かねて、船大工のホフマンが船長室から椅子を持ち出し、舵輪の前の甲板にその椅子の脚を釘で打ちつけ、そこにエイハブが座れるようにしたのである。

その椅子に座って、エイハブは、日がな一日、海を睨んで過ごしているのである。

そこへ、時おり、ピップが歌う讃美歌の澄んだ声が聴こえてくる。

〽主われを愛す
　主は強ければ
　われ弱くとも
　おそれはあらじ

讃美歌『主われを愛す』であった。

繰り返し歌われるその歌を、誰もうるさいとも、やめろとも言わなかった。

クイークェグが、イシュメールと万次郎の前で言ったのは、

「人は、誰でも、いつ、どこで死ぬかというのは決まっているものなのだ」

ということであった。

「おそれようとも、おそれなくとも、その時は必ずその人におとずれる。だから、人の役目というのは、運命のその日まで、己れのままに生きるということなのだ」

イシュメールは、その言葉に深くうなずいていた。

スタッブは、お気に入りのパイプをふかしながら、

「なるようにしかならん。自分の運命が決まっていようが、決まっていなかろうがな」

このように言った。

「自分が選んだ道が、必ずしもそいつをよい場所へ導いてくれるとは限らぬのだ。だか

らタシュテーゴよ、相手がモービィ・ディックであれ、明日の天気であれ、それを心配するのは、するだけ意味がないということだな」

タシュテーゴは、もともと無口な方であったが、この頃はさらに口を利かなくなり、ずっと海を見つめていることが多くなった。

「もう、ナンタケットへもどったらどうだ」

皆に向かってそう言い出したのは、リアリストのフラスクである。

この小柄な男は、自分の言に理ある時は、たとえ相手がエイハブ船長であっても、後へ退がらない。しかし、これまでフラスクがエイハブに折れてきたのは、

「よいか、フラスクよ、おれは、おまえが気にいらぬというそれだけの理由で、おまえの給料の一部を減らすことができるということを覚えておくのだな」

エイハブが、最後にはこの言葉を発することができたからだった。

だが、白鯨が姿を消してから三日目、エイハブの呪縛が解けかけてきたのを幸いに、フラスクは、船内の多くの人間が心の裡に思っていることを、皆にかわって口にするようになっていたのである。

「なあ、ダグーよ、おまえもそう思ってるんじゃないのか。おまえが、このごろ、そのでかい図体に似合わずふさぎ込んでいるのは、おれと同じことを思っていて、しかしそれを言うことができないからではないのか――」

二

その時、万次郎は、エイハブの横に立って、一緒に海を見つめていた。

エイハブに呼ばれたからである。

少し前に、イシュメールが、エイハブに言われて船首楼にいた万次郎を呼びに来たのだ。

やってきた万次郎は、椅子に座して前方を見つめているエイハブの左横に立った。

「呼んできました……」

そう言って、イシュメールは、すぐにその場から立ち去ってしまった。

しかし、万次郎にはわかっていた。イシュメールが、どこか、自分たちの声が届くあたりの物陰に隠れて、こちらの様子をうかがっていることを。あの、冒険心と好奇心に富んだ人物——イシュメールは、これから、この場で何が起こるのかを知りたがっているはずだからだ。

万次郎は、いったい、エイハブがこの自分にどのような用事があるのか、それが気になっている。

しかし、エイハブは、イシュメールが去った後も、同じ姿勢で海を睨んだまま、しばらく口を開かなかった。

その沈黙があまりにも長かったので、自分の方から声をかけようかと万次郎が思った時、エイハブは、低い、やっと聴きとれるような声でしゃべり出したのである。

「スターバックよ……」

エイハブは、海を見つめたまま、万次郎に、

「どう思うか」

ぼそりとそう問うてきたのであった。

違いますよ、自分はスターバックではありません——

万次郎は思わず、そう言いそうになったのだが、それをやめた。

エイハブが、以前から、時おり、自分のことをスターバックと呼ぶのはわかっていたし、ここでそれを正していては話が前に進まぬであろうと考えたからであった。

もうひとつには、近くで見たエイハブの姿が、あまりにもやつれていたからだ。

かわりに、

「何のことですか」

そう問うた。

「モービィ・ディックのことだ」

「モービィ・ディックの？」

「そうだ」

「モービィ・ディックがどうしたのですか？」

「おれは、間違っているか？」

「あなたが？」

「おれは、この三日間、ずっと考えてきた。考え続けてきた……」

　エイハブは、うねる青い海を見つめている。

　見つめ続けている。

「何を考えていたのです」

「このまま、あやつを、モービィ・ディックを追い続けてよいのかとな」

　エイハブは、ここでようやく、視線を万次郎に向けた。

「このおれの、勝手な欲望のために、おれは、乗り組員の多くを死へと誘（いざな）おうとしている……」

　エイハブは、小さく、首を左右に振った。

「よいのか、スターバックよ」

　また、問うてきた。

　万次郎は、答えられない。

　沈黙していると、

「おまえは、いつもこのおれを止めてきた。このおれの心に、邪（よこしま）な気持ちが動く時、おまえはいつもおれに忠告してくれた」

　万次郎は、考えている。

こういう時、スターバックであれば、何と答えるのであろうか。優しくエイハブをいたわるのか、はっきりモービィ・ディックを追うのをやめよと言うのか。

おそらく、話に聞くスターバックであれば、エイハブを止めるであろう。しかし、万次郎は、沈黙することしかできなかった。

「おまえは、いつも、おれに優しかった。おそらく、おまえがおれを殺す時でさえ、おまえは優しくその仕事をなすであろう。ああ、それはわかっていたのに……」

「ほんとうですか、船長」

万次郎は言った。

いつの間にか、万次郎は、エイハブの言葉にひきずられ、自分がスターバックになったような気がしている。

「ほんとうだとも。スターバックよ、おまえはいつも、このエイハブの羅針盤であった。おれが、どのような嵐の中にいようと、どのような闇の中にいようと、おまえはいつもおれのゆくべき道を示してくれた……」

「はい」

「だが、スターバックよ、おお、心優しき銛打ちよ、しかし、あやつだけは違うのだ。あのモービィ・ディックだけは……」

「どう違うのです？」

「あやつは、人の、どのような理屈も寄せつけぬ。人の、どのような感情も届かぬ。まるで、神のように……」

ここで、ようやく万次郎は、エイハブの口にした神というものが、おぼろげながらわかるような気がした。

人が、何をしようが、何を祈ろうが、永遠に答えることのない神――

「人が心に描くどのような思いも、理屈も、あやつに出合った途端に木っ端微塵だ。いったい何であろうかな、あのモービィ・ディックというのは……」

エイハブは、低い声で独語する。

「永遠に手にすることのできぬ、憧れのようなものか、はたまた黄金郷か、人が、心の奥で、焦がれずにはいられぬもの、求めずにはいられぬもの、それがモービィ・ディックなのか？」

エイハブの独語が止まらなくなっている。

「スターバックよ、おれは、時々、わからなくなることがあるのだ。もしかしたら、おれは、モービィ・ディックを憎んではいないのではないかとな。本当は、焦がれ焦がれて、愛しくさえ思っているのではないかとな。しかし、あやつは、このおれを振り向きもしない。おれはただ、やつに振り向いてもらいたいだけなのかもしれぬ。あるいはこのおれを殺して欲しいと、心の底ではそんなことを思っているのではないか。そうなのだよ、スターバック、おれは、あやつに殺してもらいたがっているのではないか……」

スターバックである万次郎は、答えられなかった。

ただ、うなずくことしかできなかった。

自分は、スターバックではありません——その言葉をエイハブに言うことができなかった。

「おれに、ピークオッド号の乗り組員たちに、死を要求する権利があるのか。もしも、このおれに、その権利があるのなら、乗り組員たちひとりひとりにも、おれに、このエイハブの死を要求する権利があるのではないか。ならば、スターバックよ、おまえにも、このエイハブを殺す権利があるというものだ。ああ、スターバックよ、このエイハブは、今こそおまえを必要としているのだ。このエイハブは、今こそおまえの助言を必要としているのだ……」

いつの間にか、エイハブと万次郎の周囲に、乗り組員たちが集まっていた。

そして、その一番前に立っていたのが、フラスクであった。

フラスクの後ろには、ダグーがいる。

そして、波の音。

風。

帆のはためく音。

向こうから聴こえてくる、ピップの透きとおった歌声——

〽主われを愛す
　主は強ければ
　われ弱くとも
　おそれはあらじ

エイハブは、いきなり、十歳も、二十歳も齢をとった、やつれきった顔になった。

その顔をあげて、皆を見た。

フラスクを見て——

「おう、スターバックよ、来たか」

そう言った。

次に、スタッブを見、

「おう、スターバック」

同じ言葉を口にした。

一同を見回し、

「おう、スターバック、スターバック、スターバックよ、よう来てくれた……」

エイハブは、掠れた、細い声で、スターバックの名を繰り返し口にした。

「これまで、どこに隠れていたのだね……」

一瞬、エイハブは、幼児のような顔になっている。

「エイハブ船長――」

フラスクが声をかける。

「なんだ、スターバック」

エイハブが言う。

スターバックと呼びかけられても、フラスクはそれを否定しなかった。

そして、その場にいる誰もが、エイハブのその言葉を否定しなかった。これまでと同じだ。今まで、幾度となく、エイハブは、この船にいないはずのスターバックの名を口にしてきた。しかし、誰も、エイハブのその言葉を否定しなかった。これまでと同じことが、今、またここで起こっているのである。

これまでと違っていることと言えば、ここにいるほとんど全ての人間に、エイハブは、今、スターバックと声をかけていることであった。

そして、もうひとつ違っていることがあった。それは、今、エイハブがひどく弱よわしくたよりなく見えるということだ。

幼児か、もう、歩くこともままならぬ老人のようであった。

フラスクは、エイハブに優しく声をかけた。

「もう、ナンタケットに、もどりましょうや。たしかに、もしもあのモービィ・ディックを仕留めることができりゃあ、でかい稼ぎになる。残りの樽の全てを奴の油で満たしてまだ余る。しかし、奴を仕留めるのは、並たいていのことじゃあない。まだまだ死人が出るだろうさ。それに、ボートを一艘やつに壊されたんだから、もう、三艘しか残っちゃあいねえ。これじゃあ、やつを仕留めることはできなかろうよ」

ここで、フラスクは、そこにいる者たちに視線を向けた。

「しかし、今、船倉の樽は、あらかた——七割がたは、鯨の油で満たされている。これでよしとすべきだろうよ。なあ——」

すると——

「何を言うのだ、スターバックよ」

エイハブが、椅子から立ちあがろうとしてよろけた。

万次郎が駆けより、肩を貸し、エイハブを支えて立ちあがらせた。

「またしても、同じことを言いだすつもりか。よいか、スターバックよ。おまえが口にすることは、いつも正しい。しかし、スターバックよ、人はいつもその正しい行動をとるとは限らぬのだぞ——」

「だが、これは、この船に乗っている者の総意だよ」

エイハブは、スターバックの台詞を自ら口にした。

「なんだと、なんだと、なんだとスターバックよ。この件では、おまえと何度も話をしたはずだ。この前の時も、おまえは、意見を変えようとせず、おまえは、おまえは、このおれを銃で、マスケット銃で、撃ち殺そうとした。何故だ。何故だ、スターバック。どうして、古くからの馴染みのこのおれを殺そうとしたのだ。おまえの抱いた女の数も、おれは知っている。おれが、港でねんごろになった女の数だっておまえは知っている。それなのに、何故だ。モービィ・ディックに嫉妬したか。あんまりおれが、やつに夢中になっているので、悋気しておれを殺そうとしたんじゃないのか、スターバックよ！」

エイハブの声が、だんだん大きくなってきていた。

「おまえは、おれを、銃で殺そうとしたのだ。弾をこめてな。だからおれは、だからおれは、ああ、スターバックよ、スターバックよ！　だから、おれは、おまえを殺したのだ、スターバックよ!!」

万次郎の肩によりかかったエイハブの身体が震えている。その身体が鳴っている。その声が、エイハブの身体の中に響いてくる。

それが、エイハブの身体から万次郎の身体に、直に伝わってくる。

衝撃的な言葉であった。

かつて、こんな風に、肩を貸したことのある老人がいた。

その老人のことを、万次郎は思い出していた。

羽刺の半九郎——

化け鯨の半九郎だ。

〝あいつ、殺しちゃる。殺しちゃる……〟

泣きながら、半九郎はそうつぶやいていた。

窪津の浜で、半九郎が、若い男から蹴り倒された時だ。

あの時も、万次郎は、こうして、半九郎の身体を支えていたのだ。
〝こらえてや、爺っちゃん〟
あの時、自分も泣きながら、半九郎を支えていたのではなかったのか。
その時、エイハブの声が、半九郎の声と重なって、万次郎の身体の中に響いてきた。
「小僧、もうえい……」
「もう、よい、小僧――」
万次郎が離れると、エイハブは、独りで立った。
身体が左に傾いてはいたが、しっかりと、甲板を踏みしめていた。
エイハブの今の声の響き……
スターバックでなく小僧と呼んだ今の、言葉……
エイハブは、正気に戻っている。
それが、わかった。
エイハブは、そこに立ったまま、肩で大きく息をしながら、皆を睨んでいる。
口を利く者はなかった。
万次郎の肩を、誰かが背後から優しく叩いた。
イシュメールだった。
「きみを、海で助ける十日ほど前の晩だよ……」
イシュメールが、背後から、万次郎の耳に唇をよせて、低い声で囁いた。

「その日の夕方、エイハブとスターバックは、モービィ・ディックのことで、激しい言いあいをしたのだ……」

その晩、スターバックは、独りで船長室を訪れた。

おそらく、夕刻に中断した話の続き、モービィ・ディックを追うのをやめて、引き返したらどうかという提案を改めてエイハブに伝えるために、スターバックは、船長室をたずねたのではないか――と、イシュメールは言った。

そして、これは想像なのだがと前置きして、イシュメールは万次郎に語った。

船長室のドアの横の壁に、マスケット銃が掛けられている――これは想像ではなく本当のことだ――のだが、ドアの前に立ったスターバックは、そのマスケット銃を手に取った。

話し合いをしても、決裂するのは、どうせわかっている。話が決裂すれば、ピークォッド号は、モービィ・ディックを追い続けることになる。そうなれば、全員が死ぬ。

しかし、出合わぬ可能性だってある。出合わぬ前から、こんなに真剣になるのは、もちろんおかしいが、逆に、出合ってからではもう遅いこともわかっている。

出合えば、エイハブは、必ずモービィ・ディックを追うだろう。

ならば、いっそ、この銃で、今、エイハブを撃ち殺してしまったら――

スターバックが、マスケット銃を手にしてドアの前で考えていた時――

そこへ、エイハブ船長が帰ってきたんだ。

エイハブは、その時、部屋にはおらず、独りで甲板の上にいたんだな。

そして、帰ってきた時に、銃を持ったスターバックを見つけてしまったのだ。

もちろん、スターバックは、本気ではなかったと思う。

しかし、銃を手にしていたのは本当だった。

そして、おそらく、心の中におそろしい考えが生まれていたのもね。

でも、スターバックは、その考えを実行しなかったはずだ。

スターバックに、そんなことができるわけがないのは、誰だってわかっているさ。

でも、スターバックは、銃を手にしていた。

それを見られた。

それは事実だ。

「何をしている、スターバック！」

これは、みんなが耳にしている。

大きな声だったからね。

「そのマスケット銃でおれを殺す気か⁉」

この声は、ぼくも耳にしたよ。

そして、次にぼくが話すのは、想像じゃない、実際にこのぼくが見た光景だよ。

駆けつけたぼくたちの前で、エイハブとスターバックは、銃を間に挟んで揉みあってたんだ。

そして――

銃が暴発したんだ。

そして、その弾丸は、スターバックの胸を貫いたんだ。

エイハブは、そこに、呆然と立ち尽くしていたよ。

ああ、スターバック、スターバックよ、どうしてこんなことに。ああ、なんということだ、なんということを、おれはしてしまったのか――

それで、我々は次の日、スターバックの葬儀を済ませ、その死体をホフマンの作った棺桶に入れて、海に流したのだ。

そして、十日後に、きみを海で見つけたんだ。しかも、きみは、スターバックの棺桶の板を持っていた。スターバックがきみを救ったのだ。それで、すでに心を病んでいたエイハブは、きみのことを、時おり、スターバックであると思い込むようになってしまったんだ。

よほど、強い衝撃を、スターバックの死は、エイハブ船長の心に与えたんだろうね。スターバックが死んだその日から、エイハブ船長は、時おり、まるで、スターバックが、生きてピークオッド号にいるかのようにふるまうようになっていたんだけどね。でも、我々は、それを放っておいたのだ。エイハブ船長のためにね。

いつだったか、きみに、このピークオッド号では、スターバックの名を口にしない方がいいと言ったのは、そういう意味だったんだよ……

そういうことを、イシュメールは、万次郎の耳元で、短く低い声で語ってくれたのである。

エイハブの、荒かった息が、だんだんともとにもどってきていた。

「スターバックは、死んだのだな……」

エイハブは、つぶやいた。

「おれは、それを忘れたわけではない。覚えているとも。自分が、時おり、この船の上に、スターバックの亡霊を見るようになったことも、自覚している……」

エイハブの眸が、澄んでいる。

ピップの、歌声が響いている。

「ナンタケットか……」

エイハブは、その名を口にした。

「麗しの、われらが故郷——妻や、子が、そこで我らの帰りを待っている。そこへ、帰りたくないなどとは、誰も思っていない。もちろん、このおれもだ……」

エイハブの眼から、憑きものが落ちたようであった。

穏やかな眼であった。

「いいだろう」

エイハブは、そう言ってうなずいた。

「諸君……」

と、エイハブが皆を見回したその時であった。空から、神の天啓のように、声が降ってきたのだった。

「鯨発見!!」

大きな声だった。

「モービィ・ディックだ。白鯨発見、前方、六十メートル!!」

なに!?

エイハブの眼に、別の光が点(とも)っていた。

「発見!」

「発見!!」

声は叫び続けている。

そして、皆は、前甲板へ走ったのである。

エイハブに肩を貸したのは、万次郎であった。

見る。

いた。

ピークオッド号の前方、六十メートル先の海面に、白い小山がもりもりと姿を現し、そして沈み、また浮いてくるということを繰り返していた。

悠々と、モービィ・ディックは泳いでいた。

まるで、ナンタケットへ帰ろうとするピークオッド号を誘うように。

そして、一同は、そこに見たのであった。

フェダラーの姿を——

三日前、打ち込まれたエイハブの銛に繋(つな)げられていた縄が、モービィ・ディックの背から生える幾本もの銛にからみついていた。

その縄にからめとられて、フェダラーが、モービィ・ディックの背に仰向(あおむ)けになっているのである。

フェダラーは、天を見あげている。

すでに生きていないのはわかっている。

しかし、フェダラーの身体で、生きているかのように動いているものがあった。

それは、右腕であった。

モービィ・ディックが浮き沈みするたびに、フェダラーの右腕が持ちあがり、ひょい、と動くのである。

モービィ・ディックの身体が沈み、また海面に持ちあがってくる。

すると、フェダラーの右腕が、ひょい、と持ちあがるのである。

まるで、おいでおいでをしているように。

さあ、来い。

何をしているのだ。

わしのことを忘れたか。

エイハブよ。

フラスクよ。

スタッブよ。

皆のものよ……

「おお、フェダラーよ、フェダラーよ」

エイハブは呻いた。

「忘れるものか、我が水先案内人よ。おぬしは、おれの、弱い心を、鼓舞しに来てくれたのだな。帰ることはならぬと、言いに来てくれたのだな。約束を破る気かと。逃げて、ひとりだけ暖かい暖炉の側へゆこうとするのを、止めに来てくれたのだな。わかっているとも。もちろんわかっているとも、忘れるものか、フェダラーよ、忘れるものか‼」

エイハブは、吼えた。

獅子のように。

そして、虎のように。

魔王のように、歯を噛み鳴らした。

「追え！」

「追え‼」

「追うのだ!!!」

エイハブは、猛った。

「スターバックを吊せ！」

狂おしく身をよじって叫んだ。

「モービィ・ディックを追うんだっ‼」

十八章　万次郎マスケット銃にて試されること

「おお、エイハブ！」スターバックがさけんだ。「いまからでも遅くはありません。ご覧ください！　モービィ・ディックはあなたを求めてはいません。やつを狂ったように求めているのは、あなた、あなた、あなたなのです！」

――ハーマン・メルヴィル『白鯨』
岩波文庫　八木敏雄・訳

一

モービィ・ディックが、ゆっくりと遠ざかってゆく。

すでに、距離は一千メートルは開いたであろうか。

水平線の手前に、海鳥が群れている。

その下に、モービィ・ディックがいることはわかっている。

エイハブは、それを睨み続けているのである。

どんなに帆を張って、風を受けても、ピークオッド号は追いつけず、モービィ・ディックは遠くなってゆくばかりだった。

そのうちに、日が暮れて、たそがれが海に迫ってきた。

暗い。

もう、誰の眼であっても、モービィ・ディックの上を舞う、カモメの群（むれ）の姿をとらえることはできない。

それでも、エイハブは、椅子に座り続け、前方の闇を睨んでいる。

皆が食事を口にしても、エイハブだけは食事をとらなかった。

夜になって、中天に月が昇った。

明るい月だ。

万次郎（まんじろう）は、ずっと、エイハブの横にはりついている。

いつの間にか、万次郎は、この老船長に愛情のようなものすら持ちはじめていた。

「水……」

と、エイハブが言う。

「はい」

万次郎は、船室に降り、木のカップに水を入れて持ってくる。

エイハブは、その全てを飲み干した。

「もう一杯？」

「いや、充分だ……」

エイハブは前方を睨み続けている。

「モービィ・ディックが見えるのですか？」

万次郎が問う。

「見えている」

エイハブが、前方を睨みながら答える。

「モービィ・ディックも、その上を舞う鳥の群も。鳥が鳴きかわす声も聴こえるし、モービィ・ディックの背で、月を見あげているフェダラーの姿もな。ほら、今、また潮をふいた……」

本当であろうか。

と、万次郎は思う。

しかし、エイハブ本人が見えていると言うのなら、彼の眼には間違いなく鳥の姿が見え、その声が聴こえ、潮吹きも見えているのであろう。

カップを置いてもどってきても、まだエイハブは、同じ姿勢で海を睨んでいた。

幾度となくエイハブの様子を見にやってくる者もいたが、誰もエイハブには話しかけないし、エイハブもまた、彼らに声をかけることはなかった。

エイハブは、眠らないつもりなのだ。

それがわかる。

万次郎もまた、眠らずに、エイハブにつきあうつもりだった。

イシュメールがやってきた時、

「眠った方がいい」

万次郎に声をかけてきた。

しかし、万次郎は首を左右に振って、

「眠くないんです」

そう答えた。

イシュメールが去って、しばらくした時、

「小僧、眠らぬのか」

エイハブが、珍しく水以外のことで話しかけてきた。

「眠くないんです」

万次郎は、イシュメールに言ったのと同じ言葉を口にした。

それでまた、少しエイハブは沈黙した。

後は、帆が風を受ける音と、船体に波がぶつかる音が響くばかりだった。

すると——

「なあ、小僧よ……」

エイハブが、また声をかけてきた。

「何ですか」

「おれは、幻を追っているのか……」

エイハブは言った。

「幻？」

「そうだ、モービィ・ディックは幻なのではないか」

「――――」

「追えば追うほど、モービィ・ディックは遠くなってゆく。やつは夢か。どれほど追っても手に入らぬ夢のようなものか――」

もちろん、これは、万次郎の手に余る問いであった。

「夢だというのなら、追うことに、追い続けることに価値があるのか……」

エイハブは首を左右に振った。

「いいや、違うぞ」

自分で、自分の言葉にうなずく。

「うん。違う。あれは、モービィ・ディックは、夢や幻などではない。この世に間違いなくあって、間違いなく生きているものだ。夢が、おれの片脚を喰うものか。幻が、ここまでおれを駆りたてるものか――」

エイハブは、ひと晩中、似たような独白を繰り返し続けた。

二

翌朝――

陽が昇ってみると、モービィ・ディックは、もう、どこにも見えなくなっていた。

どこから飛んできたのか、一羽のカモメが、主檣（メイン・マスト）のてっぺんにとまっている。

それでも、ピークオッド号は、眼に見えぬ遠い水平線の向こう側にむかって進み続けていた。

昼になった。

エイハブは、眠らなかった。

そして、食わなかった。

ただ、万次郎が運んでくる水だけを口にした。

万次郎もまた、エイハブの傍らにあって、眠らなかった。

途中、わずかな水を飲み、イシュメールが持ってきたパンを口にしただけだ。

そして、ついに、その日の昼すぎ、乗り組員たちが、再びエイハブの周りに集まってきたのである。

皆の中心にいるのは、フラスクであった。

「船長……」

と、フラスクが声をかけてきた。

エイハブが、フラスクを見ずに言う。

「何だね」

エイハブが見つめているのは前方の波だ。

「ピークオッド号の乗り組員全員のかわりに、あんたに言いたいことがある……」

フラスクは言った。

「言うてみよ」

「それは、あんたには、我々の命を自由にする権利はない、ということだ」

フラスクは、はっきりとそう言った。

ここで、ようやく、エイハブはフラスクたちを見た。フラスクをしばらく見つめ、次に、フラスクの背後にいる乗り組員や、その横にいる水夫たちを見やった。

そこには、スタッブの顔もあった。ダグーの顔も、タシュテーゴの顔も、ホフマンの顔も、団子小僧の顔もあった。後ろの方には、クイークェグとイシュメールの顔もあった。

どこからか、ピップの歌う讃美歌(さんびか)の声が聞こえてくる。

しばらく、彼らの顔を見つめ、やがて、何ごとか決心したように、

「小僧、マスケット銃をここに――」

エイハブは、万次郎に言った。

「おれの部屋の、ベッドの上に置さっ放しになっている。それをここに持ってくるのだ」

「はい」

万次郎は、うなずき、駆け出した。

すぐに、マスケット銃を手にしてもどってきた。

エイハブは、それを両手で受け取った。

舵輪に背を預けてはいるものの、エイハブは、今、自力でそこに立っている。

「よく聞いてくれ、諸君――」

エイハブは、おごそかな声で言った。

「わしは今、わしの復讐のために、諸君の命を奪おうとしている……」

エイハブは、いったん言葉を切り、あらためて乗り組員たちを見つめ、

「諸君には、それを拒否する権利がある」

そう言った。

「それは、このエイハブを殺す権利である」

全員を睨んだ。

「わしが、諸君の命を奪おうとしているように、諸君も、このエイハブの命を奪ってよいのだ。モービィ・ディックを追う旅にゆきたくない者は、このマスケット銃で、このエイハブを、今ここで撃ち殺すがいい」

答える者はなかった。

「これから、ひとりずつ、このマスケット銃を手渡す。全員だ。ゆきたくない者は、銃口をこのエイハブの胸にあて、引き鉄を引けばよい。それ以外に、このエイハブを止める手だてはないと知れ」

声は低かったが、凄まじい宣言であった。

誰も、身動きしない。

「ここにいる全員が証人だ。誰が引き鉄を引いても、それは殺人ではない。わしは誰も恨まぬ。むしろ、引き鉄を引いてくれた者に感謝すらするだろう。わしの死体は、そのまま海へ放り込んで、鮫の餌とするがよい。それこそが、このエイハブにふさわしい葬儀である……」

エイハブは、フラスクを見やり、

「おまえからだ、フラスク」

マスケット銃を差し出した。

フラスクは、動かない。

「どうした。受け取らぬのか。早くその両手でこの銃を持つがよい。弾は込めてある。銃口をこのエイハブの胸にあてて、引き鉄を引くだけでよい」

エイハブが、フラスクの胸に、マスケット銃を押しつけるようにすると、フラスクは、ようやくそれを両手で受け取った。

「こいつは、ずるいですぜ、船長。しかも、このおれが最初だなんて——」

「そうさ。おまえが最初だ。おまえが皆にかわって引き鉄を引くのだ。そうすれば、皆が楽になる……」

「くそっ」

フラスクは呻(うめ)いた。

「どうだ。撃たぬのなら、次は誰でもよい。おまえの好きな人間に、その銃を渡すがよい」

ぐぐっ、
と、フラスクは、喉(のど)に声を詰まらせた。

フラスクは、銃を、自分の身体から突き放した。

「いいさ。もう、モービィ・ディックとは出合うわけがねえんだ。おれたちは、もう、やつには出合わない。つまり、結論は、おれたちの行く先は、海の底じゃあなく、ナンタケットのバーってわけだ。そうだろ？」

フラスクは数度首を振って、マスケット銃を近くにいたタシュテーゴに手渡した。

「おまえの番だ」

フラスクは、そう言って大きく息を吐いた。

タシュテーゴは、マスケット銃を受けとって、途方に暮れたような表情をして、救いを求めるように、仲間の顔を順番に見つめ、やがて、覚悟を決めたように、

「白状しておくよ……」

その言葉を吐き出した。

「おれは、本当は、臆病(おくびょう)な人間だ。鯨が怖いんだ。ただ、これまで逃げたことだけはない。銛(もり)を握ったら、臆病だろうが何だろうが、たとえおふくろが死んだって、それを鯨

目がけて投げなきゃあいけない。それは、おれが銛打ちだからだ。泣きながらだって、震えながらだって、銛を投げなきゃあならない。それは、おれが銛打ちだからだ。しかし……」

タシュテーゴは、泣きそうな眼つきになり、

「しかし、こんどだけは、こんどだけはおれは、生きてナンタケットへ帰りつきたい。本当にそう思ってるんだ。だが、人殺しにだけは……人殺しにだけは、なるわけにゃあいかねえ……」

持っていたマスケット銃を、スタッブに渡した。

スタッブは、明らかに困惑していた。

「待てよ。何で、こんな茶番に、おれがつきあわなきゃあ、ならねえんだ。人を試していいことと、悪いことがあるだろう。こんなことはやめて、もう、それぞれの持ち場へ戻ろうじゃないか。どうせ、もう、モービィ・ディックに遭遇することはないんだ。そんな奇跡が起こるものか。もしも、モービィ・ディックのやつが現れて、エイハブ船長が、奴を追っかけろなどと言うんなら、そん時は、エイハブをふんづかまえて、縄で縛り、おれたちみんなでナンタケットへ向けて、帆を膨らませりゃいいってことだろう」

次は、ダグーだった。

ダグーは、マスケット銃を両手で持ち、哀しそうに首を左右に振って、無言のまま、それをクイークェグに手渡した。

クイークェグは、渡されたその銃を手にして、イシュメールの前に立った。

澄んだ眸でイシュメールを見つめ、

「友よ、おれは震えているかね？」

そう問うた。

「いいや、きみの背骨はいつだって、天に向かって真っ直だよ」

イシュメールが言う。

「我が友イシュメールよ、おれを見ていてくれないか。死の間際に、おれが怯まぬように。おれが、見苦しい悲鳴をあげて、やつに背を向けることのないように――」

「もちろんだとも――」

「結果を思って、仕事をするのは卑しい。おれはいつだって、眼の前のやるべき仕事に向かって全力を尽くすだけだ。それだけだ。他にいらない。人の仕事というのは、そういうものだ――」

「ぼくもそう思うよ」

「ありがとう、我が友よ。今、ここで言っておこう。おまえに出会えておれは本当に幸せだった。人とは、いずれゆくものだ。この大海原で、ひとつの波ともうひとつの波が出合うのは稀だ。しかし、おれたちは出会い、ほんの一時同じ風の中にいた。それでいい。それで、充分おれは満ち足りている。どのような風の中であれ、いついかなる時であれ、おれは、ただひとつのことしかできない。それは、おれの仕事をまっとうするということだ——」

言い終えて、クイークェグは、マスケット銃をイシュメールに手渡し、その肩を優しく抱擁した。

そして、エイハブのところまで歩いてゆき、その横に、並んで立った。

イシュメールは、しばらく無言だった。

そして、手にしていたマスケット銃を、横にいた万次郎に手渡した。

「きみにも権利がある。トサに帰りたいんだろう？」

そう言って、万次郎の肩を叩いてから、クイークェグの横に並んだ。

万次郎は、思いがけなく手渡されたマスケット銃に、眼をやった。

さっき、エイハブの船室から運んできた時より、倍以上に重さが増しているような気がした。

その増えた重さは、万次郎自身の迷いの重さだった。

万次郎は、考えている。

どうする。

どうしたらいいのか。

この重さを、どうしたらいいのか。

万次郎は、エイハブを見やり、

「これは、ぼくが好きにしていいのですか」

そう訊ねた。

「もちろんだ。小僧よ、おまえの好きにしてよい」

エイハブの声に、迷いはなかった。

スターバックなら、どうするだろう。もしも、自分がスターバックのかわりにピークオッド号に乗ったのなら、どうするのが正しいのか。

いったい、自分の役目は何なのか。

万次郎は、天を見あげた。

人をこのような試みの前に立たせてよいのか——

青い天に、白い雲が流れていた。

爺っちゃんの墓の上を流れていた雲と同じだった。

その白い雲が眼に入った時、万次郎は、自分の内部にその答えがあることを知った。

万次郎は、マスケット銃を抱えたまま、走った。左の舷墻まで駆け、その勢いのまま、手にしていた銃を、おもいきり海に向かって放り投げた。

マスケット銃は、二度、三度、宙で回転し、海に落ちて、すぐに見えなくなった。

万次郎が振り返ると、皆の視線が自分に集まっているのがわかった。

「小僧……」

エイハブがそう言った時——

「鯨発見!!」

見張りの声が、落下する鳥のように、主檣(メイン・マスト)のてっぺんから、甲板に降ってきた。

そのひと声で、船内の空気が一変していた。

「右舷前方、三百メートル!」

「鯨発見!」

「鯨発見!」

たて続けに、声が落ちてくる。

続いて降ってきたのは、

「二頭です、マッコウクジラが二頭!」

そういう声であった。

「奴か!」

エイハブが叫んだ。

「モービィ・ディックか!!」

「違います!」

声が言う。

「一頭は、母親。もう一頭は、子鯨です!!」

一瞬、ピークオッド号に張り詰めた緊張が、そのひと言で、わずかに緩んでいた。

誰もが、その時、見つかった鯨はモービィ・ディックであろうと考えたのだ。

しかし、そうではなかった。

エイハブは、ひと呼吸、ふた呼吸、沈黙し考え、そして叫んでいた。

「ボート、下ろせえ！」

十九章　最後の闘い、カモメを摑んだ手のこと

すると、巧妙なバネ仕掛けと抜群の浮揚力によって船体から分離された例の棺桶の救命ブイが、猛烈な勢いで海面に浮上し、縦ざまに空中にとびあがり、横ざまに海に落ち、わたしのすぐそばに漂流してきたのである。わたしはその棺桶につかまり、ほとんどまる一昼夜、おだやかに挽歌をかなでる海原をただよった。サメどもは口に錠前をかけたように敵意なく泳ぎ去り、トウゾクカモメたちはくちばしに鞘をしたようにおとなしく空を舞っていた。二日目に、一隻の帆船がちかづいてきて、ついにわたしをひろいあげた。それは迂回しながら航行するレイチェル号であった。失われたわが子をもとめて往復運航をしていたレイチェル号は、わが子ならぬもうひとりのみなしごを見つけたのであった。

——ハーマン・メルヴィル『白鯨』
岩波文庫　八木敏雄・訳

一

「やめい、やめい！」

エイハブが叫んだ。

「銛も槍も、もう打ち込んではならぬ!!」

エイハブが、三艘のボートにそう命令したのは、クイークェグが、みごとに子鯨に銛を突き立てた時であった。

その声は、ピークオッド号の上から、なりゆきを見守っていた万次郎の耳にも届いてきた。

漕ぎ手がオールを引く手を止めると、ボートも動かなくなった。

エイハブは、ボートを下ろした時から、

「母鯨には何もするな。子鯨をねらうのだ」

そう叫んでいた。

スタッブとタシュテーゴのボート。

フラスクとダグーのボート。

そして、エイハブとクイークェグのボート。

海に浮いているのは、この三艘のボートだった。

イシュメールはクイークェグのボートの二番オールを握っている。

舳先に立って、一番銛を子鯨に打ち込んだのは、クイークェグであった。エイハブは、そのボートの一番後ろにあって、義足の折れた左膝を船縁にのせて立ち、指揮をとっているのである。

どうして、このような編成となっているのか。

それは、前回のモービィ・ディックとの闘いで、エイハブとフェダラーの乗ったボートが壊され、エイハブ以外の漕ぎ手全員が死んでしまったからだった。

それで、エイハブが、万次郎と代わって、クイークェグのボートに乗ることになったのである。

しかし、エイハブは、左脚の義足である鯨の骨を折られてしまったため、ボートの前方に立って、銛を打ち込むことができなくなってしまった。それで、エイハブが後方に回り、クイークェグが前に立つことになったのだ。

「母鯨は、追わぬでよい。我らのねらいは、この子鯨だ」

この声も、万次郎の耳まで届いてきた。

子鯨との、ほとんど一方的な闘いは、ピークオッド号のすぐ眼の前で行われたので、万次郎にも、その様子はよく見え、エイハブの叫ぶ声も聞こえてくるのである。

「あとは何もするな、ただ、待て——」

その声を耳にした時、万次郎は、ほとんど悪魔的な、エイハブのたくらみを理解したのだった。

半九郎(はんくろう)が、白い化け鯨と出合ったのは、子鯨を仕止めたおりのことだ。

これは、万次郎が、直接半九郎から聞かされたことであった。

〝新太(しんた)も、甚平(じんべい)も、長太郎(ちょうたろう)も、喜助(きすけ)も、もう腰が抜けてよ、船ん中でがたがた震えちょうだけやった〟

そして、子鯨を助けにやってきた化け鯨に、半九郎を残して全員が殺されたのだ。ピークォッド号に乗ってからも、モービィ・ディックが子鯨を助けに来たという話は耳にした。

その話をしてくれたのは、ガブリエルだったはずだ。

〝モービィ・ディックは、群れない。いつも単独で、一頭で行動している。で、こいつが他の鯨と一緒に現れる時は、他の鯨を守る時だってね〟

〝五年前の、イギリスのマーリン号がやられた時もそうだったって、おれは聞いてるよ。マーリン号が、子連れの雌鯨を追っかけてる時に、モービィ・ディックが現れて、ボート三艘をみんな沈めちまったんだよ〟

その時、ガブリエルが口にした言葉も、声の抑揚も、みんな覚えている。

そして、もちろんそれは、すべてエイハブの知るところなのであろう。

今、エイハブは、死に瀕した子鯨と、その周囲を心配そうに回っている母鯨を囮にして、モービィ・ディックをおびきよせようとしているのである。

おそるべき、エイハブの執念であった。

二

鯨が、水中で、互いに会話をしていることは、広く知られている。鯨の種類によって、その声は違っているのだが、棲(す)む海域や家族、群(むれ)によって、方言まで存在しているのである。

声の音域は、これも種類によって違うのだが、低い音、低周波であるというのは共通している。

では、その声はどこまで届くのか。

シロナガスクジラでは、通常で、どれほど少なく見つもっても百キロ——場合によっては、八百キロ、千キロ先までその鳴き声が届く。

声の大きさは、シロナガスクジラで、最大、百八十八デシベルが観測されている。ジャンボジェット機のエンジン音が、百七十デシベル前後であることを考えれば、鯨が、いかに大きな声を出せるかがわかるであろう。

ところが、観測史上、最も大きい声が記録されたのは、シロナガスクジラではない。マッコウクジラである。その音量、二百三十六デシベル。

その声は、千数百キロの彼方(かなた)まで届いたことであろう。

鯨が、鳴き声によって会話しており、その声が遠くの海域まで届くということは、捕鯨船乗りの間では、広く知られていた。

そして、人間と同様に、家族思いであるということも、よく知られていたのである。

一頭の鯨を仕とめた時、仲間の鯨が、死んでゆく鯨を気遣うように、周囲をいつまでも回っていたという光景は、多くの捕鯨船乗りの目撃しているところであった。

子鯨は、三艘のボートに囲まれている。

背に突き立った銛に、縄が繋(つな)がっているので、潜るに潜れない。大人の鯨であれば、ボートを引き込んで潜ることもできるが、子鯨ではそうもいかない。

ボートより、ひと回りは小さい子鯨だった。

子鯨の周囲に、赤く血が広がっている。

「さあ、来い。モービィ・ディックよ。こやつの泣き叫ぶ声が聞こえぬか――」

エイハブが、子鯨を眺めながら言う。

「どんなに離れていようが、この声はおまえに届いていよう。この子鯨の声は、おまえを呼ぶこのエイハブの愛の言葉と知れ」

エイハブのその声は、ピークオッド号の甲板にいる万次郎の耳にも届いている。

エイハブの言葉通り、子鯨が、さかんにもがいて声をあげているのがわかる。

赤い血の色はいよいよ広がって、あたりには血の臭いが満ちた。

しかし――

モービィ・ディックは姿を現さなかった。

万次郎がピークオッド号からその光景を眺めれば、子鯨の血でできた赤い海に、三艘のボートが浮いているように見えた。

子鯨の鳴きあげる声は、万次郎の耳にも届いている。

万次郎は、それが、故郷の中浜にいる母志をを呼ぶ自分の声のようにも思えた。

ここまでするのか――

そう思った。

ここまでやるのか、エイハブ。

モービィ・ディックを、求めるあまり、狂ったか。

向こうで、時おり潮を噴きあげながら、周囲を行ったり来たりしている母鯨が、志をのような気もしてきた。

もとより、この母子の鯨には、どういう罪もないのだ。それを言うなら、そもそも、モービィ・ディックにだって罪はない。あの白い化け鯨は、人間に襲われ、自分の身を守るために、人間と闘っただけではないのか。

しかし、今は、万次郎のどのような思いも、エイハブには届かない。そしてモービィ・ディックにも――

ただ、時が過ぎてゆく。

風が止んだ。

何ごとも起こらない。

薄気味悪いほどに、風が凪いでいる。

ゆるやかに上下する波の上で、ボートとピークオッド号だけが揺れている。

万次郎は、右舷の舳先近くに立って、自分の銛を左腕で抱え、舳先の向こうにいるボートを眺めている。

子鯨に銛が打ち込まれてから、一時間は過ぎたであろうか。それとも、二時間が過ぎたであろうか。

誰も、声を発する者はいない。

ただ、ピップが時おり歌う讃美歌の声だけが、響いてくる。

この世のものではないくらいに、高く、澄んだ声が、天の高いところから、薄い羽根のようなものをつけて、きらきらと光りながら降りてくるようであった。

さらに時間が過ぎてゆく。

と——

万次郎は、何かの気配のごときものを感じとっていた。

何だ!?

何なのか、これは。

音なのか、臭いなのか、視覚なのか——自分の身体の何かがそれを感じとっているらしい。しかし、その身体の部位がわからないのだ。

しかも、それは、ゆっくりと近づいてきている。

それがわかる。

何だかはわからないが、その気配の背後に、おそろしく巨大なものの発する熱量のようなものが感じられるのである。

いったい、自分の身体のどこがそれに反応しているのか。

わかった。

手であった。

右手だ。

舷墻（げんしょう）の上にのせた手に、それが伝わってくるのである。

震えだ。

ごく微（かす）かな。

最初は、あまりに微かな震えであったので、気づかなかったのである。

しかも、それは、ゆっくり大きくなっている。

それが、近づいてくる。

だんだんと、大きくなってくる。

とてつもなく巨大なものだ。

それが、わかる。

しかし、海の上には何も見えるものはない。

近づいてくるとしたら、それは海の中だ。

船体が、びりびりと小刻みに震えているのが、今は、はっきりとわかるようになった。

この量感。

質量。

山か。

山が、海の底から浮上してこようとしているのか。

それとも、地球の地核そのものが、深海から持ちあがってこようとしているのか。

違う。

これは、あいつだ。

あの、白い化け鯨。

モービィ・ディックだ。

この時には、ピークオッド号全体が、この海の底から近づいてくるものに、共鳴しはじめていた。

はっきりとわかる。

「な、なんだ、これは？」

万次郎の少し右にいる船大工のホフマンも、それに気づいていた。

おん……

と、ピークオッド号が鳴った。

まるで、楽器のように。

長さ五十五メートルを超える、チェロ。
それが、ピークオッド号だ。
おん、
ピークオッド号が鳴っている。
海底から近づいてくるものに反応し、共鳴し、海の楽器のように鳴っているのだ。
おん、
おん、
帆が膨らんで、鳴る。
何本もの帆綱が、弦のように鳴っている。
オン、
オン、
オン………

三

子鯨を囲んだ三艘のボートでも、同じ現象が起こっていた。
びりびりと船体が震え、

オン、
オン、
と、ボート全体が鳴りはじめたのである。

「こりゃあ、何でえ」

座っていたスタッブが立ちあがる。

「何かが、やってくる!?」

タシュテーゴも立ちあがって、銛を構えてボートの周囲に、視線を送った。

「来るぞ、何かが来やがるぜ！」

フラスクが、声をあげる。

「何だってんだ、いったい何がくるってんだ!?」

身体の大きなダグーが、脅えたように、半分腰を落とした格好で、船縁を両手で摑んでいる。

その正体について、はっきり叫んだのは、エイハブだった。

「やつだ。やつが来るぞ。モービィ・ディックが襲ってくるぞ！」

身体の左側が傾くのもかまわず、ボートの上に立った。

「クイークェグ、銛を構えよ！　油断するな、来るぞ！」

エイハブは、自らも両手に銛を握り、それを杖として、海を睨む。

クイークェグは、無言で、銛を右手に、槍を左手に持って、舳先の上に立った。

「皆のもの、腹をくくったか。おふくろに挨拶(あいさつ)を済ませたか。ここから先は、モービィ・ディックのこと以外は考えるな。死にもの狂いというのが何であるのか、このエイハブに見せよ。狂え、狂ってよいぞ!!」

エイハブは、叫び続けている。

三艘のボートが、鳴り続けている。

海底から浮上してくるモービィ・ディックの鳴きあげる声に、海に浮く全てのものが共鳴しているのである。

それを、最初に見たのは、エイハブだった。

エイハブのボートの真下——深い海の底に、青いものが見えた。

海の表面が揺れているので、最初、それは小動物のように見えた。

オン、

オン、

オン、

それは、鼬(いたち)だった。

白い鼬が、海の中で踊っているのである。

白いものが、青く見えるのは、それは、その白いものと自分との間に、海の水があるからだ。それが、踊っているように見えるのは、海面を波が動いているからである。

もちろん、それは、鼬ではなかった。

だんだんと、近づいてくるにつれて、それが大きくなってくる。

白くなってくる。

そして、踊らなくなった。

オン！

オン!!

オン!!!

「来るぞ、やつだ!!」

エイハブは、そう叫び、

「うおおおおおっ!!」

それが浮上してくる寸前、雄叫(おたけ)びをあげて、その瘤(こぶ)のような白い盛り上がりに、おもいきり銛を突き下ろしていた。

その瞬間、海から、モービィ・ディックが、その白い姿を現したのであった。

地球が吐き出した怪物。

荒ぶる海の神のように、その瘤に銛をはやしたまま、モービィ・ディックが地球の上に立ちあがろうとしたのである。

エイハブのボートの真下からだった。

モービィ・ディックは、浮上しざまに、その巨大な顎(あぎと)にボートを咥(くわ)え、宇宙に向かって、鼻面を持ちあげ、風の中にその巨体を躍りあげていたのである。

ばらばらと、ボートから、海に向かってボートの漕ぎ手がこぼれ落ちてゆく。

イシュメールは、かろうじて船縁に両手で掴まって、ボートにぶら下がっていた。

高い。

高い。

ボートは、どんどん持ちあがってゆく。

そのボートの舳先に、まだ、クイークェグは仁王立ちになっている。

その姿が雲に届きそうだ。

「イシュメールよ！」

クイークェグが叫ぶ。

「おれを覚えておけ!!」

そして、クイークェグは、銛を真下に向けたまま、モービィ・ディックの、大きな歯に囲まれた顎の中に、身を躍らせたのである。

「クイークェグ!!」

イシュメールが叫ぶ。

その時が、イシュメールの手の力の限界だった。かろうじてボートの船縁にひっかかっていた指先が離れた。

泡立つ海に向かって、イシュメールの身体が落ちてゆく。

「ううぬ！　ううぬ!!」

エイハブだけが、まだボートに残っている。

エイハブのすぐ横で、モービィ・ディックの顎によって、船体が潰されてゆく。

悲鳴のような音をたてて、ボートがふたつに割れた。

エイハブは、より高い空中に放り出された。

モービィ・ディックが、海にもどってゆく。

その白い背が、宙に浮いたエイハブの足の遥か下方に見えている。

落ちはじめた。

「おのれ、モービィ・ディック！」

どうしてくれようか。

もう、エイハブの手に銛はない。

両手は空だ。

どうしたらよいのか。

もう、やることは本当にないのか。

いいや、まだ、やれる。

まだ、やらねばならない。

命がある限り、生きる。生きるということは、モービィ・ディックと闘うことだ。

モービィ・ディックの身体が、海面に触れて、再び、その姿は海中に潜ってゆこうとしていた。

その背に、フェダラーが仰向けになって、エイハブを見あげていた。フェダラーの手が、おいでおいでをするように、エイハブをまねいている。

ここだよ、エイハブ。

それで終わりか、エイハブよ。

わしは、ここにいるぞ。

さあ来い、エイハブよ。

人には、生きている限り、やらねばならぬことがあるのだ。

フェダラーは笑っていた。

「おお、フェダラーよ」

待っていろ。

おれは、決してあきらめたりしないからな。

今、これから、おまえのところへ行ってやる。

あるぞ。

あるのだ。

まだ、やることが。

エイハブは、真っ直に、落ちた。

足から。

マッコウクジラの骨で作られた、義足から。

「モービィ・ディックよ、おれと共に死ね!!」

鋭く尖った義足の先が、モービィ・ディックの背の中に潜り込んだ。

空中から落下した全ての勢いと重さをのせて、義足が、エイハブの想いの如くにモービィ・ディックの背に突き立ったのである。

その瞬間――

折れた。

エイハブの、左脚の、大腿骨が。

そして、その折れた先が、エイハブの内臓に、下から突き刺さったのである。

おそるべき激痛が、エイハブを襲った。

エイハブは、咆えた。

モービィ・ディックが動くたびに、刺さった大腿骨が動いて、エイハブのはらわたを搔きまわすのである。

しかし、エイハブは死ななかった。

おれは、プロメテウスか……

エイハブは、激痛の中で思う。

プロメテウスは、ギリシャ神話の神であり、人間に火を与えた。

それを大神ゼウスが怒り、プロメテウスを捕らえて、カウカーソス山の頂に磔にしてしまったのである。

そこへ、毎日、大鷲(おおわし)が飛んできて、プロメテウスの肝臓を食べるのだ。しかし、神であるプロメテウスは死ぬことができない。食われた肝臓は、ひと晩で再生する。かくして、プロメテウスは、永遠に続く苦痛の中に身をおくことになったのである。

後に、英雄ヘラクレスの手によって救出されるまで、それは続いたのだった。

「見よ、フェダラーよ」

苦痛の中で、エイハブは、傍のフェダラーに語りかけた。

「おれは、生きながら神話になったぞ……」

四

スタッブと、タシュテーゴのボートの前に、巨大なモービィ・ディックの顎が出現した時、ふたりは見た。

その口の中にクイークェグがいるのを。

クイークェグは、まだ生きていた。

クイークェグは、モービィ・ディックの口の中で両膝(りょうひざ)を突き、両手に持った槍を立てて、その巨大な顎が閉じられるのを防いでいたのである。ふたりは、その大きな歯に囲まれた顎が閉じられ、クイークェグが支えにしていた槍が折られるのを見た。そして、それが、ふたりがこの世で見た最後の光景となった。

何故なら、その顎が閉じられた時、スタッブもタシュテーゴも、ボートごと、その口の中にいたからである。

五

ダグーの死は、まさにこの男らしいものであったと言っていい。

真上から、モービィ・ディックの大きな白い尾が打ち下ろされてきた時、ダグーは、銛を捨て、両手を持ちあげて、まるで落ちてくる天を支えようとでもするかのように、仁王立ちになって、その両の掌で、その一撃を受けたのである。

即死であったが、まさにこの行為によって、ダグーの死すべき時間が、一秒の何千分の一かは先に延びたことであろう。

同じボートのフラスクは、何もしなかった。

船縁に腰を下ろした老人が、白い雲を見あげるような顔で、落ちてくる尾を、優しげな微笑さえ浮かべて見つめていたのである。

即死。

モービィ・ディックがひとしきり暴れた後に、海面に浮いているのは、かつてボートであったものの残骸と、無数の死体だった。

あたりは、もとのような、穏やかな海にもどりつつあった。すでに、あの母子の鯨の姿はどこにも見えなかった。

勝利を宣言するように、モービィ・ディックは、大きく音を立てて潮を吹いた。

そこに、美しい虹ができた。

そして、モービィ・ディックは、見つけたのであった。

まだ、その形を残して海に浮いているもの――

それは、ピークオッド号であった。

六

万次郎は、その全てを、ピークオッド号から見ていた。

フラスクのボートが、叩き潰された時――

ピークオッド号の甲板に悲鳴があがった。

そして、それよりさらに高い悲鳴があがったのは、ピークオッド号に向かって、モービィ・ディックが進んできた時であった。

「くそったれ、あいつめ、こんどはこっちに突っ込んできやがった」

ホフマンが、頭に両手を当てて、唸り声を発した。

「神さま」

そういう声があがる。

〽主われを愛す
　主は強ければ
　われ弱くとも
　おそれはあらじ

ピップの歌声が、どこからか聴こえてくる。

万次郎は、ピークオッド号の上から、近づいてくるモービィ・ディックを見つめていた。

白い、巨大な海の一部。

その頭部に、盛りあがった青い海水が被さって、それが左右に分けられ、白い泡立ちとなって広がってゆく。

そして、無数の銛の林――

美しい夢のように、モービィ・ディックが近づいてくる。

万次郎は、それが、不思議と怖くなかった。

夢。

記憶。

思い出。

それは、人の脳の中から立ちあらわれてくる、実体化した幻のようであった。

人が、畏(おそ)れ、崇拝するもの。恐怖し、忌み、遠ざけようとするもの——それが、近づいてくるのである。

神が下した審判のように……

あるいは、神というかたちをなす前の、根元的な、自然の底にあるもの。それがまだ神と悪魔とに分かたれる前の姿、かたち——それこそがこの自分であると、モービィ・ディックは言っているようであった。

「来るぞ!」

「掴まれ!」

何人かが叫んだ時、ピークオッド号の横腹、右舷に、激しくモービィ・ディックがぶつかってきた。

轟音!!

凄(すさ)まじい音がした。

めきっ、

めかっ、

と、船体をかたち作っている船板が、軋(きし)み、折れる音がした。

右舷の舷墻に左手で掴まっていた万次郎は、海に転げ落ちそうになった。

両足と、右手に握った銛を支えにして踏んばり、左腕で舷墻を抱えて、万次郎は、やっと、海に向かって自分の身体が投げ出されるのを防いだ。

何人かが、海に転げ落ちた。

モービィ・ディックの姿が消えていた。

逃げたか⁉

そう思っていると、

「左だ！」

「左舷からくるぞ！」

そういう声があがった。

左舷、八十メートルの海面に、モービィ・ディックの、白い背が出現して、また、こちらに向かって泳ぎ出した。

二度目の衝撃は、一度目よりも、さらに凄まじかった。

さらに数人が海に落ち、ピークオッド号が、歪(いび)つなかたちに折れ曲がっていた。

「浸水したぞ！」

船倉から、声があがった。

強い、鯨の油の香りが、万次郎の鼻に届いてきた。積んでいた油の入っていた樽(たる)が倒れ、割れて、そこから油が流れ出したらしい。

「もう、駄目だ」

という絶望の声があがる。

三度目は、なかった。

モービィ・ディックの姿が消えたのである。

助かったか――

誰もがそう思いかけた時、

「前だ、次は前だぞ」

誰かが叫んだ。

見れば、前方百メートルのあたりに、モービィ・ディックの背がまたもや出現していたのである。

「見ている！」

「やつが、こっちを見ているぞ！」

その姿は、巨大な獣が、自分の獲物が弱ってゆくのを、遠くから凝っと観察しているようにも見えた。

何かの、燃える臭いがした。

鯨の油が、燃える臭いだった。

樽から漏れた油に、ランプか、何かの炎が引火したのだろう。

船室へ降りてゆく入口から、黒い煙が吐き出されていた。その煙の量が、どんどん増えてゆく。

ついに、ピークオッド号が、大きく傾きはじめていた。

モービィ・ディックが、また、動き出した。

ピークオッド号に向かって――

「ボートもない」

「銛打ちも、みんなやられてしまった」

「もう最期だ」

もはや、誰のものかわからない、悲鳴のような声があちこちからあがった。

なんだって⁉

万次郎の胸の中に、火のように熱いものが膨れあがった。

銛打ちがみんなやられてしもうたって⁉

違うけん。

もう最期、じゃない。

万次郎は思う。

自分がおるではないか。

土佐国(とさのくに)は中浜(なかのはま)の羽刺(はざし)――中浜でただ一人の羽刺のこの自分が。

万次郎の肉の中で、何かが滾(たぎ)っていた。

ここで、死んでたまるか。

死ねん。

生きて、中浜に帰るんじゃ。

「ここに、おるけん!」
万次郎は、叫んだ。
「中浜の万次郎が、ここにおるけん!!」
万次郎は、銛を右手に握って、傾きかけた甲板を、船首に向かって走った。
舳先から突き出ている、船首斜檣(バウスプリット)の上に、駆け登った。
その上を、徒歩で進んでゆく。
その先端に立った。
向こうの水平線から、海を左右に分けて、モービィ・ディックが迫ってくる。
銛を両手に握って、万次郎は、モービィ・ディックを見た。
ざまな(凄(すげ)え)……
そう思った。
何という光景であろうか。
動く、白い大陸のように、モービィ・ディックが迫ってくる。
ざまなやつじゃ、モービィ・ディック……
わしゃあ、おまんに、恨みも何もないけん——
むしろ、尊敬しちゅう。
なんとざまなやつじゃろうと思うちょる。
しかし、わしゃあ、おまんを倒さにゃならん。

わしの命をくれちゃるけん。

わしのありったけと、おまえの命の交換じゃ。

ここで、モービィ・ディックを倒したからといって、生きて土佐に帰ることができるかどうかはわからない。

しかし、ここはやらねばならん。

何故なら、わしは、羽刺だからじゃ。

ただの中浜の万次郎じゃったら、ここで震えちょってもえいかもしれん。

しかし、羽刺の万次郎じゃったら、ここで震えちょるわけにゃいかんのじゃ……

モービィ・ディックが迫ってくる。

銛の林が見える。

そこに、フェダラーとエイハブ船長の身体が、襤褸屑のように引っかかっているのが見える。

いくぞ。

この半九郎の銛は、わしの命じゃ。

急所はどこじゃ。

この高さから、おもいきり飛び降りざまに、おまんの心の臓まで、こん銛を、突き立てちゃる。

生きる、死ぬは、もう考えない。

〽主われを愛す
　主は強ければ
　われ弱くとも
　おそれはあらじ

真下に、モービィ・ディックの巨体がやってきた。
その頭部が、足の下を通過する。
——いつか、あの白い鯨に、こいつをぶち込んじゃってくれ。
半九郎の声がする。
手にしているのは半九郎の銛だ。
爺っちゃん。
教えてくれ。
どこをねろうたらえいんじゃ。
ここじゃ、小僧——
また、声がした。
そして、モービィ・ディックの背の一部が光ったように見えた。
あそこじゃ！

「かあああああっ!!」

万次郎は、吼えた。

内臓から何から、全部を自分の口から吐き出してしまうように。

みんな吐いてしまえ。

この一度だけ。

あとは、空っぽでいい。

飛んだ。

銛を両手で抱え、その光った場所目がけて。

銛が、確かな手応え(てごた)えと共に、モービィ・ディックの背に突き立った。

その瞬間、モービィ・ディックは、傾いたピークオッド号と正面から激突していたのである。

凄まじい衝撃だった。

竜骨のへし折れる音を、万次郎は聞いた。

後は、いきなり、沈黙がやってきた。

モービィ・ディックが、海に潜ったのである。

万次郎は、銛を握った手を離さなかった。

息が続く限り、この化け鯨とやりあうつもりだった。

しかし、どれだけこの息が続くのか。

苦しい。しかし、手は離さない。気が遠くなる。顔が膨らんでくる。しかし、離さない。どれだけ苦しくても、つらくても、この手を離しはしない。離すものか。

頭が朦朧（もうろう）となっている。もう、頑張ろうとも、モービィ・ディックを倒してやろうということすらも考えられなくなってくる。何故、この銛にしがみついているのか。どうしてこんなことをしているのか。それすらもわからなくなっている。

誰かが声をかけてくる。

〝海はえいのう……〟

〝小僧、鯨は好きか……〟

〝小僧……〟

〝小僧……〟

誰の声か。

父、悦助（えつすけ）の声か。

化け鯨の半九郎の声か。

小僧よ……

そして――

その声が頭の奥で響いている。

ざあっ、

という音がした。

モービィ・ディックが、浮上したのである。

がはっ、
がはっ、
激しく水を吐き、息を吸い込み、また息を吐き、また吸い込む。

向こうに、ピークオッド号が見えた。

すでに、その船体は、ふたつに折れて、半分沈みかけている。

そして、炎があがっている。

鯨の油が燃えているのである。

モービィ・ディックは、万次郎が打ち込んだ銛など、いささかも気にかけていないかのように、沈みゆくピークオッド号の周囲を、悠々と泳いでいる。

波が被さるたびに、万次郎の足は、膝まで沈んだり、足首まで水面に出たりしている。

と——

万次郎は、荒い呼吸の中で、握っている銛に、不思議な感触のあることに気がついた。

銛の刺さりが、思ったより浅く、そして、返しがついているにもかかわらず、緩いのである。引けば簡単に抜けそうであった。銛の先端が、モービィ・ディックの肉の中で、何か、固いものに触れているのである。

何や!?

軽く、両手で引いてみると、ずるずると銛が抜けてきた。そこだけ、肉が柔らかくなっているようであった。

その行為が、刺激になったのか、モービィ・ディックの身体が揺すられた。万次郎は背から落ちそうになって、銛を握った手に力を込めた。そのとたん、銛が抜けていた。

万次郎の手から、銛が離れて、モービィ・ディックの背を滑って海に落ちた。

万次郎自身もそこに倒れて、背から滑り落ちそうになっていた。

しがみつくものは――

なかった。

そこで、万次郎がやったのは、今、銛が抜けたばかりの穴へ、手を突っ込むことであった。

肘(ひじ)まで入った。

肘から先を穴に引っかけて、かろうじて、万次郎は、落ちるのを防いだのである。

その時、万次郎は気がついた。

右手の指先に、何か、触れるものがあったのである。固いものだ。そして、ざらざらしている。さっき打ち込んだ銛の先に、肉の中で当たっていたものだ。これがあったために、銛は、深く潜らなかったのである。そして、今、抜ける時に、銛の切先(きっさき)が、今、指に触れているものを引っかけて、ここまで持ちあげてきたのだろう。

万次郎の胸に、騒ぐものがあった。

肉の中で、万次郎は、それを摑む。

運命を握った。

それを、引きずり出す。

それを、見る。

「これは――」

銛の、先端であった。

遥か昔、モービィ・ディックに打ち込まれ、柄や途中が腐ってもげ、先端だけが、肉の中に残ったものであろう。

これは!?

見覚えがあった。

異国の銛ではない。万次郎の知っているかたちだ。つい今まで自分が持っていた銛の切先と同じ形状のもの。錆びて、赤くなって、ぼろぼろになってはいるが、かろうじて、そこに文字が読みとれる。

日本の文字だ。

〝半〟

と読めた。

ああ……

「爺っちゃん……」

万次郎は、呻(うめ)くようにつぶやいた。

小僧よ、やっと会えたなあ……

「爺っちゃん……」

わしゃあ、ずっと、ここにおる……

万次郎の眼から、熱い涙が、火のように噴きこぼれた。

「小僧よ……」

声がした。

半九郎の声ではない。

現実の声だ。

弱よわしくはあったが、しかし、それは、土佐弁ではなく、英語であった。

エイハブであった。

左脚を、モービィ・ディックの背に差し込んで、フェダラーの横に仰向けになったまま、エイハブが声をかけてきたのである。

エイハブは、まだ、生きていた。

「わしのピークオッド号が沈んでゆく……」

エイハブがつぶやいた。

万次郎が見ると、もう、ピークオッド号は、船体の一部と、三本の檣(マスト)しか、海面上に出ていない。

主檣の先端に、一羽のカモメがとまっている。

みんな、どこへ行ってしまったのか。

ピークオッド号の残骸は浮いているものの、人の姿はどこにもない。

イシュメールの姿も、クイークェグの姿も、ホフマンの姿も、フラスクの姿も、タシュテーゴの姿も、スタッブの姿も、ダグーの姿も、ピップの姿も、団子小僧の姿もない。

ただ、モービィ・ディックの背に、フェダラーの死体とエイハブと万次郎だけがいる。

万次郎は、左手で、背からはえた槍の一本に摑まっている。

海に点々と浮かぶ残骸の中を、ピークオッド号の最期を見届けようとするかのように、悠々とモービィ・ディックが泳いでいる。

そして、万次郎は、気がついた。

自分が立っているモービィ・ディックの背が、ぼろぼろであることを。

傷だらけで、いたるところに赤い肉や白い脂身が覗き、その表面にはフジツボが付着していた。

傷からは、腐った肉の臭いが漂っている。

昔の傷口の全てが、今、腐りはじめているのである。

それは、おそろしく年老いた、鯨の背であった。

エイハブよりも、そして、半九郎よりも、老いた生き物……

あたりは、静かだった。

「みんな、どこへ行ってしまったのだ、小僧よ……」

その静寂の中で、エイハブが言う。

「もう、みんな、終わってしまったのか……」

エイハブは、沈みゆくピークォッド号を見つめている。

「いいや、いいや、いいや……」

エイハブは、つぶやく。

「終わらぬぞ。終わってたまるものか。なあ、小僧よ……」

エイハブは、独り言のように、つぶやき続けた。

「我らの物語は、終わらぬぞ。終わってたまるものか。我らの物語は、語り継がれねばならぬ。物語は、語り続けられねばならぬ。人ある限り、物語は終わらぬのだ。終わってたまるものか。たとえ、この海が涸れ、人が死に絶えようとも、我らの物語は、虚空の風に吹かれて、消えることなく漂うのだ。小僧よ、ぬしが我らの物語を語り継ぐのだ。わしは、このままこやつと永遠の旅に出る。小僧よ、いつか、わが後を追うてこい、小僧よ、小僧よ……」

エイハブは、神に祈るが如くにつぶやいている。それは、呪文のようでもあった。

「小僧よ、今は、生きよ……」

エイハブの右手が伸びてきて、万次郎がしがみついていた槍を引き抜いた。

槍は、たやすくはずれて、万次郎は、モービィ・ディックの背を滑って海に落ちた。

「エイハブ船長！」

海面から顔を出して、万次郎は叫んだ。

エイハブは、もう答えない。

だんだんと、モービィ・ディックの背が、遠くなってゆく。

すでに、ピークォッド号の船体は海の中に沈んでいた。ただ、カモメの止まった主檣（メイン・マスト）の先端だけが、海面から突き出ている。

多くの海鳥たちが、遠くなってゆくモービィ・ディックの上空に群れて、騒いでいる。

青い空が高い。

そこに、白い雲がただひとつ、風に吹かれて流れてゆく。

今にも、檣（マスト）の先端は、沈みそうだ。

その時、海中から、一本の腕が伸びてきた。

海底から、檣（マスト）をよじ登ってきて、海面へ出ようとするその時に、腰か足かにからみついていた帆綱のために、もう、上へゆけなくなってしまった者が、そこにいるのか。

その手は、小さく黒かった。

その指先は、天まで這（は）い昇ろうとするかのように、虚空を泳ぎ、そして、檣（マスト）のてっぺんにいたトウゾクカモメの足を摑んでいた。トウゾクカモメは、天に飛び立とうと、翼を何度も何度も打ち振ったが、その手から逃れることはできなかった。

ほどなく、檣（マスト）も、トウゾクカモメも、その足を摑んだ黒い手も、全てが海の中へ沈んでいった。

後に、青い海と、青い空、そして、白い雲が残った。

七

万次郎は、海に浮かんで漂っている。

ただ、波に運ばれている。

できるだけ力を使わない。

体力は残しておかねばならない。

周囲に、最初は、ピークオッド号の残骸や、船から流れた鯨の油が浮かんでいたのだが、流されてゆくうちに、いつの間にかそれもばらばらになって離れてゆき、今、浮かんでいるのは、万次郎だけであった。

万次郎が、上半身を被せているのは、ピークオッド号のどこに使われていたかわからない、割れた板一枚だ。

何度目の漂流になるのか。

さすがに、こんどは助からないかもしれない。

他の者は、どうしたのか。

最初はしばらく、あたりに声をかけていたのだが、答える者はなかった。皆、死んでしまったのか。誰か、助かった者はいるのだろうか。いたとしても、いずれ、溺れて死ぬことになるのだろう。たぶん、それは、自分の運命でもあるのではないか。

いいや。

そんなことを考えてはだめだ。

必ず助かる。

必ず生きて帰る。

それだけを、万次郎は、海の上で考え続けた。

しかし、さすがに、夜になってあたりが暗くなった時には、もう、明日の夜明けはむかえられないのではないかと思った。

それでも、疲れでうとうととした。

大量の水を飲み、咳き込んで眼を覚ましたのは、明け方近くだった。

腹に抱えるようにして乗っていた木の板が手からはずれて、上体が海に落ち、海水を肺に吸い込んでしまったのだ。

むせた。

激しく咳き込みながら、立ち泳ぎをし、やっとそれが治まった時には、しがみついていた板は、どちらへ流れていったのか、どこにも見えなくなっていた。

そこではじめて、万次郎は、夜明けが近い明るさの中に自分がいることを知ったのである。

しかし、明るくはなったものの、もう掴まるものはない。

仰向けになって浮く。

南の海で、海水が温かいとはいえ、身体はすっかり冷えきっていた。

夜が明けて、陽が差してきて、わずかに身体が温かくなった。

身体が痺(しび)れている。

エイハブ船長を乗せて、モービィ・ディックは、今ごろどこにいるのか。

だんだんと意識が朦朧となってくる。

もしかしたら、これは夢か。

実は、エイハブ船長もおらず、ピークオッド号などこの世になく、自分は、筆之丞(ふでのじょう)たちと流れついたあの島から流されて、海の上で長い夢を見ていただけなのかもしれない。

しかし、今、自分が身につけているのは、長い袖(そで)のあるシャツで、これは、スターバックが身につけていたものだ。

だが、本当にそうか。

だんだんと、ものが考えられなくなる。

浮いているのも辛(つら)くなる。

その時——

こつん、と、頭にぶつかるものがあった。

姿勢をかえて、それを見る。

太い、長い丸太だった。

見覚えがある。

しかも、金色に光るものが眼に入った。

丸太の割れ目に打ち込まれた、ダブロン金貨だった。それが、打ち込まれるのを、自分は見ていたはずだ。

〝小僧、あのダブロン金貨はおまえのものだ！〟

すると、これは、ピークオッド号の主檣（メイン・マスト）か。ならば、この丸太は、エイハブ船長たちが、日本の海岸で調達して、檣（ほばしら）として使ったものであったはずだ。

海の真ん中で、どこをどう漂ってきたのか、万次郎は、日本と出合ったのであった。

万次郎は、日本にしがみついた。

それには、充分な浮力があった。

そして、半日——

日が暮れかかる頃、万次郎は、船影を見た。

捕鯨船だ。

その船が、近づいてくる。

船から、声が届いてきた。

不思議だった。

その声の中に、日本語も混ざっているようであった。

近くによってきた、船を見る。舷墻から、何人もの人間が自分を見下ろしていた。
船体に、船名が書かれていた。
それは、ジョン・ハウランド号と読めた。

終章

万次郎の病床から見つかった二冊の本のこと

誇りたかき舵よ、極北をさす舳先よ――死の栄光をたたえる船よ！　汝も滅びねばならぬのか、しかもこのわしを乗せずに？　どんなにしがない難破船の船長にもゆるされている、あのたわいない最後の誇りさえ、このわしにはゆるされていないのか？　孤独なる人生の孤独なる死よ！　おお、わが至上の悲しみにあることを、いまこそわしは身にしみて感じる。ホー、ホー！　わが過ぎ去りし全人生の大波よ、海の果ての果てから寄せてきて、この死の白波の盛りあがりをいっそう高く盛りあげてくれ！　わしはその波にのって、鯨よ、すべてを破壊しながら征服することを知らぬ汝に、最後の力をふりしぼって打ちかかってやる。

――ハーマン・メルヴィル『白鯨』
岩波文庫　八木敏雄・訳

一

中浜万次郎（なかはままんじろう）は語る

ええ、そうですね。

わたしを救ってくれたのは、ジョン・ハウランド号だったというわけです。

船長は、ジョン・ホイットフィールド。

そして、ジョン・ハウランド号には、別れ別れになっていた仲間、筆之丞、五右衛門、寅右衛門、重助がいて、我々は、ようやく数ヶ月ぶりに再会を果たしたのでした。

もっとも、ピークオッド号がアルバトロス号とギャムをした際、

「南の島に漂着した仲間が、ジョン・ハウランド号という捕鯨船に助けられた」

という話は耳にしていましたが、まさか、自分を助けてくれた船が、同じジョン・ハウランド号であったというのは、不思議なできごとであったという他ありません。

わたしたちは、生きて再び会えたことを悦びあい、なんとしても死なずに土佐まで帰るのだということを、あらためてそこで誓いあったのでした。

はい。

その後は、すでにみなさまが御存知の通りです。

我々はハワイに立ちより、わたしはそのままジョン・ハウランド号に乗って、鯨を捕り、アメリカ本土へ渡って、彼の地で生き、十年後の嘉永四年（一八五一）に、日本国に帰りついたのです。

しかし――

わたしは、わたしが出合った不思議な体験のことを誰にも語りませんでした。

何があったかわからない、あの島から流されて、気がついたら、海に浮かんでいて、ジョン・ハウランド号に助けられるまでの記憶はないと、そのように言いはったのです。

ジョン・ホイットフィールド船長には、アメリカ滞在中に、

「どうぞ、わたしが助けられたのは、皆と同じように、あの島であったということにして下さい」

と、お願いをいたしました。

幸いにも、彼はわたしのその願いを聞き入れてくれました。

筆之丞、五右衛門、寅右衛門にも、日本へ帰ろうとハワイで集まったおりに、そのことを頼み込んで、承知してもらいました。

つまり、徳富くん、白鯨モービィ・ディックと、ピークオッド号の船長エイハブ氏との神話の如きできごとを私が語るのは、この地上であなたが最初なのです。

え？

これまで、どうしてこのことを誰にも話さなかったのか、ということですか。

それは、話しても誰にも信じてもらえないと思ったからですよ。なにしろ五十メートルを超える、白いマッコウクジラの話ですからね。そんな話をしたら、変人あつかいされて、とても、日本に帰ることなどできなかったでしょう。帰っても、ずっと、長い牢での暮らしが待っていると思ったからです。

ええ、この話をしそびれたまま、ずっと、これまで生きてきました。ただ、わたしの

人生の残り時間が少なくなった時、誰かにこの物語を伝えておかねばと思ったのです。

それで、徳富くん、あなたに声をかけさせてもらったのです。

今でも、覚えてますよ。忘れるものですか。

眼を閉じ、耳を澄ませば、エイハブ船長のあの声が蘇ってきます。

「追え、追うのだ。世界の果てまでも、モービィ・ディックを追え!!」

ガブリエルの声も、イシュメールの声も、ピップのあの歌声も、色褪せることなく、
脳裏に、耳に蘇ってくるのです。

夜、ピークオッド号の寝台に横になっている時に、聞こえてくる船体の軋む音。

船に当たる波の音。

男たちの汗の臭い。

時に、あのできごとは、本当にあったことであろうかと考えることもあります。

わたしの妄想ではないかと――

ピークオッド号は、神話や物語の海を永遠に漂い続ける船で、この世と別の世界との間に浮いているものではないかと。

深夜、この部屋で、ただ独り様々のことを想っていると、色々なものが、わたしの頭の中を駆け巡るのです。

子供の頃、木端グレを釣ったことや、半九郎のこと、中浜の我が家の囲炉裏端に皆で座り、様々な話をしたこと――

「おれも、鯨捕りになれるがか？」

これまで生きてきて、いつが一番楽しかったかと言えば、子供の頃と、漂流してピークオッド号に拾われ、たくさんの仲間と一緒に、モービィ・ディックを追ったあの日々です。

モービィ・ディックは、今も、エイハブ船長を背に乗せたまま、どこかの海を、悠々と泳いでいるのでしょうか。

ピークオッド号の仲間たちは、今ごろは、みんな、海底のデイヴィ・ジョーンズの監獄に囚われているのでしょうか。

もしも、あの時の仲間に再び会えるのなら、それが海の底の監獄でもいい——そんなことも思っています。

さあ、もう、暗くなりました。

長い時間、年寄りの話を聴いてくださってありがとうございます。

わたしの話をお信じになるかどうかは、あなたにおまかせいたします。

では、どうぞ、この桐の箱をお持ち下さい。家に帰ったらお開け下さい。

帰り道、どうかお気をつけて——

二

勝海舟へあてた、徳富蘇峰の読まれることがなかった手紙

謹啓

寒い日々が続いておりますが、いかがおすごしでしょうか。つい先日も、先生が元老諸公に意見書を提出されたこと、あちこちでうかがっております。七十七歳にして、ますます意気軒昂、若輩者の小生など足もとにも及ばずながら、かくありたしと、日々精進する覚悟をあらたにいたしました。

先日は、昨年十一月に亡くなられた中浜万次郎先生について、色々うかがうことができたこと、幸甚に思っております。

本日、こうして手紙をしたためておりますのは、中浜先生についてあらたなことがわかったからです。

勝先生とお会いしたおりに、アメリカの方に色々と問い合わせをしていることはお話しいたしましたが、ナンタケットの役場から、ようやく返事の手紙が来たのです。それによりますと、

「ナンタケットに残る全ての記録をあたったのだが、ピークオッド号という船名は、存在する資料のどこにもなく、エイハブ船長以下、スターバック、スタッブ、タシュテーゴなどの銛打ちの記録もない」

とのことでした。ピークオッド号の船名も、エイハブの名も、一八五一年に出版され

たハーマン・メルヴィル氏の著作である『Moby-Dick or The Whale』の中に登場するものであり、実在の船名、人名ではないとのことでした。

「貴殿は、何か勘違いをして、小説と現実とを混同しておられるのではないか」

そのようなことを言われてしまいました。

中浜先生が亡くなられた時、その『モービィ・ディック』と、同じくハーマン・メルヴィル氏の著作である『タイピー』の、いずれも初版の原著が枕元から発見されたことは、すでにお話しいたしましたが、そのふたつの物語を中浜先生が混同し、現実との区別がつかなくなったのではないかというのが、唯一、この現象について、説明のつくものではないでしょうか。

化け鯨の半九郎については、実在したことは調べがついております。

おおむねは、中浜先生が語った通りのできごとがあったようですが、その化け鯨が、白かったかどうかまでは、確認ができておりません。

勝先生には、岡田以蔵のことをうかがわせていただきましたが、確かに岡田以蔵は、勝先生の用心棒をやっていた時期はあったが、中浜先生の護衛を彼に命じたことはないとのお話でした。このあたりのことについても調べたのですが、少なくとも、中浜先生の妻であった鉄の父親が、団野源之進という高名な剣豪であったというのは確かなのですが、この鉄と中浜先生が結婚した年、嘉永七年（一八五四）に、団野源之進は八十九歳で亡くなっています。岡田以蔵が、勝先生の護衛をしていたのが、文久三年（一八六三）ですから、その後に、団野源之進が、中浜先生の護衛をするということはあり得ません。

　鉄が、中浜先生と一緒になったのが、十六歳の時ですから、源之進が真の父親であるなら、七十三歳の時の子ということになります。

　つまり、これはまだ確認がとれていないのですが、鉄は源之進の実の子ではなく養女である可能性があります。話がそれましたが、いずれにいたしましても、団野源之進が岡田以蔵の後に、中浜先生の護衛をやっていたということはあり得ません。その逆と考えても、色々辻褄の合わぬことが多く、それが鉄との結婚の少し前と考えても、源之進の歳は、八十七か八十八――これは、いくら達人とはいえ、剣をふるうには少し歳がゆきすぎていると思います。

　これは、中浜先生がお歳をめされて、思い違いをしたか、別のできごとの記憶が混ざってしまったために起こったことなのでしょうか。

『タイピー』は、ハーマン・メルヴィル氏の体験にもとづいた作品ですが、ここに、マルケサス諸島の、ヌクヒヴァという食人種のいる島のことが出てきます。もしも中浜先生が、これをお読みになっていたのなら、おそらく、この本が、クイークェグという人物の造形に、ひと役買っていたのではないかと思われます。まさに、クイークェグは、この島の出身であると、中浜先生のお話の中にはございましたから。

　小生、拙い英語力ながら、二書とも拝読しましたが、中浜先生は、もちろん『モービィ・ディック』の物語には登場していらっしゃいませんし、スターバックが死ぬのは物語がずっと後になってからです。

そうでした。ひとつ大事なことを、お知らせするのを忘れておりました。

中浜先生の病床から発見された、『タイピー』と『モービィ・ディック』のことです。

この二冊に、著者ハーマン・メルヴィルのサインが入っていたことは、まだ、お伝えしておりませんでした。実は、そのサインのあとに、日付が書かれており、そこになんと、

『一八六〇年三月二十八日サンフランシスコインターナショナルホテルにて——

親愛なるマンジローに』

と英語で記されていたのです。

勝先生、この日付が何を意味するのか、おわかりでしょうか。一八六〇年三月二十八日と言えば、勝先生と中浜先生が、咸臨丸にてアメリカへむかい、まさに、おふたりがサンフランシスコにおられた日付だったのです。

ということは、つまり、中浜先生と、ハーマン・メルヴィル氏は、サンフランシスコで邂逅していたということになります。

調べましたところ、この時期、ハーマン・メルヴィル氏は、弟トマスが船長を務める船に乗って、サンフランシスコにいたことがわかりました。

ああ、なんということでしょう。これを調査せずにおくものかと思い、中浜家に許可

をいただいて、件の二書をあずかり、サインの部分を写真に撮って、それをアメリカの、ハーマン・メルヴィル氏の遺族に送って、その真贋を見てもらったのです。すでに、メルヴィル氏は、一八九一年――つまり、八年前に亡くなっているので、遺族の方にお願いするしかなかったのです。

その返事は、

「確かにこれは、ハーマン・メルヴィルのサインである」

というものでした。

ということは、中浜先生は、間違いなく、その日、サンフランシスコで彼と会っていたのです。しかし、どうして、ふたりはサンフランシスコのホテルで会ったのでしょうか。

以前からの知りあいでなければ、会うはずのないふたりなのではありませんか。

わたしは、遺族への手紙と共に、勝先生や中浜先生が宿泊していたホテルへも、同時に問い合わせの手紙を出しておりました。その手紙の返事が、遺族からの手紙に遅れること五日――まさに今日、わたしのもとに届いたのです。

紙

サンフランシスコインターナショナルホテル支配人ベンジャミン・ダグラスからの手

お問い合わせの件ですが、確かにその日、ハーマン・メルヴィル氏は、当ホテルにいらっしゃいました。

覚えております。なにしろ、私が受けつけて、私がナカハマ氏に取りついだのですから。私もびっくりしましたよ。まさか、あの高名な作家、ハーマン・メルヴィル氏が、当ホテルにおみえになるとは思ってもいませんでしたからね。

メルヴィル氏は、

「日本人の一行の通訳をしているマンジロー氏に取りついでくれ」

と、このように言われました。

もちろん、私はすぐにナカハマ氏に取りつぎました。なにしろ、あの、高名なメルヴィル氏の頼みですからね。

幸いにも、その時、通訳の仕事にしばしの空き時間があったようで、すぐにふたりは対面することができました。

ホテルのロビーで出会った時、ナカハマ氏の叫んだ言葉が、今も忘れられません。

「イシュメール、生きていたんだね!!」

それはそれは、大きな声でしたよ。

ふたりは、そこで抱き合い、涙を流して出会いを悦んでおられました。

「クイークェグが作らせた棺桶(かんおけ)が、海に浮いているぼくの眼の前に、海中から飛び出してきたんだ。それにつかまって、流されていくうちに、運よく、ぼくはレイチェル号という捕鯨船に発見されて、助けられたんだ」

メルヴィル氏は、そのように言いました。

ああ、これは、あの『モービィ・ディック』のラストシーンのことを言っているのだな、おふたりは、どこで知り合ったのかはわからないが、こういう冗談を言い合えるほど親しい間柄なのだなと、私はその時、思いましたよ。

ホテルのレストランで、おふたりは、食事をしながら一時間ほども談笑しておられたでしょうか。

メルヴィル氏は、ご自身の本、『タイピー』と『モービィ・ディック』を持ってきていて、それにサインをして、ナカハマ氏に渡していたようでしたよ。

そのうちに、ナカハマ氏の通訳の仕事の時間がせまってきて、わたしは、そのことを、おふたりにお伝えいたしました。たいへん残念そうに、おふたりはそこで立ちあがりました。

そして、ふたりはそこで固い握手をして別れたのです。私は、その時の、おふたりの楽しそうな姿を、今でも思い出すことができます。

どうでしょう、このような返事で、あなたのお役にたてたのでしょうか。もしそうなら、私もたいへん嬉しく思います。

こういう手紙だったのです。

でも、どうして、中浜先生は、メルヴィルのことを、イシュメールと呼んだのでしょうか。その答えは、勝先生、実は、わたしが持っていたのです。

中浜先生からわたしがいただいた桐の箱のことは、お話ししたでしょうか。わたしはそれをすっかり忘れていて、実は、ついさっき、その桐の箱を開けてみたのです。そうしたら、中から、青い、シャツの切れ端のような布に包まれたものが出てきました。

何だったと思います？

重い、硬いもの。金色に光るもの。

驚かないで下さい、それは、何か、槌(つち)のようなもので叩(たた)かれてひしゃげた、一枚のダブロン金貨だったのです。

勝先生、わたしがどんなに興奮したか、おわかりでしょうか。もしかしたら、ピークオッド号もエィハブ船長も、本当に存在したのかもしれないのです。何か、大きな、我々のあずかり知らぬ秘密が、中浜先生の物語にはあるような気がいたします。

その興奮さめやらぬまま、今、この手紙をしたためているのです。

ああ、今夜は、興奮のため、眠れそうにありません。

これから、この金貨の真贋を調べたりと、色々といそがしくなると思いますが、まずは、先日の御礼と合わせて、このことをお知らせしたくて、筆をとった次第です。

では、寒い日が続きますが、どうぞ御自愛ください。

謹白

明治三十二年一月十九日

徳富蘇峰

勝海舟先生

三

この手紙は、投函（とうかん）されなかった。

それは、まさにこの手紙の書かれた、明治三十二年一月十九日に、勝海舟が、脳溢血（のういっけつ）によって急逝したからである。

《参考文献》――――次の資料を参考にさせていただきました。

『白鯨』(上・中・下)ハーマン・メルヴィル/作　八木敏雄/訳　岩波文庫
『タイピー　南海の愛すべき食人族たち』ハーマン・メルヴィル/著　中山善之/訳　柏艪舎
『「白鯨」アメリカン・スタディーズ』巽 孝之　みすず書房
『ユリイカ』二〇〇二年四月号(特集=メルヴィルから始まる　アメリカ文学航海誌)青土社
『中浜万次郎集成』川澄哲夫/編著　鶴見俊輔/監修　中浜 博/史料監修　小学館
『漂巽紀畧　全現代語訳』ジョン万次郎/述　河田小龍/記　谷村鯛夢/訳　北代淳二/監修　講談社学術文庫
『私のジョン万次郎　子孫が明かす漂流の真実』中浜 博　小学館ライブラリー
『中濱万次郎　――「アメリカ」を初めて伝えた日本人――』中濱 博　冨山房インターナショナル
『雄飛の海　古書画が語るジョン万次郎の生涯　THE SEA OF GREAT AMBITION』

永国淳哉　高知新聞社
『鯨人』石川　梵　集英社新書
『鯨を捕る　鯨組の末裔たち』須田慎太郎　翔泳社
『鯨と捕鯨の文化史』森田勝昭　名古屋大学出版会
『ニタリクジラの自然誌　土佐湾にすむ日本の鯨』加藤秀弘　平凡社
『ジョン万次郎の英会話　幕末のバイリンガル、はじめての国際人』乾　隆　Jリサーチ出版
『土佐捕鯨史』（上・下）伊豆川淺吉　日本常民文化研究所
『高知県方言辞典』土居重俊、浜田数義／編　高知市文化振興事業団
「〈中浜万次郎国際協会〉研究報告」第9集　中浜万次郎国際協会
「〈中浜万次郎の会〉研究報告」第8集　中浜万次郎の会
他

『白鯨』のこと ―― あとがきとして ――

一

ぼくが、初めて『白鯨』を読んだのは、五十五年ほど前のことだと思います。十五歳か、十六歳くらいの時ですね。

平凡社『世界名作全集』の十一巻――文庫サイズで、八一四ページのもので、宮西豊逸氏訳のものです。

当時は、SFとミステリーばかり読んでいて、『SFマガジン』も毎月読みはじめていた頃で、たぶん、『白鯨』は、少し毛色の変わったSF、ファンタジィ、冒険小説のつもりで買い込み、読み出したのではないか。ところが、なかなか、読み終えませんでした。読了するのに、二年か三年かかり、途中も少し読みとばしたような気がします。

これは、まあ、つまり、あまりおもしろくなかったということですね。

しかし――

この『白鯨』のことが、ずっと頭から離れなかったのです。職業作家となってからも、ずっと、頭の隅に引っかかり続けていたのです。読んだ時に、何かの病原体が入り込んで、それがずっと、ぼくの文芸的な細胞の中に潜んで、微熱を発し続けていたのだと思います。身体の底の底の方のどこかに隠れて、いつか、呼吸するために、意識の海面に浮上してやろうという生きもののように――まさに、白鯨（クジラ）が棲みついてしまったということですね。

理由は、今は、なんとなくわかっています。そして、それが、案外に、この『白鯨』の本質的なところに触れているのだということも。

それは、たぶん、あやしげな宇宙論として、ぼくは、この物語を、心の、いや、肉でできた引き出しの中に、ずっとしまっていたということですね。本文中、宇宙とか地球という言葉が時々使われているのは、このためです。

聖書からの引用や、あやしげな神話からの引用――小説として考えたら、いらないものの量が多すぎて、不可解。しかし、どうやらそのいらないもののオーラに、どこか、魅かれていたようなんですね。

イメージは、凄い。

真っ白な、でかい鯨を追っかける、エイハブ船長の物語。

おもしろくないわけがない設定ですよ。

なのにどうして、ぼくは、この物語をなかなか消化できずにいたんだろう――そんな感じでしょうか。

この、十代の時にぼくの心の中に棲みついた妖怪とは、職業作家として、いつか対決しなければいけない時が来るのではないか——そんなことがずっと心の隅に引っかかっていたんですね。

思えば、『カエルの死』と並ぶ、二十代の時に書いたぼくのデビュー作と言ってもいい『巨人伝』は、地球の上をただ歩き続ける白い巨人を倒そうとする老人と少年の物語ですが、これなんてもろに『白鯨』の影響を受けています。

しかし、まだ、『白鯨』本編までは遠い時間と距離がある。

それを書くとして、いったい、どういう手口があるのか。

その見当がつきませんでした。

しかし、その手口というか、手段に出合ってしまったんですね。

それが、土佐の中浜生まれのジョン万次郎だったんです。

二

四国の土佐には、この三十数年余り、ずっと通っておりました。

基本は釣りのためです。

土佐は、釣りの場として、日本でありながら本当に外国のようです。よい釣りをするために、場の荒れた日本ではなく、外国へ出かけてゆく、という発想は、釣り人の多くは持っているのですが、外国へ行く必要がない。だって、日本には、土佐、高知県があるじゃないか、ということがわかってしまったんですね。

で、四国へ通うようになっちゃった。

そこで、出会ったのが、中浜万次郎でした。

中浜万次郎は、十四歳の時に、漁船に乗っていて漂流し、鳥島に漂着して、アメリカの捕鯨船に助けられるんですね。

彼が出港したのが、一八四一年一月二十七日。

『白鯨』の作者ハーマン・メルヴィルが、捕鯨船に乗って、アメリカのフェアヘイブン港から出港したのが、それより少し前の、一八四一年一月三日です。

ほぼ、同じ。

しかも、『白鯨』の主人公たるエイハブ船長のピークォッド号も、(物語上は)ほぼ同じ頃に、アメリカのナンタケットを出ている。

漂流した、万次郎を助けたのが、実はエイハブ船長のピークォッド号だったらどうよ、と思いついた時に、ようやく、〝ぼくの『白鯨』〟の物語を書く手口に結びついたんですね。

万次郎を助けた捕鯨船の船長が、片足で、

「小僧よ、おれたちは、おれのこの足を喰っていった白い化け鯨を追っかけているのだ。おまえも仲間になれ」

こんなことを言うわけですね。

いいでしょう。

これが、八年ほど前でしょうか。

実際に捕鯨船は日本の近海にも、頻繁にやってきていて、『白鯨』の中でもそのことは度々触れられており、モービィ・ディックとエイハブの死闘は、日本の三陸沖であったという説もあります。ペリーが、日本にやってきたのも、アメリカが、捕鯨船の補給基地にするためという理由が大きかったのです。

こんな話を、土佐で釣りをいつも一緒にやっているK笹さんにある時してみたら、

「それ、高知新聞で書きませんか」

という話になり、これが、しばらくしたら、以前にも『ヤマンタカ　大菩薩峠血風録』でお世話になった学芸通信社というところから発信するというかたちで、全国七社の新聞連載ということに、話がまとまってしまったわけですね。

しかし、手口が見つかったからといって、すぐに書き出せるものではありません。

相談をしたのは、日本メルヴィル学会というところで副会長をしている巽孝之さんです。巽さんとは、彼が十代の頃からの知り合いで、SFの古い仲間です。

『白鯨』についても、本を出しているたいへんな先生ですよ。

この話をしたら、

「おお、それはおもしろいですね」

と言われ、さっそく、『白鯨』について御自身の書いた本を送っていただいて、読ま

せていただきました。

さらには、メルヴィル学会の会合にも呼んでいただいて、そこで、この無謀な試みについて講演をいたしました。

講演といっても、皆さん、メルヴィルと『白鯨』の権威の方ばかりで、かたちとしては、講演ではなく、ぼくが皆さんに相談をあおぐという場でした。ぼくが、前に立って、皆さんに質問をする。

「今、こんなところで、困ってるんですよ」

と言えば、たちまち答えが返ってくる。

わからなければ、誰かがその場でアメリカの研究者にメールで問い合わせ、やはり答えが返ってくる。

凄い場所でしたねえ。

ひとつ、具体的なお話をしておくと、エイハブ船長が寝ているのが、ハンモックなのか、寝台なのかということで、悩んでおりました。というのは、『白鯨』本編を読むと、エイハブ船長は、ハンモックで寝ているんですね。しかし、調べてみると、当時の捕鯨船の水夫たちは、ハンモックでなく寝台で寝ているんです。いったいどっちなのか。

その場で、どなたかが、アメリカの研究者に問い合わせたら、

「メルヴィルは、海軍の船に乗っていたことがあり、それが、ハンモックであった。メルヴィルが、これを混同しているか、あえて、何もかも承知でハンモックとしたのでは

ないか」

ということだったんですね。

凄いでしょう。

中浜にも、取材で何度かうかがいました。

土佐清水(しみず)市中浜地区の区長である西川英治さんには、一日中地元を案内していただき、一緒に万次郎の実家の裏山に登り、竹を切って、少年万次郎が使ったであろう釣り竿(ざお)を作ったりしました。

これで、少年の頃の万次郎のイメージができあがりました。

中浜万次郎国際協会の北代淳二(きただいじゅんじ)さんにもお世話になりました。

土佐清水の方言については、高知新聞の竹内一(たけうちはじめ)さんに御指導いただきました。

他にも、相談にのって下さった方、資料を送って下さった方、実に多くの方々に、お世話になりっぱなしの連載でありました。

ほんとうに、幸せな作業となりました。

三

ピークォッド号は、アメリカの縮図です。

ある意味、アメリカそのものと言ってもいい。

これまで、大きな事件やできごとがあるたびに、この『白鯨』はひきあいに出され、語られてきました。

9・11の事件の時も、ウサマ・ビン・ラディンはモービィ・ディックに譬えられました。もちろん、エイハブは、アメリカの大統領ですね。

また、ISIL（イスラム国）という『白鯨』と、アメリカはどう向きあうか。

アメリカが、大きな試みにあうたびに、この『白鯨』は、歴史の深みから浮上してくるのです。

アメリカには古典がない、などとまことしやかに言う方もおりますが、ぼくはここにはっきりと、

「『白鯨』があるじゃないか」

と、声を大きくして言いたいです。

ついでながら、エドガー・アラン・ポーも。

書いている時、ラスト近く、書き終えたくない、書き終えたくない、という想いでいっぱいで、どうしようもなく、ついにそれがエイハブのラストの言葉となってしまい、深夜、激しく落涙。

物語作家になってよかったと、しみじみ思います。

自分の底にある本人にもわからなかったものまで、この作品がひきずり出してくれました。

楽しい楽しい、作業でした。

『週刊少年チャンピオン』を含む、連載十三本の中でこの新聞連載を書きあげちゃいましたよ。

地獄もまた、楽しい。

ああ、おれって天才！

夜中に何度か、声に出して叫んでしまったこともありましたが、アドレナリンが出まくってたんでしょうねえ。

これは、どうしたって映画化するんじゃないの。

多くの皆さんに、ぼくのありったけの感謝を込めて。

ありがとうございました。

二〇二一年二月四日　小田原（おだわら）にて

夢枕　獏

解説　全く獏さんって奴は

夏井いつき（俳人、エッセイスト）

あの話を聞いたのは、いつだったろう。令和元年の秋、羽黒山全国俳句大会の選者としてご一緒した時か。いや、その翌年、品川で一杯やった時か。

「夏井さん、『白鯨』の船長とジョン万次郎が同じ時代に生きてたって、知ってました？」問われても、目が点になる。高知出身のジョン万次郎は実在の人物だが、エイハブ船長は作中の人物。この二人がどうクロスするというのだ。

思い返せば、ハーマン・メルヴィル著『白鯨』（岩波文庫）に挑んだのは、高校生の頃。難解にして鬱々たる文体に歯が立たなくて放り出した一冊だと、獏さんに告白したが、そんな我が黒歴史なんぞ物ともせず、その夜の酒席は盛り上がった。夢枕獏が語る壮大な構想に興奮した。この陽気なおじさんの頭の中はどんな具合になっているのか。聞けば聞くほど愉快で、その大長編がいつ完成するかは分からないが「何年でも楽しみに待つ。絶対に買う！」と約束した。

今、その分厚い一冊が、我が手にある。後書きによると、二〇二一年（令和三年）二月四日に書き上げている。神業としか言いようがない。

序章で、ジャーナリスト徳富蘇峰が出てくる。そうか、この人も同じ時代か。が、なぜいきなり蘇峰……という疑問を抱えたまま、子どもの頃の万次郎、銛打ちの半九郎爺さんとの出会い、十四歳の万次郎が乗り込んだ鰹船、その遭難、捕鯨船ピークオッド号エイハブ船長との出会い……と、物語はぐいぐいと展開していく。力業の如き筆致だ。……白鯨が現れたあたりで、読み進むのが勿体なくなった。ページを戻っては、読み直すこと暫し。そして、第十九章を読み終わり、深い息をつく。体に力が入って、疲れた。佳き疲れだ。大きな満足を抱き、残り数ページの終章を読む。驚愕する。張りめぐらされていた伏線に気づく。嗚呼、そういうことであったか。

再び興奮がじわじわ押し寄せてくる。この一冊には、私が気づいていない細かな仕掛けがまだまだあるはずだ。メルヴィル著『白鯨』に再挑戦せねば、夢枕獏著『白鯨 MOBY-DICK』を骨の髄まで楽しむことはできないに違いない。嗚呼、これこそがあの陽気なおじさんの真の企みか。獏さんめ、今頃、ニヤリと笑っているに違いないぞ。

＊本稿は単行本刊行時の二〇二一年六月、ＫＡＤＯＫＡＷＡ文芸ＷＥＢマガジン「カドブン」に公開された書評を収録したものです。

本書は、二〇二一年四月に小社より刊行された単行本を加筆修正のうえ、上下分冊して文庫化したものです。

本文デザイン／原田郁麻

白鯨 MOBY-DICK 下

夢枕 獏

令和6年 3月25日 初版発行

発行者●山下直久

発行●株式会社KADOKAWA
〒102-8177 東京都千代田区富士見2-13-3
電話 0570-002-301(ナビダイヤル)

角川文庫 24078

印刷所●株式会社暁印刷
製本所●本間製本株式会社

表紙画●和田三造

●お問い合わせ
https://www.kadokawa.co.jp/ (「お問い合わせ」へお進みください)
※内容によっては、お答えできない場合があります。
※サポートは日本国内のみとさせていただきます。
※Japanese text only

ISBN 978-4-04-114634-7 C0193

角川文庫発刊に際して

角　川　源　義

第二次世界大戦の敗北は、軍事力の敗北であった以上に、私たちの若い文化力の敗退であった。私たちの文化が戦争に対して如何に無力であり、単なるあだ花に過ぎなかったかを、私たちは身を以て体験し痛感した。西洋近代文化の摂取にとって、明治以後八十年の歳月は決して短かすぎたとは言えない。にもかかわらず、近代文化の伝統を確立し、自由な批判と柔軟な良識に富む文化層として自らを形成することに私たちは失敗して来た。そしてこれは、各層への文化の普及滲透を任務とする出版人の責任でもあった。

一九四五年以来、私たちは再び振出しに戻り、第一歩から踏み出すことを余儀なくされた。これは大きな不幸ではあるが、反面、これまでの混沌・未熟・歪曲の中にあった我が国の文化に秩序と確たる基礎を齎らすためには絶好の機会でもある。角川書店は、このような祖国の文化的危機にあたり、微力をも顧みず再建の礎石たるべき抱負と決意とをもって出発したが、ここに創立以来の念願を果すべく角川文庫を発刊する。これまで刊行されたあらゆる全集叢書文庫類の長所と短所とを検討し、古今東西の不朽の典籍を、良心的編集のもとに、廉価に、そして書架にふさわしい美本として、多くのひとびとに提供しようとする。しかし私たちは徒らに百科全書的な知識のジレッタントを作ることを目的とせず、あくまで祖国の文化に秩序と再建への道を示し、この文庫を角川書店の栄ある事業として、今後永久に継続発展せしめ、学芸と教養との殿堂として大成せんことを期したい。多くの読書子の愛情ある忠言と支持とによって、この希望と抱負とを完遂せしめられんことを願う。

一九四九年五月三日

角川文庫ベストセラー